W0305307

FRANCKE

Sam Wellman

Florence Nightingale – er heilt alle ihre Wunden

FRANCKE
Verlag der Francke-Buchhandlung GmbH

Die Deutsche Bibliothek – CIP-Einheitsaufnahme

Wellman, Sam:
Florence Nightingale – Er heilt alle ihre Wunden / Sam Wellman.
[Dt. von Lotte Bormuth]. – Marburg an der Lahn : Francke, 2002
Einheitssacht.: Florence Nightingale <dt.>
ISBN 3-86122-533-6

Deutsch von Lotte Bormuth
Umschlaggestaltung: Henri Oetjen, DesignStudio Lemgo
Satz: Verlag der Francke-Buchhandlung GmbH
Druck: St.-Johannis-Druckerei, Lahr

1

Der 22. August des Jahres 1827 war der glücklichste und zugleich der unglücklichste Tag, den die sieben Jahre alte Florence Nightingale in dem Ort Tapton in Yorkshire in England jemals erlebt hatte. Der Tag begann in dem schönen Haus ihrer Großmutter mit einem so herrlichen Frühstück, dass Florence ihre sonst übliche Schweigsamkeit aufgab.

„Das sind ja so viele Kuchen und Früchte, wie ich sie noch nie in meinem Leben gesehen habe!", brach es aus ihr hervor.

„Das kann man schon sagen", stimmte einer der vielen Erwachsenen am Tisch zu, „wenn man bedenkt, dass ein englisches Frühstück ohnehin das beste auf der Welt ist."

Während Florence jeden Bissen dieser wunderbaren Mahlzeit genoss, drehte sich das Tischgespräch um die ungewöhnliche Hochzeitsfeier, die an diesem Nachmittag stattfinden sollte.

„Flo wird bald eine Tante und einen Onkel im Doppelpack haben", meinte ein anderer Gast am Ende des langen Tisches. Dabei benutzte er den Spitznamen von Florence. Fast alle nannten sie nur Flo. Der Name ihrer Schwester Parthenope wurde gewöhnlich in Parte abgekürzt. Das reimte sich auf Marthe. Doch manchmal nannte sie Flo nur einfach Pop.

Wie gesagt, die Braut an diesem Tag war die Schwester von Flos Vater William, und der Bräutigam war der Bruder von Flos Mutter Fanny. So würde Flo tatsächlich Tante Mai im doppelten Sinn als Tante und Onkel Sam im doppelten Sinn als Onkel haben.

Diese besonderen Beziehungen waren jedoch nicht dazu angetan, Flos Kummer zu heilen. In Wirklichkeit konnte sie sich nicht über diese Heirat freuen. Tante Mai war ihre Lieblingstante. Immer noch dachte sie daran, wie sie sich einmal im Schrank versteckt hatte und dort laut kicherte, als Tante Mai sie überall suchte. War Tante Mai darüber böse? Keineswegs. Sie hielt es für einen gelungenen Scherz. Jetzt würde der starrköpfige Onkel Sam ihre Tante so mit Beschlag belegen, dass sie gar nicht mehr auf Flo achten könnte. Traurig saß Flo in der Kutsche, als sie mit Parte, Papa, Onkel Sam und dem Pfarrer zur Kirche fuhren. Lieber hätte sie in der herrlichen Brautkutsche bei Tante Mai gesessen. Aber das wurde ihr nicht erlaubt, und so war sie von ihrer geliebten Tante getrennt, wenn auch nur für ganz kurze Zeit. Das war aber erst der Anfang ihres Kummers.

Die Hochzeit wurde für Flo ein Albtraum. Als Tante Mai und Onkel Sam vor dem Altar niederknieten, spürte Flo plötzlich, wie ihre Mutter sie mit festem Griff auf eine der ersten Bänke zurückzerrte. Meine Güte! Hatte sie wirklich *zwischen* Tante Mai und Onkel Sam gekniet? Sie konnte sich das eigentlich gar nicht vorstellen. Aber es muss wohl so gewesen sein.

Nach der Trauung schaute Mama sie mit großen Augen an: „Flo, was hast du dir eigentlich dabei gedacht?“

Ihr Vater verteidigte sie. „Das arme Kind war ganz verwirrt.“

Parte schüttelte den Kopf. „Wie ärgerlich.“

Einige Tage danach schrieb Flo über dieses große Ereignis in ihr Tagebuch:

> *Am Mittwoch hat Tante Mai Onkel Sam geheiratet. Ich, Papa, Onkel Sam, Pop und Mr. Bagshaw (der Pfarrer) fuhren zuerst. Mama und Tante Mai kamen in der Brautkutsche. Tante Julia und Fräulein Bagshaw kamen zuletzt. Als Tante Mai und Onkel Sam getraut wurden, knieten wir alle. Nur Mr. Bagshaw nicht. Papa nahm Tante Mais Hand und gab sie Onkel Sam. Wir haben alle geweint. Nur Onkel Sam, Papa und Mr. Bagshaw nicht.*

Man braucht sicher nicht weiter darüber zu berichten, wie sie versucht hat, die beiden Hauptbeteiligten auseinander zu bringen. Obwohl sie nur sieben Jahre alt war, hatte Flo schon einige seltsame Erlebnisse gehabt. In ihren ersten Lebensjahren waren eigenartige Dinge passiert, die sie in Angst versetzt hatten. Manchmal schien es, als ob etwas Unheimliches in ihr steckte. Sie dachte, sie sei von etwas besessen. Sie konnte sich auch nicht denken, woher diese bedrückenden Vorstellungen kamen. Aus Märchen oder aus biblischen Geschichten hatte sie sie sicher nicht. Sie hatte Angst, dass man diese Eigenart an ihr entdecken könnte, und blieb deshalb oft lieber allein. Sie warf mit ärgerlichen Bemerkungen um sich, wenn man sie bat, bei Gesellschaften zu erscheinen. Manchmal war sie so starrköpfig, dass sie mit aller Macht im Kinderzimmer bleiben und nicht zu den Mahlzeiten kommen wollte.

„Doch, Gott sei Lob und Dank, das hat sich irgendwie bei mir ausgewachsen“, sagte sie später einmal.

Als Flo noch jung war, war die gesellschaftliche Etikette in der englischen Oberschicht sehr kompliziert, anstrengend und mit Schwierigkeiten verbunden. Einmal redete sie eine Herzogin mit „Euer Gnaden“ an. Dafür wurde sie später getadelt, weil sie nämlich auch zum Adel gehörte. Doch als sie dann einmal einen Baron mit seinem Titel ansprach, wurde sie ermahnt, weil man einen Baron mit „Lord“ anreden musste. Wer den nächsthöheren Titel trägt, muss als „Viscomte“ angesprochen werden. Aber allmählich wich die Angst, auch wenn ihr diese Etikette immer lästig war.

Im Alter von sieben Jahren legte sie dann langsam die Angst vor gesellschaftlichen Zusammenkünften ab. Flo fing sogar an, die steifen Manieren der englischen Oberschicht zu akzeptieren. Die Sitte bei Besuchen war dafür ein treffendes Beispiel. Wenn die Nightingales zu einem kurzen Aufenthalt in eine Stadt kamen, besuchte Mama auch einige bedeutende Häuser – natürlich niemals vor ein Uhr nachmittags – und ließ den Diener drei Visitenkarten an der Tür abgeben. Ihre Karte war für die Dame des Hauses bestimmt, während die zwei Karten von Herrn Nigthingale für die Dame und den Herrn des Hauses gedacht waren. Die Karten dienten als Einladungen in diesen vornehmen Kreisen. Vom Empfänger erwartete man, dass er auch eine Karte schickte oder sich meldete. Manchmal reagierten die Herrschaften sofort und Mama wurde mit ihren Töchtern hereingebeten. Selbst dann dauerte der Besuch nicht länger als 15 Minuten, und die Unterhaltung blieb oft an der Oberfläche und drehte sich meist nur um das Wetter. Später ergaben sich auch engere Beziehungen, wenn beide Seiten Interesse zeigten. Wenn sich daraus eine Freundschaft entwickelte, rückten die Besuchszeiten immer dichter an das Abendessen heran. Schließlich folgte dann eine Einladung zum Essen. Wenn andere Familien, die der gleichen Gesellschaftsschicht wie die Nightingales angehörten, aus der Stadt fortzogen, brachte ihr Diener all ihren Bekannten Karten, damit sie auch offiziell über den Wegzug informiert waren.

„Wenn man einmal die Regeln beherrscht“, meinte Flo, „dann weiß man immer, wie man sich benehmen muss.“ Das Geschick, wie Papa und Mama ihren sozialen Verpflichtungen nachkamen, war beispielhaft. Obwohl Parte nur ein Jahr älter war als Flo, hatte sie die Abendessen, die Partys und die Besuche immer mit einem fröhlichen Lächeln quittiert. Mamas Lachen war nicht so unbekümmert wie bei Parte, aber sie überstand die sozialen Bürden mit einer gewissen Leichtigkeit. Die noch junge Flo ließ die Ordnungen des gesellschaftlichen Lebens einfach über sich ergehen und verlor mit der Zeit die Angst vor Kontakten. Aber innerlich glücklich war sie bei alledem nicht. Sie war ein unruhiger Typ. Als Kind wurde sie von einer Gouvernante erzogen. Es machte auf sie einen tiefen Eindruck, dass der berühmte Dichter George Herbert nur knappe fünfzehn Meilen von dem Anwesen der Nightingales in Embley Park entfernt gewohnt hatte. Sein Gedicht „Die Rolle“ (Pulley) kannte sie sehr gut.

Als Gott der Schöpfer sich dem Menschen zugewandt
und ein gesegnet Glas voll Gaben hingestellt,
sprach er: „Was hier gefüllt bis an den Rand,
lass uns ausgießen. Allen Reichtum dieser Welt
will legen ich in eine Hand.“
Als Erstes trat die Stärke auf den Plan,
dann folgten Schönheit, Weisheit, Freude, Ehre.
Als beinah alles ausgegeben, hielt Gott an,
weil er erkannt, bevor das Glas er leere,

blickt wartend noch die Ruh ihn an.
„Sollt ich nun auch", sprach er, „aus meinen Händen
diesen Juwel meinem Geschöpf vertrauen?
Es wird vielleicht schon bald sich wenden
und ruhn in der Natur anstatt auf Gott zu schauen.
In zwiefachem Verlust würd alles enden.
Trotzdem sei nun die Ruh in seiner Hand.
Denn ruhelos wird in der Welt er klagen,
ermüdet von dem Reichtum, dem er zugewandt,
bis dann zuletzt, wenn nicht durch Güte,
so von Müdigkeit geschlagen,
den Weg an meine Brust er wieder fand."

Herberts Gedicht klang für Flo sehr lebensnah; denn auch sie war ein ruheloser Mensch und fühlte sich zu Gott hingezogen. Ihre Rastlosigkeit ließ sich nicht dadurch befriedigen, dass sie immer in Bewegung war. Ganz anders war dies bei ihrer Mutter, für die Aktivität Lebensinhalt war. Bald nach der Hochzeit verließ Mama mit ihren Töchtern und Hausangestellten Lea Hurst, das Sommerhaus der Nightingales in Derbyshire bei Tapton, um zu ihrem Winterhaus in Embley Park in Hampshire zu reisen. Jedes Jahr verlief die Reiseroute wieder anders. Selbst als der große Reisewagen einmal wegen einer gebrochenen Achse liegen blieb, schien dieser Vorfall nur ein Mosaiksteinchen in Mamas exzentrischen Reiseunternehmungen zu sein. Flo hielt solche Ereignisse in ihrem Tagebuch fest.

In Staffordshire waren sie einige Tage lang Gäste in Betley Hall, wo Flo und Parte mit dem zwölf Jahre alten Fräulein Caroline spielen durften. Sie war so gnädig, dass sie nicht nur sagte, sie seien ihre Schwestern, sondern sie behandelte sie auch wie ihresgleichen. Mit ehrfürchtigem Staunen standen die Nightingaleschwestern vor Carolines riesengroßer Puppe, die ein eigenes Himmelbett und einen Schrank hatte, gleich neben Carolines Bett und Schrank. Draußen auf dem Grundstück zeigte ihnen Caroline, wie man die nicht essbaren Nüsse aus der hohen, weit ausladenden Krone einer Rosskastanie herunterschütteln konnte. Einmal nahm Carolines älterer Bruder sie zum Rudern auf den See mit. Aber eines Tages enthüllte ihnen Caroline, dass das Leben in Betley Hall nicht nur angenehme Seiten hatte. „Georgiana, eine meiner älteren Schwestern, schnitt sich in den Arm und holte sich dadurch eine Infektion."

„Blutvergiftung!", stieß Flo hervor. Krankheiten hatten sie schon immer fasziniert.

„Georgiana hat das vor unserer Mutter verborgen gehalten", fuhr Caroline fort. „Sie wollte ihre Klavierstunden nicht ausfallen lassen. Sie liebt Musik."

„O bitte, erzähl uns doch, wie es weiterging, Caroline", sagte Flo ganz aufgeregt.

„Ihr Arm musste amputiert werden."

Flo war zutiefst erschrocken. Die Nightingalemädchen waren bisher kaum mit Krankheiten oder Tod in Berührung gekommen. Flo hatte keine Erinnerung mehr daran, wie Großvater Shore starb. Damals war sie zwei Jahre alt. Und als Flo schließlich der schwermütigen Georgiana begegnete, da wusste sie, dass ihr das unvernünftige Verhalten dieses Mädchens nicht so schnell aus dem Sinn kommen würde. Weil sie geschwiegen hatte, musste das arme Wesen genau das verlieren, was sie unbedingt für ihr Klavierspiel gebraucht hätte.

Als Nächstes waren Mama und die Mädchen zu Gast in Schloss Downton. Hier begegnete Flo einem modernen Wunder: einer Badewanne mit Zapfhähnen. Aber als Agathe, das Dienstmädchen der Nightingales, den Wasserhahn aufdrehte, hatte sie ihn wohl überdreht. Sie konnte ihn nicht mehr schließen, und so stand schließlich das ganze Zimmer unter Wasser. Um keine nassen Füße zu bekommen, sprang Flo so ungestüm auf eines der Betten, dass es zusammenbrach. Mama musste ihre ganze Redekunst anwenden, um das Missgeschick auszubügeln und wieder für gute Stimmung zu sorgen.

Danach machten sie in Boultibooke Halt. Flo war überrascht, als Sir Harford Brydges mit ihr wie zu einer Erwachsenen sprach, vor allem, als dann während des Besuchs auch noch einer ihrer Vorderzähne ausfiel.

Nach Boultibooke zog die Reisegesellschaft weiter zu den Höhen von Herefordshire und den Ruinen von Schloss Goodrich, das aus dem zwölften Jahrhundert stammte. Diese alte Befestigungsanlage wurde von vielen Leuten besucht, obwohl auf den Steinfußböden schon eine Menge Disteln wuchsen. Der überdachte Eingang war noch in Ordnung, ebenso einige Mauern mit ihren Schießscharten. Um das Schloss herum blühten weiße, wilde Blumen. Brombeeren wuchsen dort in Hülle und Fülle. Und wieder einmal tat sich Agathe dadurch hervor, dass sie so viele von den schmackhaften Früchten aß, bis ihr schlecht wurde. Flo fragte sich, wie lange Mama das unvernünftige Verhalten des jungen französischen Dienstmädchens noch ertragen würde. Mama schien diesem Vorfall wenig Beachtung beizumessen, denn sie wollte ihren Töchtern unbedingt etwas erzählen. Genau in diesem Schloss hatte der berühmte Dichter William Wordsworth, der mit 57 Jahren noch recht jugendlich war, eine Begegnung, aus der dann später das Gedicht „Wir sind sieben" entstanden ist.

Ein kleines Mädchen traf ich von acht Jahren.
Es war ein Kind von armen Leuten.
Doch Locken trug es in den lichten Haaren,
die zierten sein Gesicht von beiden Seiten.

Der Hauptgedanke des Gedichtes von Wordsworth war, dass das kleine Mädchen wollte, sie wären zusammen sieben Geschwister. Der Dichter wusste, dass zwei schon tot waren:

„Doch sie sind tot; die Beiden sind nicht mehr auf Erden.
Im Himmel ist ihr Geist geblieben."
Vergeblich war's, noch Worte zu verschwenden,
niemand vermocht' des Kindes Sinn zu wenden.
Es sagte nur: „Nein, wir sind sieben!"

Flo fragte sich, ob es überall in England so wäre wie in Schloss Goodrich, wo Dichter oder Romanschriftsteller ihre Inspirationen erhalten hatten.

Die Reise ging unter Mamas Führung weiter nach Wales, wo sie die Ruine von Tintern Abbey erkundeten. Den Mädchen zeigte man, dass es auch im Kloster normal und alltäglich zuging. So sahen sie beispielsweise das Loch, durch das der Koch den Mönchen ihr Essen reichte. Doch dann besichtigten sie auch den großen Gebetsraum, dessen Fußboden jetzt mit Gras bewachsen war. Wordsworth war auch hier gewesen und Mama rezitierte „Tintern Abbey". Seine Verse gaben den Eindruck dieser rauen Einsamkeit sehr gut wieder:

Schau diese Felsen, sie ragen empor,
geben dem Auge ein wildes, einsames Bild.
Tiefer noch dringen sie ein in die Einsamkeit der Gedanken.
Doch verbinden sie auch das Land mit der Stille des Himmels.
Zeit ist's für mich, dass mein Geist hier ruhe
unter den dunklen Platanen und schaue hinaus
ins Land mit den kalkweißen Steinen und Gärten voll Obst.

Flo war am meisten durch die folgenden Verse beeindruckt:

Ich spürte, dass da etwas war,
das mich vor Freude tief erregte, fast verwirrte,
das all mein Denken schnell emporgehoben.
Es schlummert gleichfalls tief in allen Dingen,
nimmt Wohnung in dem Licht der Abendsonne,
durchwebt den Ozean und alle Luft,
das Blau des Himmels wie den Geist des Menschen.
Es ist Bewegung und auch Geist, voll Antrieb
für alle, die da denken, und für alles, das gedacht.
In allem lebt es und wirkt fort.

Flo hatte kürzlich bemerkt, dass die Erwachsenen nicht so gern von Gott sprachen. Warum gebrauchten sie immer Anspielungen anstatt seinen heiligen Namen auszusprechen? Außerhalb der Gottesdienste wurde Gott kaum erwähnt. Die arme Dorfbevölkerung redete schon eher einmal von Gott. Doch die Wohlhabenden, die mächtigen, adligen Damen und Herrn, nahmen seinen Namen kaum in den Mund. Anscheinend war dies ein Zeichen von guter Erziehung, dass man Gott nicht erwähnte. Doch warum bloß?

Mama, die Mädchen und ihre Dienerschaft fuhren mit dem Reisewagen nach Monmouth, dann mit dem Schiff auf dem Fluss Wye nach Chepstow. Wieder besichtigten sie ein Schloss. Doch Flo war inzwischen von den Ruinen so gelangweilt, dass sie seinen Namen vergaß. Von dort aus verließen sie Wales mit einem Dampfschiff, das regelmäßig auf dem Severn Fluss verkehrte. Dabei nahmen sie auch ihre Reisekutsche mit an Bord. In Bristol stiegen sie aus und fragten in sieben Hotels an, bis sie das passende fanden. Flo hat die Zahl genau in ihrem Tagebuch festgehalten. Von Bristol rollten sie weiter nach Bath, dem wunderschönen Erholungsort im Südwesten Englands.

„Hier sehen die Straßen aus wie Halbmonde", beobachtete Flo.

Tante Julia war schon in Bath. Sie war direkt nach der Hochzeit dorthin gefahren und wollte erkunden, wie dort ein Haus für ältere Frauen geführt wurde. Als Tante Julia merkte, dass die Mädchen keinen Spass mehr an Geschichte und Literatur hatten, versuchte sie, die Kinder mit interessanten Erzählungen zu unterhalten. Sie ließ sie auch mit einem Hund spielen. Doch Flo wurde nicht recht warm mit ihr. Papa bewunderte Tante Julia. Und für Flos Cousine, Hilary Carter, war Tante Julia ihre Lieblingstante. Sie betonte immer wieder, wie sehr sich Tante Julia mühte, lieb zu sein, und wie sie und die andere unverheiratete Tante Patty sich anstrengen mussten, um den Großvater und die Großmutter Smith zu betreuen. Doch selbst Hilary und Papa konnten Flo nicht dazu überreden, sich für Tante Julia zu begeistern. Flo sagte sich, wenn Tante Julia wirklich für die alten Smith im entfernten Essex sorgte, wie konnte sie dann dauernd unterwegs sein?

Flo ließ sich auch davon nicht beeindrucken, wenn Tante Julia erzählte, wie die beiden Nightingaletöchter mit ihrem Vater einen Spaziergang machten. Tante Julia sagte zu Flo ganz im Vertrauen: „Deine Schwester Parte hielt sich an Papas Hand fest, während du, obwohl du ein Jahr jünger bist, ganz allein neben ihm hergingst." Tante Julia wollte immer unabhängig und frei sein. Flo war genauso. Und doch liebte Flo Tante Mai inniger. Flos Haltung gegenüber Tante Julia hing vielleicht damit zusammen, dass Tante Julia andere Interessen hatte und mit ihren Freundinnen oft eigenartige Meinungen vertrat. Vielleicht kam es aber auch daher, dass Flo irgendwann einmal abwertende Bemerkungen über Frauen aufgeschnappt hatte, die eine „höhere Schau" besaßen. Von ihrem Papa konnten diese Bemerkungen nicht stammen. Woran es auch liegen mochte, für die sieben Jahre alte Flo waren Tante Julia und ihre Freundinnen fremd und unverständlich ohne eine wohltuende Ausstrahlung. Sie hatten gar keinen Humor.

Nach dem Besuch in Bath rollten die Mädchen und ihre Reisegesellschaft unter der Leitung von Mama noch fünfzig Meilen weiter durch Wälder und Wiesen bis nach Embley Park, ihrer Winterresidenz in Hampshire bei Romsey.

Dort wartete auf Flo bald eine tolle Überraschung.

2

Das Frühstück war die einzige Mahlzeit, bei der die Familie und die Gäste ganz zwanglos und auch zu verschiedenen Zeiten zusammenkamen. Diesmal war Flo erstaunt, als sie sah, wie eine unbekannte junge Dame mit ihrer Mutter zum Büfett ging. Mit offenen Augen beobachtete Parte, wie die junge Frau leckere Portionen von Eiern und Schinken auf ihren Teller häufte. Wer war diese einfach gekleidete Frau? Sonst saßen doch keine Bediensteten mit am Tisch.

„Das ist Fräulein Christie", erklärte Mama.

„Guten Morgen, meine Lieben", zwitscherte Fräulein Christie munter los.

Meine Lieben? So vertraulich!

„Fräulein Christie ist eure neue Hauslehrerin", stellte sie Mama vor.

Dann war sie also eine Lehrerin. Denn von allen Bediensteten durfte nur die Hauslehrerin mit der Familie am Tisch sitzen. Wie viele Wechsel würde es für Flo noch geben? Sie hatte gerade erst erfahren, dass anstelle von Agathe ein neues, französisches Kindermädchen mit Namen Clemence gekommen war. Mama konnte die Ungeschicklichkeit von Agathe nicht länger ertragen. Und nun war auch noch eine neue Lehrerin gekommen. Das war bestimmt Papas Werk. Wie er sagte, gefiel es ihm gar nicht, dass die Mädchen kein Latein konnten, obwohl Flo von ihrem Vetter Henry Nicholson schon ein paar Brocken gelernt hatte. Da die Mädchen ganz gut Französisch sprachen – man hatte immer französisches Personal im Haus – meinten sie, damit genügend Sprachkenntnisse zu besitzen. Doch Papa war offensichtlich anderer Meinung.

Einige Monate später, zu Beginn des Jahres 1828, war Flo sehr froh über Fräulein Sara Christi. Sie übte einen guten Einfluss auf die Kinder aus. Und als im Februar Mama eine Besuchsreise unternahm, schrieb ihr Flo ganz begeistert:

Ich lerne Mathematik, Musik, (Piano forte nach Fräulein Christis neuer Methode), Latein, ich zeichne Karten von Palästina (und andere biblische Karten), gehe spazieren, handarbeite und habe auch sonst noch viel Spaß.

Flo hatte Freude am Lernen, weil es Fräulein Christi verstand sie dafür zu begeistern. Wenn sie z. B. die Bibel studierten, beschäftigen sie sich so intensiv damit, dass Flo das Empfinden hatte, sie würde jetzt wirklich die Stiftshütte mitbauen, wie sie im zweiten und dritten Buch Mose beschrieben wird.

Zuerst kam der Vorhof. Sie kannte die Ausmaße der Nord- und Südseite, die 100 Ellen lang waren. Eine Elle war etwa 50 Zentimeter lang. Die West- und Ostseite waren 50 Ellen lang. In Gedanken stellte sie eine bestimmte Anzahl von Säulen mit Füßen aus Bronze und silbernen Haken auf. Die Säulen trugen einen Vorhang aus fein gewebtem Leinen, der fünf Ellen lang war. An der Ostseite war ein zwanzig Ellen breiter Eingang. Er hatte einen Vorhang, der mit blauem, purpurfarbenem und rotem Garn bestickt war. Flo lernte die Stiftshütte genau kennen, bis in alle Einzelheiten des Allerheiligsten mit den beiden Flügeln der Cherubim hinein, die den Sühnedeckel auf der Bundeslade schützten. Ja, diese Art der Betrachtung der Bibel hatte es ihr besonders angetan.

„Man muss sich einmal vorstellen, wie da gewaltige Engel aus reinem Gold geschmiedet worden sind!“, sagte sie voller Verwunderung.

Als Mama nach Embley Park zurückkehrte, um die Mädchen zu ihrem üblichen Frühlingsbesuch nach London mitzunehmen, war Flo ganz verwirrt. Fräulein Christi blieb nicht bei ihnen, sondern reiste zu ihrer eigenen Familie in London. Die Nightingales waren bei den Bonham Carters zu Gast, sodass Flo mit ihrer Cousine Hilary zusammen sein konnte. Allerdings musste diesmal Parte auch dabei sein. Im Jahr zuvor war Flo froh gewesen, dass Hilary Keuchhusten bekam. Weil Flo diese Krankheit schon durchgemacht hatte, ihre ältere Schwester aber noch nicht, durfte Parte nicht bei ihnen sein. Das war ihr gerade recht gewesen. In diesem Jahr gab sich Flo alle Mühe, dass Parte ihr den Spaß nicht verderben konnte, wenn sie Tiroler singen hörten, die König Georg der IV. selbst ins Land gebracht hatte, oder wenn sie seltsame Funde aus dem alten Ägypten im Britischen Museum besichtigten.

Von London aus fuhr die Familie nach Lea Hurst zu ihrem Sommerhaus im Hochland von Derbyshire. Während ihres Aufenthalts nahm Tante Mai die Mädchen mit zu Oma Shores Haus in Tapton und dann in ihr früheres Heim in Norton. So erfuhr Flo, dass Lea Hurst nicht der ursprüngliche Familienbesitz war, sondern aus dem Besitz von Peter Nightingale herkam. Flos Vater hieß mit Geburtsnamen William Edward Shore, aber auf Bitten seines Onkels Peter hat er den Namen Nightingale angenommen. Dafür wurde er als William Nightingale der Erbe von Onkel Peters Vermögen. Flos Vater erhielt nicht nur ein großes jährliches Einkommen in Höhe von vielen englischen Pfund, sondern hatte durch eigenen Unternehmungsgeist seinen Reichtum noch vermehrt.

„Auf einem der Grundstücke von Onkel Peter hat dein Vater ein Bleibergwerk errichtet", erklärte ihr Tante Mai.

Als sie im Winter wieder in Embley Park waren, erhielten sie Besuch von ihrer Cousine Laura Nicholson. Die Nicholsons waren auch recht wohlhabend und lebten in Waverly Park, weniger als 40 Meilen nordöstlich von Embley Park. Die Familienbesuche im Winter machten die Runde zwischen den Nightingales in Embley Park, den Nicholsons in Waverly Park, den Bonham Carters in Fair Oak bei Winchester und Onkel Sam und Tante Mai in Combe Hurst in Surrey. Alle Verwandten waren begütert und wohnten nur jeweils eine Halbtagsreise voneinander entfernt.

Flo schätzte besonders die Freundschaft mit ihrer Cousine Marianne Nicholson. Von all den vielen Cousinen war sie diejenige, die eines Tages einmal großes Aufsehen erregen würde. Sie war eine ausgesprochene Schönheit, sogar noch hübscher als Flos Mama. Die erste Besucherin dieses Winters bei den Nightingales in Embley Park war Laura, auch Lolli genannt, Mariannes jüngere Schwester. Lolli hatte rote Haare und eine Stupsnase und war gerade fünf Jahre alt. Flo wäre lieber mit Lollis älteren Geschwistern zusammen gewesen, wenn nicht mit Marianne, dann mit Henry. Aber wenn Flo an die großzügige Gastfreundschaft von Fräulein Caroline in Betley Hall dachte, sah sie sich veranlasst, sich auch mit Lolli zu befassen. Es war üblich, dass man die Kinder einzeln auf Besuch schickte, weil man der Ansicht war, sie müssten auch einmal Abstand voneinander gewinnen. Dieses Problem hatte Flo nicht. Sie war im Gegenteil immer froh, wenn sie nicht mit Parte zusammen sein musste.

„Parte ist so bestimmend“, beschwerte sich Flo.

Bald durfte Flo die Carters in Fair Oak besuchen. Dort pflegte sie eine innige Freundschaft mit Hilary. Sogar Hilarys Bruder Jack war sehr nett zu Flo, was für Jungen in diesem Alter ungewöhnlich war. Ein wichtiges Ereignis in dieser Zeit war der Besuch einiger Häuser in den nahe gelegenen Dörfern mit Hilarys Gouvernante und Fräulein Johnson. Die feuchten, nur schwach erleuchteten Häuschen wirkten zunächst abstoßend auf Flo. Schon früher war sie einmal mit Mama in solche ärmlichen Hütten gegangen, um Lebensmittel dorthin zu bringen. Aber sie hatte sie noch nie betreten, um den Kranken Hilfe zu leisten. Mama sagte, Tante Julia habe diese Aufgabe übernommen, weil sich die Dorfbewohner keine medizinische Versorgung leisten könnten. Flo hatte niemals verstehen können, womit dies zusammenhing. Als jetzt Fräulein Johnson einer Dorfbewohnerin half, ihr krankes Kind zu versorgen, spürte Flo, wie wichtig diese Art von Unterstützung war. Und sie erkannte, dass dies nicht nur wichtig war, sondern auch ein Akt der Liebe. Niemals zuvor hatte sich Flo nach einer Arbeit so zufrieden gefühlt.

Plötzlich erkannte Flo, dass ihr das Evangelium von Jesus hier in einer Weise begegnete wie nie zuvor. Von der Hilfe für die Armen hat der Herr gesagt: *„Wahrlich, ich sage euch, was ihr getan habt einem dieser meiner geringsten Brüder, das habt ihr mir getan.“*

Flo war von Natur aus genau und gewissenhaft. So merkte sie

sich, welches Medikament Fräulein Johnson für die einzelnen Beschwerden anwandte. Sie passte auf, welche Mengen die Patienten in den verschiedenen Altersabstufungen brauchten. Sie fühlte sich in ihrem Element, wenn sie helfen konnte. Am liebsten wäre sie immer in Fair Oak geblieben. Doch als sie nach Embley Park zurückkehrte, gab es neue Nachrichten für sie. Mama musste Parte nach London zur Zahnbehandlung bringen. Flo hatte jetzt Fräulein Christi ganz für sich allein. Ihr Unterricht konnte dadurch viel intensiver gestaltet werden, weil Parte nicht da war, die sich immer sträubte, sich schwierigen Lernstoff einzuprägen. Um das Schönschreiben zu lernen, schrieb Flo Sinnsprüche auf wie: „Wer lügt, der vollbringt auch andere böse Taten.“ „Das Gewissen ist ein treuer und kluger Mahner.“ „Wer trotz Wohlstand bescheiden bleibt, zeigt, dass er klug ist.“

Und so übte sich Flo im Schreiben. Doch nach einer gewissen Zeit war ihr das zu eintönig. Schließlich erlaubte ihr Fräulein Christi, Briefe aufzusetzen. Natürlich hatte Flo auch schon vorher Briefe geschrieben, aber sie hatte sich noch keine Gedanken darüber gemacht, wie man einen Brief richtig verfasst. Es dauerte gar nicht lange, bis Fräulein Christi sie zu einer hervorragenden Briefschreiberin erklärte. Flo schrieb an jedermann. Weil die Nightingales so viel unterwegs waren, bekamen Papa, Mama und Parte eine Menge Briefe. Aber sie bedachte auch ihre Großeltern, ihre vielen Tanten und Onkel und ihre noch größere Zahl von Cousins und Cousinen mit Briefen. Im Januar 1829 schrieb sie an Henry Nicholson:

> *Mama ging am 11. Januar zu einem Ball, kam zwischen fünf und sechs Uhr nach Hause und blieb bis nach dem Abendessen im Bett. Sie hatte ein dunkelgrünes Kleid an mit weißen Ärmeln und Diamanten.*

Flo liebte das Schreiben. Es blieb nicht bei den Briefen, sondern sie fing auch an, Geschichten aufs Papier zu bringen. Fräulein Christi ermutigte sie, über das Leben ihres Kindermädchens

Clemence zu berichten. Dabei ging ihr eine neue Welt auf. Der Vater von Clemence war ein treuer Kutscher bei Ludwig XVI. gewesen, dem französischen König, der bei der Französischen Revolution enthauptet wurde. Flo lernte etwas sehr Wichtiges von Fräulein Johnson: Man darf Menschen nie gering schätzen, nur weil sie eine niedrige Stellung einnehmen. Clemence berichtete auch davon, wie sie einige Male mit knapper Not dem Tod entronnen war. Flo hatte den Verdacht, dass vieles davon übertrieben war, aber das machte die Erzählungen lebendig.

„Warum schreibst du nicht über dein eigenes Leben, es ist doch auch so aufregend?", fragte Clemence auf französisch.

„Aufregendes Leben!" schien ja wohl etwas übertrieben. Doch allmählich konnte sich Flo mit dem Gedanken anfreunden. Damit auch Clemence es lesen konnte, schrieb Flo: „Das Leben der Florence Nightingale". Auf Französisch lautete der Titel: *„La Vie de Florence Rossingnol"* und erschien im Januar 1829. Sie war glücklich, dass es im Französischen ein Wort für Nightingale gab, was ja Nachtigall bedeutet. Rossingnol schien unter einem guten Vorzeichen zu stehen. Sie arbeitete nicht nur an ihrer Autobiografie, wobei sie ihre frühesten Erinnerungen an Lea Hurst auffrischte, sondern beschäftigte sich dabei auch mit Erdkunde und Geschichte. Ihr Tagebuch war durchsetzt mit Bibelzitaten wie: *„Der Herr ist mit dir."* Bald gewann sie genug Selbstvertrauen, um mit ihrem Vater über ihre Studien zu sprechen.

„Meine Güte, Flo, woher weißt du, dass Ethelred II. der Halbbruder von Edward dem Märtyrer war?", meinte Papa eines Abends beim Essen. „Sie starben ja schon vor über 800 Jahren."

Papa war ein nachdenklicher Mensch, der gern über Politik und Geschichte sprach. Und nun redete seine achtjährige Tochter von solchen Dingen. Er konnte seine Freude nicht verbergen, was Flo wiederum antrieb, sich noch mehr damit zu beschäftigen.

Als Flo im Frühjahr wieder mit Parte in London zusammen kam, wurde der Unterrichtsstoff von Fräulein Christi etwas reduziert. Die beiden Schwestern befassten sich mit Sport und Musik. Später verließen sie London schweren Herzens, weil ihr Cousin Bonham Carter Junior, den alle Bonny nannten, schwer erkrankt war. Kurz nach ihrer Abfahrt erfuhr Flo, dass Hilarys älterer Bruder gestorben sei. Flo tröstete sich damit, dass Bonny selbst vor kurzem Trost aus dem Wort Gottes geschöpft hatte, als er in Johannes 14, 1 - 2 las:

> *„Euer Herz erschrecke nicht! Glaubt an Gott und glaubt an mich! In meines Vaters Hause sind viele Wohnungen. Wenn es nicht so wäre, hätte ich dann zu euch gesagt: Ich gehe hin, euch die Stätte zu bereiten?"*

In Lea Hurst gab sich Fräulein Christie alle Mühe, die Mädchen zu beschäftigen, damit sie über den Tod von Bonny nicht so traurig wären. Sie machte ihnen Vorschläge, wie sie selbst Geld verdienen könnten, um den Armen zu helfen. Der Höhepunkt dieser Bemühungen war eine Party für arme Dorfkinder, bei der es reichlich gutes Essen, Kuchen und Geschenke gab. Aber Flo besuchte auch ihre Häuser und machte sich Notizen über die einzelnen Erkrankungen, über deren Behandlung und die Heilungserfolge. Mittlerweile war Flo so weit, dass sie fast alles in ihrem Notizbuch festhielt, was Tag für Tag geschah. Sie machte auch Eintragungen über den Charakter einzelner Personen, über Reiche und Arme. War es ein angenehmer Mensch? War es jemand, mit dem man einigermaßen auskommen konnte? Oder war er schwierig? Konnte er mit Kindern umgehen? Konnte man mit ihm spielen?

Als Flo zum Winter nach Embley Park zurückkehrte, erfuhr sie, dass ihr Vater mit dem Ehrentitel eines Obersten Richters der Grafschaft Hampshire ausgezeichnet war. Was einst eine besondere Machtstellung bedeutete, hatte jetzt nur noch eine Symbolfunktion und wurde für ein Jahr verliehen. Trotzdem war Flo begeistert, wenn sie sah, wie ihr Papa als Oberster Richter in feierlicher Robe ausritt, um die Richter des Königs zu treffen, die er dann offiziell nach Winchester Cathedral begleitete, bevor sie dort zu Gericht saßen. Flo durfte einmal bei einer Gerichtsverhandlung dabei sein. Es war ein trauriger Fall. Ein Landarbeiter hatte beim Gutsbesitzer Bohnen gestohlen. Für dieses „schreckliche“ Verbrechen wurde der Arbeiter nach Australien verschifft, von wo er erst nach 14 Jahren zurückkehren durfte. Die Strafe stand in keinem Verhältnis zur Tat, und Flo dachte, es ist kein Wunder, wenn die armen Menschen vor dem Gesetz Angst haben. Die Gerichtsverhandlung nahm sie so mit, dass sie danach keine Freude mehr daran hatte, in der Kirche umherzugehen und die Schreine zu besichtigen. Das waren kleine Särge aus Stein, die die Gebeine früherer Könige enthielten.

„In diesem liegt Ethelred!“, stieß sie hervor, als sie eine der Inschriften entzifferte. „Und dies ist sein Halbbruder Edmund!“, rief sie beim Anblick eines anderen Sarges.

Auch andere erstaunliche Dinge geschahen in diesem Winter. Sir Nicholas Tindall kam in einem Heißluftballon zu ihrem Anwesen geflogen. Es war das erste Mal, dass Flo so etwas sah. Dann nahm Mama die Mädchen mit nach Süden, damit sie die warme Luft am Englischen Kanal genießen konnten. In Portsmouth sahen sie eine Segelregatta und bestiegen das Kriegsschiff „Victory“, das berühmte Flaggschiff von Lord Nelsons englischer Flotte. Es waren erst 24 Jahre vergangen, seit die britische Flotte die vereinten Flotten von Frankreich und Spanien im Golf von Trafalgar vernichtet hatte. Es war damals ein gewaltiger Sieg, der Napoleons Invasionspläne gegen England zerschlug. Doch Lord Nelson war selbst von einer Kugel getroffen worden. Für Flo war es ein besonderes Gefühl, als sie die Stelle sah, wo er niedergestürzt und dann auch verblutet war.

Weiter westlich am Kanal entlang mietete Mama ein kleines Häuschen. Die Mädchen streiften an der Küste entlang und suchten Muscheln. Doch das aufregendste Ereignis war, als Mama auf einem dicken Pony ritt und an eine morastige Stelle kam. Das Pony sank ein. Mama, die so leicht wie eine Feder war, sprang ab und landete außerhalb der sumpfigen Stelle. Ihr Kutscher Josef und vier andere Männer mussten mit den Pferden das arme

Tier aus dem Sumpf herausziehen. Wenn es dabei gestrampelt hätte, wäre es lebendig an dieser Stelle begraben worden. Als sie in ihrem Häuschen ankamen, erzählte ihnen die Köchin, die sie angeheuert hatten, dass ihr dies auch schon einmal passiert sei.

Tante Julia, die bei den Nightingales wohnte, zog die Augenbrauen hoch und flüsterte Flo zu: „Jetzt erzählt sie uns die Geschichte."

Als sie nach Embley Park zurückkehrten, setzte ein endloser Strom von Besuchern ein. Am liebsten hatte Flo Tante Mai, die inzwischen ein kleines Mädchen hatte, Flos zweifache Cousine Blanche. Mit Tante Mai reiste auch Großtante Maria an, die den Mädchen jeden Abend Geschichten vorlas. Dann kam noch Hilary Carter. Doch nicht jeder Tag war für Flo eitler Sonnenschein, wie man aus ihren Aufzeichnungen vom 15. November 1829 vernehmen kann.

Ich musste still neben Fräulein Christi sitzen, bis ich ganz gehorsam war. Carters und Blanche sind hier, ich darf aber nicht bei ihnen sein. Mama ist in Fair Oak und ist krank. Ich bin ganz unglücklich, und ich habe entzündete Augen. Ich kann nicht gut sehen und mir ist kalt.

Doch Flo hatte ihre Schmerzen bald vergessen, als Fräulein Christie abrupt zu ihrer Familie nach London fahren musste. Ihr Bruder Robert lag im Sterben. Flo war von Robert nicht begeistert gewesen, als sie ihn in London getroffen hatte. Er neckte sie, als ob sie noch ein kleines Kind wäre und verletzte damit ihren Stolz. Hatte sie ihn ihre Abneigung spüren lassen? Ganz gewiss. Damals dachte sie auch, sie handele recht. Jetzt aber kam ihr das grausam vor. Sie machte sich Sorgen, weil sie so reagiert hatte. Sie müsste behutsamer im Urteil über andere Menschen sein. Konnte sie das jemals wieder gutmachen? Als Mama sah, wie unglücklich Flo war, brachte sie sie zu den Bonham Carters, die nach Fair Oak zurückgekehrt waren. Auf dem Weg dorthin hellte sich ihre Stimmung wieder auf.

„O, ich kann einige Wochen bei meiner geliebten Hilary sein!", rief sie freudestrahlend aus.

3

„Willst du nicht endlich zum Klavierunterricht gehen, Hilary?“, ertönte eines Tages eine ärgerliche Stimme. „Nur weil deine teure Cousine Flo uns besucht, musst du ja nicht deine Pflichten versäumen.“

Flo schaute von Hilarys Tisch auf. Ja, da stand Jack, der dreizehnjährige Bruder ihrer Cousine in der Tür. Flo konnte sich nicht vorstellen, dass es Jack wirklich um die Pflicht ging. Er wollte sie einfach nur ärgern. Flo beruhigte Hilary, indem sie ihr sanft die Hand auf den Arm legte.

„Hilary und ich setzen gerade einen Brief auf“, erklärte Flo zähneknirschend.

„An wen?“, wollte Jack wissen.

„An meinen Vater.“

„Und warum?“, warf Jack ein.

„Das ist unsere Sache, das geht dich gar nichts an, Jack.“

„Du wirst immer mehr wie deine herrische Schwester Parte“, erwiderte Jack.

Flo musste zugeben, dass sie vieles mit Parte gemeinsam hatte. Schaute sie in einen Spiegel, dann erkannte sie auch gleich das Bild ihrer Schwester. Beide Mädchen hatten ein langes, schmales Gesicht, eine scharf geschnittene Nase, rote Lippen, waren groß und schlank mit ihren zehn beziehungsweise neun Jahren. Parte trug auch bunte Kleider aus Satin, die ihren ganzen Körper bedeckten. Nur ihre Hände und ihr Gesicht waren zu sehen. Der einzige Unterschied im Aussehen bestand in der Farbe ihrer Haare. Flos Haar war rotbraun, dicht und gelockt. Partes Haar war matt braun und glatt wie Stroh.

„Darf ich diesen Brief auch einmal lesen?“, knurrte Jack.

Vetter Jack war ein Monster. Bis jetzt hatte er während Flos Besuch in Fair Oak zwei Puppenwagen zerstört, Hilarys Hand verletzt, falsche Anschuldigungen gegen die beiden Mädchen erhoben und Flo so heftig mit einer Rute gegen das Bein geschlagen, dass es jetzt noch schmerzte. Diese Schandtaten waren in dem Brief genau aufgezählt. Als Datum war der 24. Februar 1830 angegeben. Ein Rechtsanwalt hätte ihn nicht besser abfassen können. Damit ihr Vater auch wusste, wie brav sie gewesen waren, fügte Flo noch hinzu, dass sie in Carters Garten einen Werkzeugschuppen eingerichtet hatten, wo ein Spaten, zwei Rechen, zwei Hacken und vier Körbe standen. Jack hatte sich an dieser Arbeit überhaupt nicht beteiligt. Ihm gebührte dafür auch kein Dank.

Plötzlich wurde Flos Blick auf eine Gestalt gelenkt, die über den Gang vor Hilarys Schlafzimmer huschte. „Was guckst du so?", wollte Jack wissen und drehte sich dabei herum.

„Das ist doch nur das Dienstmädchen Molly", beruhigte ihn Flo.

„Kennst du ihren Namen?", fragte Jack ganz erstaunt.

„Molly?", warf Hilary dazwischen. „Ich wusste auch noch nicht, wie sie heißt."

„Lass mich bitte den Brief zu Ende schreiben", sagte Flo in ruhigem Ton.

„Du kannst jetzt getrost Klavier spielen, Hilary."

Hilary wusste, was sich gehörte und widersetzte sich nicht. Auch Jack schien zufrieden gestellt, als Hilary sich ans Klavier setzte. Vielleicht wusste ein Kerl wie Jack auch, dass es nicht anständig war, sich in Hilarys Schlafzimmer aufzuhalten. Nun war Flo allein in diesem Zimmer, und das war ihr auch ganz lieb. Jetzt brauchte sie Jack und Hilary nicht zu erklären, wie sehr sie sich für das Hauspersonal interessierte. Die beiden würden es auch gar nicht verstehen. Flo wusste natürlich, dass man außer mit der Gouvernante oder dem eigenen Kindermädchen mit dem Hauspersonal keine engeren Beziehungen haben sollte. Mit der Dienerschaft hatten die Bessergestellten so wenig Kontakt wie möglich, und ein Hausangestellter sprach niemals von sich aus mit seiner Herrschaft. Flo suchte jedoch ihre Bekanntschaft um herauszufinden, wie gut sie das Anwesen in Ordnung hielten.

„Organisation ist alles", hatte Flo dabei erfahren.

Auf jedem angesehenen Landsitz wurden die Regeln für die Bediensteten streng gehandhabt. Die drei Personen an der Spitze der Hierarchie – der Butler, der Hausverwalter und der Koch – hatten eine Art militärische Befehlsgewalt. Jeder der Angestellten musste seine Pflichten nicht nur gewissenhaft erfüllen, sondern auch zur festgesetzten Zeit. Das Timing war alles. Lange bevor die Herrschaft am Morgen aufstand, wirbelten die Diener umher, um die Kamine und Öfen in Gang zu bringen. Dann trugen sie Tabletts mit Kaffee und heißem Kakao in die Schlafgemächer ihrer Herrschaft. Während diese dann aufstanden und sich mit Hilfe ihrer Zofen und Kammerdiener ankleideten, deckten die andern Angestellten den Tisch im Speisesaal. Wenn dann die Herrschaften in fröhlicher Unterhaltung ihre Mahlzeit einnahmen, wobei der Butler und der Diener die Speisen anreichten, eilte das übrige Personal in die Schlafzimmer. Sie räumten auf, richteten die Betten und entleerten das Nachtgeschirr. Die Sitte war so streng, dass Molly am Vormittag immer ein zart lilafarbenes Kleid tragen musste. Daran erkannte man, dass sie Hausmädchen war. Am Nachmittag zog sie das schwarze Kleid eines Zimmermädchens an. Dazu gehörten auch eine weiße Schürze und eine weiße Haube. Strümpfe und Schuhe waren schwarz. Außer denen, die unmittelbar mit ihren vorgesetzten Herren und Damen zu tun hatten, waren die andern den ganzen Tag über an der Arbeit. Der bis in alle Einzelheiten festgelegte Dienst hörte erst auf, wenn die letzte Abendmahlzeit serviert und der Tisch wieder abgeräumt war.

„Das ist zum Staunen und toll organisiert!“, wurde es Flo bewusst.

Das Dienstpersonal in Fair Oak, dem Landsitz ihres Onkels Bonham Carter, war ähnlich zusammengesetzt wie die Dienerschaft ihres Vaters in Embley Park. Einschließlich der Mädchen, die in der Spülküche arbeiteten, waren es insgesamt 40 Personen: der Gärtner, die Stallburschen, der Kutscher und alle häuslichen Bediensteten. Nach Flos Meinung waren es nicht zu viele, wenn man bedenkt, dass Fair Oak bei besonderen Gelegenheiten bis zu 80 Übernachtungsgäste aufnehmen konnte. Tante Mai konnte in Combe Hurst genauso viele beherbergen. Und in Waverly Abbey, wo die Nicholsons wohnten, war die Zahl der Gäste oft noch größer. Schließlich war Flos erweiterter Familienclan beachtlich groß. Wenn man all die Großmütter und Großväter, die etwa 25 Onkels und Tanten, Dutzende von Cousins und Cousinen zusammenzählte, hatte Flo eine Familie, die sich sehen lassen konnte.

„Kein Wunder, dass da alles gut organisiert sein muss", überlegte sie.

Aber der Sommersitz ihres Vaters Lea Hurst weiter nördlich in Derbyshire war mit weniger Menschen bevölkert. Es wohnten dort nicht so viele nahe Verwandte, und Lea Hurst hatte nur 15 Schlafzimmer. Fast die Hälfte des Personals blieb in Embley Park zurück, um es bis zu der Zeit ihrer Rückkehr in peinlicher Ordnung zu halten. Lea Hurst war ein verträumter Ort hoch über dem Fluss Dervent. Mama hatte Flos Vater nie dazu überredet, eine Residenz in London zu kaufen. Wenn sie dann im Frühjahr und im Herbst in die Hauptstadt fuhren, wie alle prominenten Leute, wohnten sie in einem der vornehmen Hotels. Natürlich musste es ein Hotel im Westend sein. Die Prominenz wusste, dass das Westend das Herz Londons war, „und das Herz von ganz England", hätten die dortigen Bewohner sofort hinzugefügt. Gegen diese Aussagen gab es keine Argumente mehr. Das Westend erstreckte sich vom Parlamentsgebäude bis zur Themse westlich des Kensington Palastes und seines ausgedehnten Parks. Kensington, Strand Hyde Park, der Buckingham Palast, Piccadilly, das Britische Museum, Mayfair, die Nationalgalerie, die Westminster Abtei und der Trafalgar Platz zählten alle zum Westend. Jahrelang war London in jedem Frühling und jedem Herbst Flos Welt gewesen.

„Ich muss meinen Brief an Papa noch unterschreiben", sinnierte Flo. Doch in Gedanken versunken zögerte sie noch.

Was würde Papa von ihrem Brief denken? Würde er sagen: „Flo ist aber ein liebes Mädchen"? Sie wünschte, dass er das sagte. In einem anderen Brief, den sie nach Hause schrieb, hatte sie mitgeteilt, sie sei jetzt gutwilliger und fügsamer. Wollte sie eher Papa oder Mama gefallen? Flo wusste jetzt mehr über ihren Vater, seit sie sich mit ihm über Geschichte unterhalten hatte. Papa hatte die Universität Cambridge besucht, wo er Italienisch, Griechisch, Latein, Deutsch, Geschichte, Philosophie und andere Fächer studiert hatte. Im Alter von 36 Jahren sah ihr Vater aus wie eine Pappel, die sich im Wind bewegt. Er war sehr groß und schlank. Selten sah man ihn auf einem Stuhl sitzen. Lieber lehnte er sich irgendwo an Kaminsimse, Türrahmen oder an alles, was aufrecht stand. Er hatte auch ein besonderes Pult, dessen Beine so hoch waren, dass er bei der Arbeit stehen konnte. Auch Mama, die frühere Fanny Smith, war groß und schlank. Doch sie war nicht wie ein mächtiger Baum. Mama war eine Schönheit, aber auch eine fleißige Arbeiterin. Ihre Gastfreundschaft war großartig, fast wie eine Leidenschaft. Flo vermutete, dass Mama viel mehr als Papa den ganzen häuslichen Betrieb in Gang hielt. Papa schien sich nur um seine Bibliothek und seine Waffenschränke zu kümmern. Mama, die Dame des Hauses, überprüfte die Einkaufslisten, machte Aufstellungen über das Porzellan, ließ das Sofa mit rotem Damast neu überziehen und veranlasste, dass die Decken himmelblau und die Zierleisten golden angestrichen wurden. Mama verfasste die vielen Kondolenzbriefe, Einladungsschreiben, Entlassungspapiere und Gutachten. Sie setzte ihre Pläne energisch durch. Papa hingegen ließ am liebsten den Dingen ihren Lauf. Die beiden bildeten ein seltsames Paar. Es hieß auch, dass Fanny Smith versuchte, ihrem Haus ein größeres soziales Image zu geben. Flo wusste, dass so etwas durchaus möglich war. Bis jetzt hatte es noch keine Veränderung gegeben. Aber wer konnte Mama in ihrem Entschluss aufhalten?

Während Flo ihren noch nicht unterschriebenen Brief betrachtete, wurde ihr bewusst, wie schön es war, dass sie nicht mit Parte zusammen sein musste. Parte war so fordernd und beherrschend. Flo hatte ihr in der letzten Zeit öfter geschrieben. Dabei schlug sie einen sehr versöhnlichen Ton an: „Bitte, lass uns doch liebevoller miteinander umgehen. Das ist Gottes Wille, und Mama wünscht es auch."

Doch Parte antwortete ihr überhaupt nicht, sodass Flo in ihren Briefen wieder aggressiver wurde. „Warum schreibst du nicht? Du hast doch Zeit genug. Ich schreibe dir so lange Briefe, und du schreibst so selten und dann immer nur ein paar Zeilen. Ich schreibe dir nicht mehr, wenn du mir nicht schreibst."

Wieder kam von Parte keine Antwort. Doch Flo führte den Briefwechsel fort.

Flo wurde in ihren Gedanken unterbrochen, als Hilary wieder ins Schlafzimmer trat. Hilary war sehr lieb zu ihr, und deshalb machte ihr die Störung nichts aus. Schließlich unterschrieb Flo den Brief an ihren Vater und legte ihn beiseite. Niemand wusste es besser als Flo, die immer hin und her reiste, dass auch ihr Aufenthalt bei Hilary bald zu Ende ging. Deshalb versuchte sie jeden Tag, der ihnen noch vergönnt war, so gut wie möglich auszunutzen. Als sie vier Wochen später wieder nach Embley Park zurückkehrte, fand sich Flo mit der Trennung von Hilary ab. Aber erfreut darüber war sie nicht.

Als Papa merkte, wie entmutigt sie war, versuchte er, sie aufzumuntern. Er nahm sie mit auf einen langen Spaziergang in den Wald. „Wir müssen uns anschauen, wie der Weißdorn und Schwarzdorn in Blüte stehen", sagte Papa zu Flo. „Es ist ein weißes Blütenmeer!"

Flo und Parte wanderten zusammen mit Papa in das weite königliche Wildgehege. Buchen, Eichen und Birken bildeten den hauptsächlichen Baumbestand. Doch an diesem Tag waren Weißdorn und der Schwarzdorn mit ihren vielen Blüten am eindrucksvollsten. Die Pflanzenwelt zeigte immer wieder eine andere Seite. Die Birkenlämmchen platzten jetzt auf und streuten kleine Samenkörner aus. Im Herbst brachen die Buchensamen aus, und die dreieckigen Bucheckern fielen auf die Erde. Die schöne Herbstfärbung konnte auch ein stumpfsinniges Herz zum Leuchten bringen.

Um den Anblick des Waldes noch schöner zu gestalten, erstrahlten die Heideflächen leuchtend gelb von Ginster und purpurrot von Heidekraut. Wilde Ponys, die umhersprangen und sich aufbäumten, gaben der Heidelandschaft ein zauberhaftes Aussehen. Geheimnisvolle Tümpel und Moore tauchten hier und da auf. Flo dachte, dass New Forest mit Recht uralt genannt werden könnte. Im Jahre 1079 hatte Wilhelm der Eroberer das Reservat geschaffen. So war es im Jahre 1830 schon 751 Jahre alt. Leute vom einfachen Stand drangen oft dort ein, jagten Wild und ließen ihr Vieh weiden. Deshalb musste besonderes Wachpersonal den Wald kontrollieren. Wenn die Nightingales im Wald spazieren gingen, sahen sie die berittenen Wächter in ihren grünen Jacken und Mützen. Wer die Gesetze des Waldes übertrat, wurde schnell im nahe gelegenen Lyndhurst vor ein Gericht gestellt. Einst waren die Strafen sehr streng, und es konnten sogar Todesurteile gefällt werden, doch jetzt gab es nur harte Strafen, wenn ein Wilddieb auf frischer Tat ertappt wurde.

„Die Farmer dürfen ihre Schweine im Oktober und November im Wald fressen lassen", erzählte Papa seinen Töchtern, „denn dann sind die Eicheln, die auf der Erde liegen, grün, und nur Schweine vertragen grüne Eicheln. Wenn die Eicheln braun werden, kommt dann anstelle der Schweine das Rotwild."

„Das ist ja ganz praktisch eingerichtet", überlegte Flo.

„Ist es nicht längst Zeit, wieder in die Zivilisation zurückzukehren?", knurrte Parte und schaute dabei in Richtung auf Embley Park.

Embly Park war ein gewaltiger, aus Steinen gebauter Herrensitz mit Sprossenfenstern und holländischen Giebeln. Es machte den Eindruck von Erhabenheit und war doch sehr schlicht und solide ausgestattet. Aber für Flos Mutter war es nicht groß genug. Sie war nicht zufrieden, solange nicht fünf einigermaßen große Familien – im Durchschnitt ein Dutzend Personen pro Familie – in Embley Park aufgenommen werden konnten. Dazu brauchte man einige Dutzend Schlafzimmer und wenigstens noch eine Küche. Sie war am zufriedensten, wenn sie viele Gäste um sich scharen konnte. Meistens kamen Nichten und Neffen zu

Besuch. Der Gipfel des Glücks wäre für Mama, wenn sie ein größeres Haus hätte und jeden Abend Gäste bewirten könnte, Landadlige mit ihren Frauen, Barone und Baronessen, höhere Adlige, Grafen und Gräfinnen.

„Warum nicht auch Herzöge?", rief Mama einmal hoffnungsvoll aus.

Am 12. Mai 1830 wurde Flo zehn Jahre alt. Im nächsten Monat, als sie gerade bei den Nicholsons zu Besuch war, starb König Georg IV. im Alter von 67 Jahren. Sein Nachfolger war sein jüngerer Bruder William, der 64 Jahre alt war. Wie Flo hörte, stand er in keinem besonders guten Ansehen. Obwohl er wusste, dass er in der Thronfolge der nächste nach Georg IV. war, hatte er ein sehr oberflächliches Leben geführt. „Aber wer konnte ihm das zum Vorwurf machen?", meinten manche Leute. Sein Vater Georg III. war 81 Jahre alt geworden und hatte dabei 67 Jahre regiert. Bestand da nicht aller Grund, dass auch Georg IV. bis in die achtziger Jahre seines Leben regieren würde? Als König William IV. seine Regierung antrat, versuchten die höher gestellten Klassen seine Sympathie zu gewinnen.

„Seine Majestät ist der Politik der Liberalen zugeneigt", sagte Papa, der auch auf deren Seite stand.

„Bei einem liberalen Premierminister wie Charles Grey lassen sich vielleicht einige Reformen durchsetzen", meinte Mama.

„Ich fürchte, dafür haben wir nicht die nötigen Stimmen im Parlament", stöhnte Papa.

„Vielleicht könnte der König selber genügend Liberale in den Adelsstand erheben", sagte Flo ganz ruhig, „damit sie den Sieg davontragen."

„Ganz recht, mein Kind", stimmte ihr Papa zu.

„Solange das Parlament so wohlgesonnen ist, könnten sie vielleicht die Sklaverei in unsern Kolonien abschaffen", fügte Flo hinzu.

Es mag seltsam erscheinen, dass Flo sich schon mit zehn Jahren an einer solch anspruchsvollen Unterhaltung beteiligen konnte. Aber bis dahin hatte sie schon viele solcher Unterhaltungen mit ihrem Vater geführt und auch zugehört, wenn andere über die Machenschaften der Politik sprachen. Sie war aufgeschlossen, und ihr Geist nahm alles auf wie ein trockener Schwamm das Wasser. Doch zur Bildung gehörte mehr, als dass man nur Gesprächsfetzen aufschnappte. Flo hatte sich damit abgefunden, dass sie niemals die großen Universitäten Oxford und Cambridge besuchen könnte. Dieses Vorrecht stand nur den jungen Männern aus ihrer vornehmen Gesellschaftsschicht zu. Es schmerzte sie, dass sie davon ausgeschlossen sein sollte.

Ihren einmonatigen Londoner Aufenthalt im Frühjahr des Jahres 1830 verbrachte sie bei Onkel Octavius Smith, den sie kurz Onkel Oc nannte, und seiner Frau, Tante Jane, in ihrem Haus am Ufer der Themse. Sie spielte mit ihrem Vetter Freddy, der genau wie sie die Tiere liebte. Er hatte zwei Tauben, von denen eine versehentlich abgeschossen wurde und die andere wegflog. Danach tröstete er sich mit seiner Dogge und einer ganz jungen Ziege. Wenn die kleine Ziege den großen Hund wegstieß, lachten Flo und Freddy über ihren Mut. Die beiden Kinder verbrachten viel Zeit damit, aus einem alten Betttuch ein Zelt zu bauen. Sie befestigten Seile daran, um ihr Zelt an Holzpflöcken zu verankern, die sie in den Rasen eingeschlagen hatten. Flo hatte den Gedanken, ihrem Zelt den Namen Brobdingnad zu geben nach dem fernen Land der Riesen, von dem sie in Jonathan Swifts *„Gullivers Reisen"* gelesen hatte.

Daraus bestand Flos Welt. Es war eine seltsame reiche Mischung aus einfallsreichen Kinderspielen in einer Phantasiewelt, Diskussionen über Geschichte und Politik, wie sie die Erwachsenen führten, und den vielen Möglichkeiten von Reisen in große Städte. Als sie in London waren, nahm Onkel Oc sie einmal mit in eine Schnapsbrennerei mit ihren vielen Röhren und Maschinen. Ein anderes Mal hörten sie den Chor in der St. Pauls Kathedrale. Schließlich besuchten sie eine Galerie mit Portraits von Sir Thomas Lawrence. Dort befand sich nicht nur das Portrait von dem verstorbenen König Georg IV., sondern auch das des neuen Königs William IV. Flo erkannte in seinen Gesichtszügen eine gewisse Schwäche. Im Gegensatz dazu sah der russische Zar Nikolaus stark und bedrohlich aus.

Tante Julia bestätigte das später. „Ja, der Zar ist ein sehr gefährlicher Mann, einer, der gerne Krieg führt. Seine Armeen haben den Iran und die Türkei bekämpft, und jetzt unterdrückt er die Polen. Er ist so gefährlich, weil er so viele Erfolge hat."

Tante Julia hatte sie für den Sommer nach Lea Hurst begleitet. Doch die Reiseroute von Tante Julia schloss mehr Umwege ein, als das bei Mama der Fall war. Zuerst machten sie bei Schloss Warwick Halt, wo Flo eine Vase betrachtete, die aus Pompeji stammte und eine solche Höhe hatte, dass ein großer Mann winzig dagegen erschien. In der gleichen Gegend hielten sie noch in Stratford-on-Avon an, wo sie nicht nur die Geburtsstätte, sondern auch das Grab von Shakespeare bewundern konnten. Später besuchten sie auf ihrer Reise noch die Nichte von einer von Tante Julias besten Freundinnen, Harriet Martineau. Fräulein Martineau, so gab Tante Julia Flo zu verstehen, beschäftigte sich mit Schriftstellerei. Sie hatte ihr Ziel noch nicht ganz erreicht, aber sie würde es noch schaffen. Bis dahin würde sie wenigstens so einflussreich wie früher Maria Edgeworth sein. Sie schrieb Romane, aber auch Tatsachenberichte. Sie setzte sich sehr für die Rechte der Frauen ein.

Tante Julia vertraute Flo an: „Deine Tante Patty meint, Fräulein Martineau sei zu rechthaberisch, benehme sich fast wie ein Mann, wenn es darum gehe, dass man ihren Ansichten zustimmen soll. Doch ich bewundere Fräulein Martineau sehr."

„Vielen Dank, dass du so offen zu mir bist", erwiderte Flo.

„Du bist ein aufgewecktes Kind. Ich will dir noch mehr sagen. Deine Großmutter behauptet, du hättest die Qualitäten von Martha und Maria. Bei dir hätten sich zwei wunderbare Eigenschaften miteinander verbunden."

Martha und Maria? Was hatte das zu bedeuten?

Natürlich erinnerte sich Flo an die beiden Schwestern des Lazarus, die im Lukas- und Johannesevangelium erwähnt werden. Doch von Martha hatte sie keine hohe Meinung. „Wieso bin ich wie Martha?", fragte sie etwas erregt. „Hat Jesus nicht die Martha getadelt und zu ihr gesagt: *‚Martha, Martha, du hast viel Sorge und Mühe. Eins aber ist Not. Maria hat das gute Teil erwählt; das soll nicht von ihr genommen werden'?"*

„Da hast du ganz Recht. Martha war so damit beschäftigt, für ihre Gäste zu sorgen, dass sie im Augenblick die wichtigsten Dinge ganz aus den Augen verloren hatte. Doch ihr Wunsch, für das Wohl der Menschen zu sorgen, war nichts Wertloses. Nur in dem Augenblick erkannte sie nicht, dass ihre Arbeit sie abhielt, auf das Wort Jesu zu hören. Doch eines musst du bedenken, mein Kind. Als Jesus nach Bethanien kam, weil er gehört hatte, Lazarus sei gestorben, kam Martha als Erste zu ihm gelaufen und rief: *‚Herr, wärest du hier gewesen, mein Bruder wäre nicht gestorben. Aber auch jetzt weiß ich: Was du bittest von Gott, das wird dir Gott geben.'* Hier siehst du, dass Martha als Erste Vertrauen zu Jesus hatte, dass er das Unmögliche tun konnte. Maria aber war still zu Hause sitzen geblieben."

„So hatten Maria und Martha beide ihre guten Seiten."

„Genau das meinte deine Großmutter, als sie sagte, bei dir zeigten sich die guten Eigenschaften der beiden Schwestern. Du bist ein aktiver Mensch wie Martha, aber du bist auch sehr nachdenklich wie Maria."

Allmählich gewann Flo Tante Julia lieb.

4

Obwohl Flo anfing, Tante Julia zu bewundern, machte sie sie doch nicht zu ihrem Idol wie Hilary. Vielleicht wurde Flo auch durch die Art abgestoßen, wie Tante Julia redete. Das erinnerte sie an Frauen, die ihr nicht so gut gefielen. Damen aus dem Adelstand benahmen sich leider manchmal etwas eigenartig. Sie hatte gehört, wie einige Herren bei gesellschaftlichen Anlässen die Bemerkung fallen ließen, dass Frauen reine Gefühlsmenschen seien. Es entspräche ihrer Natur, dass sie eher emotional als logisch reagierten. Doch Tante Julia bestand darauf, dass dies ihrer künstlerischen Art entspräche. Solches Benehmen war erst kürzlich durch bekannte Dichter wie Lord Byron in die Gesellschaft eingeführt worden. Impulsive Eingebungen standen höher im Kurs als rationale Überlegungen. Die Damen brachten dies zum Ausdruck, indem sie ein starkes emotionales Gehabe zeigten. Das ging so weit, dass es zum allgemeinen Benehmen gehörte, wenn sie wegen eines ungehörigen Briefes oder wegen eines geringen Tadels in Ohnmacht fielen. Eine Dame galt als besonders kultiviert, wenn sie leicht in Ohnmacht fiel. Deshalb hörte man in den vornehmen Häusern öfter den Ruf: „Ein Glas Wasser für die gnädige Frau!“ Und wenn sich die Dame mal an einem Gegenstand heftiger gestoßen hatte, musste sie sofort ins Bett.

Flo merkte bald, dass diese Form von erhöhter Sensibilität keineswegs ihrer Vorstellung von einer starken Frau entsprach. Ein Kind, das für sein Alter schon so viel Bildung besaß und so weit entwickelt war, erkannte auch bald, dass das männliche Geschlecht alle Vergünstigungen hatte. Nach Mamas Vorstellung sollten die Mädchen dankbar sein, wenn sie ihrer Herkunft nach zur besseren Gesellschaftsschicht gehören durften. Doch damit gaben sich Flo und Tante Julia nicht zufrieden. „Gibt es Frauen im Parlament?“, fragte Tante Julia. „Nein. Dürfen Frauen die Universität besuchen? Nein. Haben Frauen Stimmrecht? Nein. Gibt es Ärztinnen? Nein. Gibt es Frauen im Ingenieursberuf? Nein.“

„Und wie steht's mit der Königin?", parierte Flo.

„Seit über hundert Jahren hat es keine britische Königin mehr gegeben", gab Tante Julia zu bedenken.

„Einige sagen", konterte Flo in Erinnerung an ihre Gespräche in Embley Park, „dass Alexandrina Viktoria, die junge Tochter des Herzogs von Kent, als Nächste den Thron besteigen könnte, wenn ihr Onkel William IV. stirbt."

„Das wäre eine tolle Gelegenheit", meinte Tante Julia.

Tante Julia rechnete damit, dass der altersschwache William IV. bald sterben würde und Alexandrina Viktoria zu jung wäre, um den Thron zu besteigen. Dann gäbe es sicher einen Streit um die Krone. Schließlich hätte man dann doch wieder einen König. Je mehr Tante Julia redete und Flo über ihre eigene Zukunft nachdachte, desto mehr kam Flo zu der Überzeugung, dass es in ihrer Zeit die Frauen schwerer als je hatten. Ein Mädchen aus besseren Kreisen konnte in Griechisch, Latein und Logik unterrichtet werden – wie z. B. die Wesley Schwestern, ein Jahrhundert zuvor. Und doch brächte es ihnen keinen Nutzen. Sie könnten höchstens bei Abendgesellschaften angeregte, intellektuelle Gespräche führen.

„Maria Edgeworth und Jane Austen und eines Tages auch Henrietta Martineau werden für die Frauen eine Bahn brechen", warf Tante Julia ein und gab damit ihrer Hoffnung Ausdruck.

Ja, Flo wusste, dass Jane Austen schon ein gewisses Maß an Unabhängigkeit erwirkt hatte. Die glänzende Romanschriftstellerin hatte in der Nähe von Embley Park gewohnt, etwa auf dem halben Wege zwischen Fair Oak von Carters und dem Waverly der Nicholsons. In Chawton hatte Fräulein Austen ihre letzten drei Romane geschrieben. Der bedeutendste von ihnen war *„Persuasion"*. Bevor sie in Chawton lebte, war Jane Austen in dem Dreieck von Deane, Ashe und Steventon aufgewachsen, was noch dichter bei Embley Park lag. Keine zwanzig Meilen von Flos Haus entfernt hatte Austen drei andere Romane geschrieben. Dazu gehörte auch das bedeutende Werk *„Pride und Prejudice"*. Das Werk wies dadurch Schwächen auf, dass die Heldin unter Mangel an Selbstvertauen, ja sogar unter Selbstverachtung litt. Der Wendepunkt in der Geschichte trat dann ein, als sie diese negative Haltung als Hindernis auf ihrem Lebensweg erkannte.

Erst in Austens späteren Romanen, besonders in *„Persuasion“* stellte sie ihre Heldin von Anfang an als eine selbstbewusste Person dar. Doch dies hatte wieder seinen Preis. Denn die selbstbewusste Heldin erschien den meisten Lesern zu gefühllos und arrogant.

„Ihr Selbstvertrauen führte also dazu, dass sie abgelehnt wurde“, redete sich Tante Julia in Wallung.

So tat es weh zu sehen, dass Frauen manche Wege verschlossen waren. „In welcher hoffnungslosen Lage befinden wir uns“, klagte Flo.

Ihr Schmerz verflog wieder, als sie im September in Lea Hurst mit Fräulein Christi zusammen sein konnte. Flos Aufenthalt in Embley Park hatte vier Monate gedauert. Anscheinend konnten die reiselustigen Nightingales nie Ruhe halten. Als ob sie das noch beweisen wollten, machten Papa und Mama eine Besuchsreise in den Süden, nachdem Flo nur wenige Wochen in Lea Hurst gewesen war. Tante Julia blieb daheim, um den Haushalt zu führen. Frau Marsh half Fräulein Christie zusammen mit Flo und Parte. Frau Marsh hatte viel Schweres erlitten. Sie hatte ihren Mann verloren, dann ihre einzige Tochter und schließlich eine Nichte, die ihr viel bedeutete. Frau Marsh hatte die Kinder der Nichte adoptiert und sie dann alle fünf nacheinander an Tuberkulose sterben sehen. Und doch blieb Frau Marsh dem Leben zugewandt, war sehr nett und freundlich. War ihr das alles nicht unter die Haut gegangen? Wie hat sie das verkraften können?

„Weißt du nicht, dass der Herr oft sagt: ‚Du sollst getrost und freudig sein‘?“, gab Frau Marsh der neugierigen Flo zur Antwort. Sie riet ihr auch: „Lies einmal Johannes 16, 33!“

Und so las Flo die Worte Jesu: *„In der Welt habt ihr Angst, aber seid getrost, ich habe die Welt überwunden.“*

Dennoch entdeckte Flo, dass Frau Marsh in Tränen ausbrach, wenn jemand die Rede auf den Verlust ihrer Lieben brachte.

Aber sie war trotz all der erlittenen Not nie verzweifelt, sondern wurde durch ihren Glauben an den Herrn Jesus Christus getragen. Nichts konnte Flo mehr gefallen, als wenn sie sah, wie jemand wirklich aus der Kraft Christi lebte und etwas von der Freude am Herrn ausstrahlte. Es machte sie auch glücklich, wenn jemand hilfsbereit und gütig war. Auch sie selbst sehnte sich immer mehr danach, so zu leben. Fräulein Christie und Tante Mai hatten sie darin bestärkt.

Flo und Parte brauchten dringend die Nähe von Frau Marsh, als Fräulein Christie einen Unfall hatte. Der Tag begann ganz harmonisch. Sie waren zu einem Picknick ausgeritten und wollten eine seltene wilde Blume pflücken, die die Bezeichnung „Gras von Parnass" hat. Dann kam wie aus heiterem Himmel ein Betrunkener daher, der seinen Esel auf Fräulein Christies Pony zulenkte. Sie wurde zu Boden geworfen und wand sich vor Schmerzen. Man brachte sie zurück nach Lea Hurst, wo aber erst am Abend ein Arzt kam und sie untersuchte. Selbst Clemence konnte Flo und Parte nicht beruhigen, wenn sie hörten, wie Fräulein Christie vor Schmerz schrie. Immer wieder heulte sie auf. „O nein!" Musste sie jetzt sterben? Schließlich kam Frau Marsh zu ihnen. „O Kinder, ihr seid schrecklich besorgt. Ich war so sehr in Anspruch genommen, als Fräulein Christie behandelt wurde, dass ich euch ganz vergessen hatte. Sie ist am Leben, und es geht ihr wieder gut. Ihre Schulter war ausgerenkt. Sieben starke Leute mussten sie festhalten, während der Arzt ihre Schulter wieder einrenkte."

„Gott sei Dank, dass nur ihre Schulter ausgerenkt war", meinte Flo etwas erregt. Warum musste Fräulein Christie leiden? Warum musste Frau Marsh so viel Schweres durchmachen? O Gott, sind das nicht berechtigte Fragen? Beide sind doch so nette Menschen. Und doch mussten sie mehr leiden als andere. Warum? Fräulein Christie war bald wieder die Alte und die Nightingalemädchen fuhren wieder in den Süden. Treu ihren Grundsätzen machten die Nightingales wieder große Umwege. Flo und Parte begleiteten Fräulein Christie und einige der Bediensteten nach Buckenham, wo sie bei Fräulein Emily Taylor, einer Freundin von Fräulein Christi, blieben. Fräulein Taylor war eine Frau im vorgeschrittenen Alter, die ein gutes Werk verrichtete, indem sie eine kleine Schule für Dorfkinder leitete. Sie finanzierte das Ganze durch den Verkauf eigener Gedichte und sonstiger Schriften. Die Schulkinder halfen dabei, indem sie Hausschuhe strickten, die verkauft wurden. Bald griff auch Flo zum Strickzeug. Es war für sie ein herrliches Gefühl, dass sie sich nützlich machen konnte. Einen Monat lang genoss sie das Glück, gute Taten zu vollbringen.

In den nächsten Monaten reiste Flo ständig von Derbyshire in Nordengland nach Hampshire im Süden, wobei sie unterwegs oft Zwischenstopps einlegte. Doch die Nachricht, die sie im Frühjahr 1831 erhielt, war so niederschmetternd, dass sie die Arbeit an ihrer Lebensgeschichte „La Vie de Florence Rosingnol" für immer beiseite legte. Sie war am Boden zerstört. Fräulein Christie wollte sie verlassen.

„Ich werde heiraten, Flo", sagte sie. „Mein Mann heißt Collmann."

Und damit verließ Fräulein Christie die Mädchen. Es erschien so unfair. Aber konnte Flo Fräulein Christie eine Heirat missgönnen? Papa musste sich jetzt darum kümmern, wie seine Töchter weiter unterrichtet werden sollten. Ihre scheidende Lehrerin hatte es gut verstanden, die beiden in Rechnen, Kunst, Nähen und Musik zu unterrichten. Außerdem hatte sie ihnen ein umfangreiches biblisches Wissen vermittelt. Sie hatte sogar mit dem Lateinunterricht begonnen. Doch sie konnte sie nicht weiter führen. Wenn seine Töchter die nötigen Sprachen beherrschen wollten, um Literatur zu studieren und Weltreisende zu werden, dann müsste Vater als Absolvent von Cambridge ihnen selbst Unterricht erteilen. Unter seiner Anleitung würden Flo und Parte Griechisch, Deutsch, Französisch, Italienisch und noch intensiver Latein lernen. Natürlich konnten sie auch nicht ohne eine gute Allgemeinbildung fremde Länder bereisen. Deshalb müsste sie Papa auch in Philosophie und Geschichte unterrichten. Für die

Fächer Nähen, Musik und Kunst wollte er noch eine Lehrerin einstellen.

Das nächste große Ereignis im Jahre 1831 war die Geburt eines Kindes, das Papas Schwester, Tante Mai, zur Welt brachte. Bei den schwierigen Erbverhältnissen im Blick auf Peter Nightingales Grundbesitz entstand folgende Situation: Wenn William Nightingale keinen eigenen Sohn hätte, würde dieser Junge bei Papas Tod alles erben. Mama war mittlerweile 43 Jahre alt. Da bestand wenig Aussicht auf einen Sohn. Es war der Familie hoch anzurechnen, dass Flo niemals einen Vorbehalt gegenüber dem kleinen Jungen erkennen konnte. Er wurde sogar William Shore Smith genannt. Papa hieß nämlich früher William Shore, bevor er den Namen Nightingale annahm. Keiner war dem Baby mehr zugetan als Flo.

„Mein kleiner Shore", sprach sie leise, wenn sie das Kind liebkoste.

Flo fühlte sich nicht nur ihrem kleinen Shore, sondern auch Tante Mai sehr verbunden. Obwohl Tante Mai damals schon 33 Jahre alt war, war sie für Flo mehr wie eine ältere Schwester als wie eine Tante. Sie besprach auch vertrauliche Dinge mit ihr. Wie Papa war sie sehr nachdenklich und gründlich. Sie hatte schon lange die Unterschiede zwischen Parte und Flo entdeckt. Flo machte es Angst, wenn sie daran dachte, wie das Leben einer Frau in England üblicherweise verlief. Sie brauchte ein anderes Ziel als nur die übliche Stellung im Haushalt. Aber wie sollte das aussehen? Tante Mai sprach oft mit Flo über diese Fragen. Doch es gab in der Tat wenig Möglichkeiten.

„Dein Vater bereitet dich gut auf das Leben vor", meinte Tante Mai. „Du bekommst eine solide Grundlage auf vielen Wissensgebieten. Eines Tages wird dir schon das Richtige einfallen."

Zu dieser Vorbereitung gehörte es auch, dass sie mit dem Christentum in England vertraut wurde. Aus Gesprächen hatte Flo heraushören können, dass viele Glieder ihrer Familie in der Vergangenheit der Freikirche angehörten. Das waren Kirchen, die sich von der Church of England, die auch die Anglikanische Kirche genannt wurde, wegen der starren Gottesdienstformen getrennt hatten. Und doch gab es vor allem an der Universität Oxford unter einer kleinen Gruppe der englischen Elite eine Bewegung, die die römisch-katholischen Elemente, die die Puritaner entfernt hatten, wieder in der Church of England einführen wollte. Mama dachte immer praktisch. Sie kümmerte sich wenig um Theologie und Kirchenlehre. Wenn man in der besseren Gesellschaft Englands etwas gelten wollte, ging man zur Church of England.

„So einfach ist das", war ihre Schlussfolgerung. Dies war eine etwas oberflächliche Haltung. Flo aber wollte die Bibel selber studieren und beten. Im Frühjahr 1832, als Hilary gerade Embley Park besuchte, war Flo gespannt, wann denn Frau Collmann, ihr geliebtes Fräulein Christie, das Baby zur Welt bringen würde. Als dann die Nachricht eintraf, war sie wie am Boden zerstört. Ihr Fräulein Christie war bei der Geburt gestorben! Flo taumelte. Sie hatte gedacht, es könnte nichts Schlimmeres geben als die Schmerzensschreie von Fräulein Christi damals in Lea Hurst. Aber dieses Geschehen war unendlich schlimmer. Tot war sie! Warum Gott, warum musste das passieren? Flo versuchte, sich damit zu trösten, dass ja auch Frau Marsh in all ihrem Leid den Glauben an Gott behalten hatte. Doch innerlich konnte sie nicht zur Ruhe finden. Über dieses schwere Geschick machte sie sich viele Gedanken. Hilary und andere trösteten sie. „Gottes Handeln ist uns oft verborgen", sagte Hilary. „Seine Wege sind höher, als es unsere Vernunft begreifen kann. Fräulein Christie ist jetzt schon beim Herrn." Doch in Flo kam der bittere Gedanke auf, dass dies nicht geschehen wäre, wenn Fräulein Christie nicht geheiratet hätte. Sie hatte keine Freude mehr am Leben. Spielen mochte sie auch nicht. Es kam ihr jetzt kindisch vor, ihrer Cousine, Marianne Nicholson, Briefe in Geheimschrift zu schreiben.

Eines der wenigen Dinge, die ihr Trost gaben, war das Tragen von Trauerkleidern, womit sie ihre Liebe zu Fräulein Christie ausdrücken wollte. Und noch ein Geschehen, eine fast unscheinbare Begebenheit, bewegte sie: Jeden Morgen genau um acht

Uhr setzte sich eine Taube auf das Fensterbrett in ihrem Schlafzimmer, als wollte sie ihr sagen: Das Leben muss weitergehen.

Die Landschaft draußen war um diese Jahreszeit düster, die Bäume kahl. Der Himmel war wolkenverhangen, und die Luft kühl.

„Nun, ich muss diesem süßen kleinen Himmelsboten sicher ein paar Bröckchen Brot draußen aufs Fenster legen", sagte sie sich.

Doch Flo blieb traurig.

Hilary, die jetzt auf Carters neuem Familiensitz in Ditcham bei Petersfield lebte, hatte einen kleinen Bruder namens Hugh. Er war Hilarys Baby, so wie Shore Flos Baby war. Hilary teilte Flo mit, dass ihr Baby Hugh sehr krank sei. Am 24. März 1832 schrieb Flo an Hilary: „Es tut mir Leid, wenn ich höre, dass es deinem Baby gar nicht so gut geht. Unserem Kleinen geht es viel besser. Bei ihm sind schon zwei Zähne durchgekommen."

Als Großmutter Smith zu Besuch kam, diesmal aber ohne Tante Julia, versuchten Parte und Flo, ihre Trauer über Fräulein Christie zu verdrängen, indem sie sich der Großmutter annahmen. Sie wollten genauso gut für sie sorgen, wie es Tante Julia getan hatte.

Als Flo die Großmutter pflegte, schrieb sie an Hilary, sie habe plötzlich erkannt, wie sehr sie Tante Julia verehre. Das würde Hilary sicher aufmuntern, die auch eine hohe Meinung von Tante Julia hatte. Doch dann erhielt Flo die furchtbare Nachricht, dass der kleine Hugh Carter gestorben sei. Sie tröstete Hilary damit, dass Hugh nun wie ein Engel sei, um den sich auch sein großer Bruder Bonny kümmere. Ja, sogar Fräulein Christie sei schon im Himmel und stehe ihm bei. Doch diese letzten Trostworte brachten Flo selber zum Nachdenken. War sie nicht eine Heuchlerin, wenn sie Hilary solche Sätze sagte? Sie selbst war doch untröstlich über den Tod von Fräulein Christie. Es war ihr unbegreiflich, dass ihre frühere Lehrerin im Himmel glücklich sei. Warum konnte sie sich nicht vorstellen, dass Fräulein Christie mit Freuden ihren Bruder Robert wiedersah? Sie kam auf den

Gedanken, dass ihre Trauer um Fräulein Christie im Grunde nur Selbstmitleid war.

„Glaube ich nun an die himmlische Herrlichkeit oder nicht?", fragte sie sich. Schließlich erkannte sie, dass die Auferstehung der Toten zu einer festen Gewissheit in ihrem Leben wurde. Sie holte sich Fräulein Christies Briefe hervor, um sie noch einmal zu lesen. Sie wollte das schöne Andenken an ihre Freundin bewahren und es nicht zur Quelle des Selbstmitleids werden lassen. Das Leben geht weiter.

Flo erkannte auch, dass Tante Mai, die sie jetzt besuchte, sich Sorgen um den lieben Shore machte. „Das kleine Kind ist ein zartes Etwas, und doch ist es ein großer Segen", sagte Tante Mai leise vor sich hin.

Bald durften Tante Mai und die Nightingales Shores ersten Geburtstag feiern. Zwölf Tage später hatte Flo ihren zwölften Geburtstag. Flo war in der Tradition aufgewachsen, dass das Geburtstagskind die Familie und Freunde mit kleinen Geschenken beglückte. So hatte sie im abgelaufenen Jahr sorgfältig eine Menge schöner Sachen für diese Gelegenheit gesammelt: einen Brieföffner aus Elfenbein, grünes Seidenband, Notenhefte, eine Schere und zwei sehr schöne Geldbörsen. Vielleicht war das schönste Geschenk für sie selbst, dass Tante Mai den kleinen Shore bei den Nightingales ließ, als sie mit ihrer Tochter Blanche nach Harrogate abreiste. Als dann das Kindermädchen der Nightingales krank wurde, durfte die zwölfjährige Flo Shore versorgen. Sie fühlte sich wie im Himmel. Shore nahm sie so in Anspruch, dass sie darüber das Briefeschreiben vergaß.

„Für solche Privatvergnügen habe ich jetzt keine Zeit", sagte sie nicht ohne Stolz.

Im Frühjahr 1833 wurde immer deutlicher, dass Flo ganz anders war als ihre Schwester Parte. Parte war in ihrem Element, wenn die Nightingales Gäste einluden oder selbst Besuche machten. Dann fühlte sie sich glücklich, während Flo schon nach wenigen Minuten von Unruhe erfasst wurde. Doch Flo war kein unglückliches Kind. Für sie war das Leben schön, wenn sie sich um Hilfsbedürftige kümmern konnte. Babys zogen sie wie ein Magnet an. Sie liebte Shore und sein neues Schwesterchen Bertha. Und in einer so großen Familie gab es auch noch andere kleine Kinder. Am Ende ihrer vielen Briefe fügte Flo oft den Satz an: „Tausend Küsse für all die kleinen Babys!" Sie entwickelte auch eine große Liebe zu Tierkindern: Welpen, Kätzchen, Küken, Lämmchen, Zicklein und sogar zu den Frischlingen im Wald. Auch diese Tiere sollten gesund heranwachsen und bestens versorgt werden, „wie mein dickes, glückliches Schweinchen Toby", rief sie voller Begeisterung aus.

Auch die Vögel draußen in der Natur beglückten Flo. In Embley Park zogen sie nicht nur die Spatzen an, sondern auch die Kleiber, die vor ihrem Fenster an der Zypresse hin und her hüpften. Nachdem sie sie jahrelang beobachtet hatte, fand sie heraus, dass sowohl der Baum als auch die Kleiber etwas ganz Besonders waren. Der Baum war immergrün, aber im Winter warf er doch seine Nadeln ab wie die Eiche oder der Weißdorn ihre Blätter. Auch der Kleiber beeindruckte sie sehr. Obwohl die kleinen Vögel mit ihren schwarzen Köpfchen, blauen Rücken, braunen Brüsten und kurzen Schwänzchen den ganzen Tag um den Baum herumhüpften, als ob er ihr Domizil wäre, konnte sie doch niemals ein Nest entdecken.

„Was macht es mir doch Spaß, diese kleinen Kleiber zu beobachten."

Aber die größte Freude bestand für sie darin, dass sie sich mit Babys beschäftigte und sie genau beobachtete. Spiegelte sich darin nicht die Freude wider, die Gott selbst an seinen Geschöpfen hat? Oft dachte sie darüber nach, was der Sinn ihres Lebens sei. Sie sehnte sich so sehr danach, Gutes zu tun. Wie hing das alles zusammen? Damals entdeckte sie, dass die Dichterin Felicia Hemans diese Gefühle treffend zum Ausdruck gebracht hatte. Und in jedem Brief an Hilary, den Flo gewöhnlich Sonntag für Sonntag schrieb, fügte sie einige Zeilen der Dichterin ein:

Wo die Orangen goldene Blüten zeigen
und Leuchtkäfer erglühen in Myrtenzweigen.
Wo grüne Inseln aus dem Silbersee empor sich recken
und, herrlich duftend, Wälder sich erstrecken,
seltsame Vögel Sternenglanz auf ihren Schwingen,
die satten Farben aller Herrlichkeiten zu uns bringen.

Die Natur, wie Felicia Hemans sie sah, stimmte mit dem Bild überein, das Flo von „allen Herrlichkeiten" hatte. Es war wie eine jenseitige Welt, die kein Auge sehen und kein Ohr hören konnte. Ja, Flo liebte die zauberhaften Landschaften, über die Felicia Hemans ihre Verse verfasste. Wer hatte diese Welt der Wunder geschaffen?

Flo kannte ihre Bibel, sodass sie wusste, wer der Schöpfer des Weltalls war. Paulus spricht davon in 1. Korinther 2, 10: *„Uns aber hat es Gott offenbart durch seinen Geist; denn der Geist erforscht alle Dinge, auch die Tiefen der Gottheit."* Es war der Geist Gottes, der Felicia Hemans und auch Flo bewegte.

Papa war jetzt ganz mit Flos und Partes Ausbildung befasst. An den Abenden las er ihnen laut vor. Wenn er englische Klassiker wie Shakespeares *„Hamlet"* oder moderne Romane wie Sir Walter Scotts *„Die Presbyterianer"* vorlas, war Parte hingerissen. Flos Begeisterung war nicht so groß, weil sie lieber selbst das Buch in die Hand nahm, um die Worte vor sich zu sehen und über ihre Bedeutung nachzudenken. Wenn dann aber Latein oder Griechisch oder Geschichte an die Reihe kamen, dann hörte Parte nur zum Schein zu und fertigte dabei Zeichnungen an. Zeichnen war ein Hobby von ihr. Obwohl Flo auch weiterhin an der anspruchsvollen Lektüre ihres Vaters Interesse zeigte, war sie oft frustriert, wenn sie manche Worte nicht verstand.

Im Laufe der Zeit gab Papa Flo und Parte immer öfter seine kostbaren in Leder gebundenen Bücher in die Hand, damit sie sie selbst lesen könnten. Parte sah in diesem „Vorrecht" nur zusätzlichen Stress, für Flo aber wurde Lesen zu einem himmlischen Vergnügen. An den Abenden war es meist so, dass die vier

Nightingales sich paarweise trennten. Parte sprach mit Mama über gesellschaftliche Ereignisse, Flo führte mit Papa Gespräche über Philosophie und Politik. Politik war zu der Zeit in England ein aufregendes Thema, und Papas Partei der Liberalen versuchte, einige Reformen durchzusetzen. Großvater Smith, der mittlerweile 77 Jahre alt war, hatte auch der liberalen Partei angehört. Doch er war mehr ein Mann der Praxis und nicht ein Träumer wie Papa. 46 Jahre lang hatte sich William Smith als Abgeordneter von Norwich im Unterhaus für die Sache der Freikirchen und der sozial Schwachen eingesetzt. Obwohl er selbst nicht zu den Evangelikalen gehörte, war Großvater Smith doch ein Verbündeter und Freund der starken evangelikalen Politiker, die man „Clapham Sekte“ nannte. Ihr wichtigster Vorkämpfer, William Wilberforce, der gegen die Sklaverei und die Diskriminierung der Katholiken eingetreten war, war kürzlich verstorben. Doch vor seinem Tode hatte er noch erlebt, dass seine Gesetzesvorlage zur Abschaffung der Sklaverei in allen englischen Herrschaftsgebieten rechtskräftig geworden war. Das Gesetz zur freien Religionsausübung der Katholiken war schon in Kraft.

Alle diese Dinge diskutierte Flo auch mit Papa. Das Gesetz, mit dem sie schon lange gerechnet hatten und durch das eine gerechtere Verteilung der Sitze im Parlament geschaffen werden sollte, war im Jahre 1832 durchgekommen. Viele kleine Wahlbezirke, die doch nur den adligen Landbesitzern auf geschickte Weise mehr Stimmen verschaffen sollten, hatte man aufgelöst. Irland und Schottland erhielten mehr Abgeordnete. Die Wahlmöglichkeiten selber wurden erleichtert, indem man Auflagen im Blick auf Wohnort und finanzielle Situationen aufhob. Aufs Ganze gesehen wurde durch die Reform die Zahl der Personen mit passivem Wahlrecht verdoppelt. Auch wurde ein Teil der politischen Gewalt von den adligen Landbesitzern auf die Angehörigen der Mittelklasse übertragen.

„Aber die Frauen sind wieder zu kurz gekommen“, kommentierte Flo diese Entwicklung.

Papa beeilte sich zu sagen: „Alles zu seiner Zeit, liebes Kind.“

5

Die Männer in England, ob sie nun aufgeklärt waren oder nicht, konnten sich für die Rechte der Frauen nicht erwärmen. Es gab genügend andere Probleme. Es war erniedrigend, dass Kinder in Fabriken arbeiten mussten und die Armen immer ärmer wurden. Kaum einer kümmerte sich darum. Dann gab es noch das Problem mit Irland. Würde England jemals Irland in die Unabhängigkeit entlassen? Flo fand Interesse an diesen schwer lösbaren Problemen. Wenn sie mit Papa darüber sprach, hatte sie das Empfinden, dass ihr Leben einen Sinn bekam. Und obwohl sie wünschte, nicht so oft mit Mama und Parte Besuche machen zu müssen und dadurch viel wertvolle Zeit zu verlieren, tröstete es sie doch, dass Papa sich intensiv um ihr Lernprogramm kümmerte. Bald las sie schon Cicero auf Lateinisch und übersetzte den italienischen „Tasso" ins Französische.

Torquato Tasso, die große Gestalt der Renaissance, las sich gut auf Italienisch, Französisch und Englisch. Ein Zweizeiler hätte auch schön auf Flo gepasst:

In jung Rinaldo sah er wilde Sehnsucht,
ein vornehm' Herz voll tiefer Ungeduld.

Flo beschäftigte sich auch mit bedeutenden Gestalten der englischen Literatur wie Chaucer, Spencer, Milton und Shakespeare. Parte interessierte sich dafür überhaupt nicht. Für sie machte es keinen Sinn, sich mit so schwierigem Stoff auseinander zu setzen. Aber Mamas Interessen teilte sie. So hing sich Flo immer mehr an ihren Papa und Parte immer mehr an Mama. Die Nightingales führten weiterhin ihre routinemäßigen Reisen durch. Im Winter waren sie in Embley Park, im Frühling in London, im Sommer in Lea Hurst und im Herbst wieder in London. Die Töchter wurden oft auf Besuch zu Tanten und Großeltern geschickt. Dabei fuhren die beiden meist getrennt. So hatte Parte niemanden, mit dem sie sich auf der Fahrt hätte streiten können. Es war ihr auch nicht möglich, ihre jüngere Schwester herumzukommandieren. Gelegentlich unternahmen sie auch gemeinsam einige Reisen. So fuhren sie im Sommer oft zur Insel Wight in Begleitung ihres Kindermädchens, das gleichsam als Anstandsdame dabei war.

„Damit auch hier unsere langweilige Erziehung weitergeht", knurrte Parte.

Doch die meiste Zeit genossen sie die Sehenswürdigkeiten und andere Freuden der Ferieninsel. Die Insel Wight, die wie ein Diamant aussieht, misst an ihrer breitesten Stelle 23 Meilen. Sie liegt nur wenige Meilen vor der Küste von Hampshire. Die Klippen von Alum Bay bieten eine wunderbare Ansicht mit ihren zwölf übereinander gelagerten Sandsteinschichten, die abwechselnd in gelben, roten und braunen Tönen erstrahlen. Die Insel war auch immer wieder ein Ort der Geschichte. Auf ihr gibt es ein Schloss, das außerhalb von Cowes liegt und von Heinrich VIII. erbaut worden war, der wegen der Ermordung einiger seiner Ehefrauen berüchtigt ist. Die Insel Wight ist auch eine richtige Ferieninsel. Die meisten Besucher segeln oder sonnen sich. Ventnor, ein in Terrassenform angelegter Erholungsort im Süden der Insel, ist möglicherweise der wärmste Flecken in ganz England.

Eines Tages im Jahre 1834 rief Parte ganz laut: „Jetzt bricht die Freiheit an!" Die beiden Schwestern waren noch auf der Insel Wight, als sie die Nachricht erhielten, dass Papa sich für einen Parlamentssitz im Jahre 1835 bewerben würde. Parte war aus vielen Gründen froh darüber. Nicht zuletzt deshalb, weil im Falle von Papas Wahl der Unterricht ein Ende fände. Er hätte dann keine Zeit mehr, mit ihnen zu lernen. Flo war niedergeschlagen. Unter Papas Anleitung hatte sie gute Fortschritte gemacht und sogar fleißig italienische Vokabeln gelernt. Die beiden Schwestern stritten sich jetzt mehr denn je. Parte war herrschsüchtig und überempfindlich zugleich. Flo wusste, dass sie selbst auch oft sensibel, selbstgerecht und zu sehr auf sich konzentriert war.

Parte war ihr dann gleichgültig. Andererseits machte es Parte auch nicht viel aus, wenn sie miteinander Streit hatten, während Flo sich schuldig fühlte. Die Worte Jesu in Matthäus 5 hatten ihr deutlich gemacht: Man sollte Gott keine Gaben darbringen, solange man mit einem Bruder oder einer Schwester im Unfrieden lebt.

„Ich aber sage euch: Wer mit seinem Bruder zürnt, der ist des Gerichtes schuldig... Darum: wenn du deine Gabe auf dem Altar opferst und dort kommt dir in den Sinn, dass dein Bruder etwas gegen dich hat, dann lass dort vor dem Altar deine Gabe und geh zuerst hin und versöhne dich mit deinem Bruder und dann komm und opfere deine Gabe.“

Flo beschäftigte sich jetzt viel mit ihrem eigenen Leben. Was sollte aus ihr werden? Was wollte Gott von ihr? Immer wieder brachte sie im Gebet die eine Bitte vor: „Bitte, Gott, sag mir, was ich tun soll.“ Manchmal konnte sie ihre innere Unzufriedenheit unter Kontrolle halten und wie Parte Dinge tun, die man von einem klugen Mädchen erwartete. Wenn eine Frau kein anderes Ziel im Leben hatte, als sich gut zu verheiraten, sollte dann Flo nicht auch ihre Kontaktfähigkeit und ihre gesellschaftlichen Vorzüge in die Waagschale werfen?

Ihr aber bereitete es große Freude, wenn sie sich mit hilflosen Geschöpfen abgeben konnte: mit einem zahmen Eichhörnchen, mit einer Taube, am liebsten aber mit einem Baby.

„Mein liebes Kleines“, sagte sie dann ganz fröhlich.

Im Jahr 1834 bekam Flo eine große Aufgabe. Tante Jane in London brauchte Hilfe. Sie erwartete ein weiteres Kind. Ihr Sohn Freddy war gestürzt und hatte sich davon noch nicht wieder erholt. Wen sollten die Nightingales zur Aushilfe schicken? Mama überging ihre ältere Tochter Parte und entschied sich für Flo. Für Flo war es nichts Besonderes, weil Parte sowieso nicht daran gelegen war. Doch Flo musste gegen den Stolz ankämpfen, dass ausgerechnet sie ausgesucht worden war. Sie schien jetzt zu einer zweiten Tante Julia zu werden, die sie sehr verehrte. Tante Julia wurde allgemein geachtet und verehrt. Außerdem war sie ein praktischer Mensch. Sie hatte in allem ein System. Von den Leuten, die Flo kannte, war Tante Julia diejenige, die sich am meisten um die Armen kümmerte und sie besuchte. Tante Julia wusste auch immer, wenn ein Kind geboren wurde. Und auf Tante Julia warteten die sozial Schwachen. Sie war es, die fast bei allen Menschen im hohen Ansehen stand, bei ihrer Familie und auch bei ihren Freunden, bei Reichen und Armen.

„Und Hilary, meine beste Freundin, denkt genauso über Tante Julia", sagte sich Flo.

Im Jahre 1835 war der große Augenblick gekommen. Papa kandidierte für das Parlament. Mama war über diese Entscheidung sehr glücklich. Endlich würde ihr Träumer jedermann zeigen, dass er bereit war, in die politische Laufbahn einzusteigen.

Doch er erlitt eine deutliche Niederlage. Zu seinem Unglück feierten andere Liberale glänzende Siege. Einige aus den Familien der Nightingales, der Smith' und der Carters klagten darüber, dass die Zeitumstände für William Nightingale ungünstig seien. Er war ein zu ehrlicher Mann, als dass man ihn wählen könnte. Doch man musste vorsichtig sein, wenn man solche Ansichten äußerte. Mamas Vater, der 46 Jahre im Parlament gewesen war, hätte dem nicht widersprochen. Doch der alte Mann starb noch im selben Jahr. Nach seiner Niederlage wurde Papa noch verträumter und hing seinen philosophischen Gedanken nach. Flo fing an, Plato auf Griechisch zu lesen. Die innere Kluft unter den Nightingales wurde größer. Fanny stürzte sich immer mehr in das gesellschaftliche Leben. Sie wollte auf diesem Gebiet erreichen, was Papa auf der politischen Ebene nicht gelungen war. Mama musste nun auch für eine würdige Beerdigung und die andern Trauerriten anlässlich von Großvater Smiths Tod sorgen.

„Wie in allen anderen Dingen sollten die gut erzogenen, achtbaren Menschen aus dem Adelsstand die strengen Sitten befolgen", meinte Mama. Die Männer trugen nur einen schwarzen Trauerflor, aber die Frauen mussten schwarze Kleider anlegen, die nicht durchsichtig sein durften. Um die Eltern trauerte man ein Jahr, um die Großeltern sechs Monate. Doch von Großmutter Smith, als der Frau des Entschlafenen, erwartete man, dass sie zwei Jahre lang Trauerkleidung trug.

„Sie sieht in ihrer Witwentracht direkt schön aus“, schrieb Flo an Hilary.

Parte war jetzt sechzehn Jahre alt und würde bald in das gesellschaftliche Leben eingeführt werden. Eine Zeit lang überlegte Mama, ob sie Parte im August 1836, am Geburtstag des Königs, vor der königlichen Hofgesellschaft vorstellen könnte. Sie wusste auch schon, was für ein Kleid die schlanke Parte tragen sollte: Weißer Satin mit zartem Tüll bedeckt oder mit kleinen, rosa Hyazinthen besetzt. Für sich selbst dachte Mama an mausgrauen Satin mit rosa Bändern oder grüne Seide mit schwarzer Spitze umrandet. Schließlich ging es ihr mehr darum, die Trauerzeit abzubrechen, als dass die Zeit schon da war, um Parte vorzustellen. Parte musste noch reifer werden.

„Wenn man die beiden Mädchen nach Europa schickt, dann erhalten sie sicherlich noch den letzten Schliff“, schlug Papa vor.

„Ich bin damit einverstanden, aber unter einer Bedingung“, antwortete Mama, die immer noch nicht Papas politische Niederlage verschmerzt hatte. Fanny schaute Papa geradewegs in die Augen. „Mein Vorschlag ist, dass während unserer Abwesenheit Embley Park renoviert wird, sodass es uns möglich ist, nach unserer Rückkehr mehr Gäste aufzunehmen.“

„Mir soll es recht sein“, willigte Papa mit gedämpfter Stimme ein.

Flo fühlte sich bei diesem Gedanken gar nicht wohl. Warum sollte sie nach Europa gehen? Sie hatte ganz andere Gedanken im Kopf. Oft fragte man nach ihr, wenn Kranke versorgt werden mussten. Gerne besuchte sie die Hütten der Armen, im Winter bei Embley Park und im Sommer bei Lea Hurst. Im Laufe der Zeit merkte sie, dass man sie brauchte. Trotzdem planten die drei anderen Nightingales die Renovierung von Embley Park und eine Reise durch Europa. Mama und Parte hatten schließlich ihre Pläne für den Umbau des Hauses abgeschlossen. Die Außenansicht sollte neu gestaltet werden, innen sollten alle Räume einen neuen Anstrich erhalten, und dazu sollten noch sechs Schlafzimmer und zwei Küchen angebaut werden. Papa hatte sich während dieser Zeit damit beschäftigt, die Europareise vorzubereiten und einen geeigneten Wagen zu besorgen.

„Er muss geräumig und bequem genug sein, um uns 18 Monate lang durch Europa zu kutschieren", sagte er zu Flo.

Ihre bevorstehende Reise weckte Erinnerungen an die Flitterwochen, die Papa und Mama in Europa verbracht hatten. „Es war großartig, dass der Herzog von Wellington diesen ganzen Napoleonsspuk beseitigt hat", hatte einer der lebenslustigen Smith' bei ihrer Hochzeit im Jahre 1818 bemerkt. „Jetzt können anständige Menschen wieder nach Europa reisen." Mamas Familie war dafür bekannt, dass sie in gesellschaftlichen Kreisen für viel Wirbel sorgten. Der tiefsinnige William Nightingale, der an der Universität in Cambridge eng mit Fannys Bruder Octavius bekannt war, hatte durch seine soziale Stellung und seinen Reichtum dort Eingang gefunden. Es war sicher Papas Reichtum zu verdanken, dass die frisch verheirateten Nightingales damals England verlassen und erst nach drei Jahren wieder zurückkehren konnten. Im Jahre 1819 hatten sich Mama und Papa nach Neapel begeben, wo sie eine Tochter bekamen.

Das Kind wurde nach dem griechischen Namen für diese italienische Stadt „Parthenope" genannt. Ein Jahr später hatte Mama wieder eine Niederkunft, diesmal in Florenz. Am 12. Mai 1820 kam ihre zweite Tochter zur Welt. Auch sie erhielt den Namen ihrer Geburtsstadt. Keine der Töchter konnte sich natürlich an diese märchenhafte Reise erinnern.

„Es erscheint alles so unglaublich", sagte Flo zu Parte.

Doch was im Februar 1837 mit Flo geschah, bevor sie den Kontinent verließen, war noch unglaublicher. Wie immer hat Flo dies schriftlich festgehalten. Sie schrieb gern ihre Gedanken und Beobachtungen auf. Ihre Autobiografie hatte sie längst beiseite gelegt. Doch sie schrieb immer noch Hunderte von Briefen und hielt ihre Gefühle in Tagebüchern fest, die sie alle aufbewahrte. Außerdem machte sie auf allen möglichen Papierfetzen Notizen. Diese Zettel wurden auch nicht weggeworfen. Keine andere Zettelnotiz war so kurz und doch so inhaltsvoll wie die, die sie vor der Abfahrt nach Europa aufschrieb.

„Am 7. Februar 1837 hat Gott zu mir geredet und mich in seinen Dienst gerufen."

Das muss man sich einmal vorstellen! Flo selbst konnte kaum begreifen, was da geschehen war. Doch warum sollte es nicht so sein? Hatte sie nicht täglich, ja fast stündlich darum gebetet? Hatte sie nicht zehntausend Mal Gott gebeten, dass er sie führen möchte? Vieles von dem, was sie tat, besonders die endlosen gesellschaftlichen Verpflichtungen, war so eintönig. Und dann war es frustrierend für sie, dass ihr kaum Zeit blieb, um Nächstenliebe zu üben. War es da verwunderlich, wenn sie in der Welt des Gebets ihre Zuflucht suchte? Wer anders als Gott würde ihre Klagen hören? Selbst Hilary, die genauso empfand wie Flo, konnte Flos innere Unruhe nur schwer ertragen. So hatte Flo gelernt, all ihre Not vor Gott zu bringen. Und dann sprach er zu ihr. Sie hatte es nicht geträumt, es war auch keine Einbildung, das wusste sie genau. Gott hatte zu ihr geredet.

„Und doch, o Gott", betete sie, *„hast du mir noch nicht gesagt, was ich tun soll."*

Sie merkte, dass dies das Kreuz war, das sie tragen musste. Sie wusste einfach noch nicht, was sie tun sollte. Und warum kam die Berufung genau vor ihrer Abreise nach Europa? Sollte Europa für sie die Wüste der Versuchung werden? Die bevorstehende Reise war für Flo sowieso ein Albtraum. Es erschien ihr fast frivol, wenn die andern drei Nightingales ständig mit ihren Plänen beschäftigt waren. Briefe wurden geschrieben. Einladungsschreiben kamen an. Man unterhielt sich endlos darüber, was alles im Blick auf diese Reise bedacht werden musste. Welche Kleider mussten eingepackt werden? Welche Bücher sollte man mitnehmen? Was sollten die Mädchen studieren, wenn sie auf dem Festland waren? Welches Personal sollte sie begleiten? Die Debatten nahmen kein Ende. Die Reisekutsche, die Papa im Sinn hatte, wurde immer größer. Bald war sie ein so stattliches Gefährt, dass man sechs starke Ackergäule gebraucht hätte, um sie vom Fleck zu kriegen. Bei diesem Stand der Überlegungen übergab Papa seine Pläne an einen Stellmacher, der solche Gefährte herstellte.

Dann starb im Juni 1837 König William IV.

„Um Himmels willen!", rief Mama, als sie sich dieser Tatsache voll bewusst wurde. „Dann wird ein neuer König gekrönt, und wir können nicht bei den Feierlichkeiten dabei sein!"

Man sprach jetzt viel von der jungen Alexandrina Victoria. Sie war gerade 18 geworden. Damit hatte sie das entsprechende Alter erreicht. In kluger Voraussicht nannte man sie jetzt nur noch Victoria, um den russischen Klang ihres Namens im Gedächtnis der Menschen zu löschen. Zar Nikolaus war sehr unbeliebt. Viktoria war alt genug, um den Thron zu besteigen. Damit wäre all der Hickhack über die Thronfolge beseitigt. Doch es kam anders. Viktorias Mutter, die Herzogin von Kent und Tochter des Herzogs von Sachsen Coburg Saalfeld, war in eine Intrige mit dem mächtigen liberalen Politiker Sir John Conroy verwickelt. Es ging darum, dass sie die Regentschaft übernehmen sollte. Man verbreitete, dass die kleine Prinzessin Victoria noch viel zu jung und zu unerfahren für die Regierungsgeschäfte sei. Der König hatte aber vor seinem Tod klar entschieden, dass Victoria seine Nachfolgerin sein sollte. Schließlich begünstigte der Premierminister Lord Melbourne den Anspruch der Prinzessin. Melbourne, der selbst ein Liberaler war, fürchtete, dass das englische Volk es dem Liberalen Conroy und vielleicht allen Liberalen heimzahlen würde, wenn sie der jungen Thronerbin die Regentschaft verweigern würden.

„Von Anfang an hat die Herzogin versucht, dagegen zu arbeiten", behaupteten einige Leute voll Bitterkeit. „Sie wollte sogar verhindern, dass Lord Conyngham der Prinzessin die Nachricht vom Tode des Königs überbrachte."

„Ich muss zur Königin!", hatte Lord Conyngham kurzerhand gesagt. Die einzigen Intrigen, die jetzt noch in Gang waren, betrafen das Umfeld der Königin und die Frage nach ihrem zukünftigen Ehemann. Die Nightingales wurden über diese Probleme gut auf dem Laufenden gehalten, weil Papa sich mit einem Nachbarn angefreundet hatte, der niemand anders war als Lord Palmerston. Palmerston war Melbournes Außenminister und hatte damit eine mächtige Stellung in der Regierung. Doch am 8. September 1837 verließen die vier Nightingales mit der notwendigen Dienerschaft Embley Park um nach Europa zu reisen. Von Southampton aus überquerten sie auf der *„Monarch"* den Kanal. Flo ging in dieser Nacht ruhelos auf dem Deck hin und her. Einer der Seeleute hatte ihr von einem mörderischen Abenteuer erzählt. Vor vier Jahren war er an Bord der *„Amphitrite"*, die 103 weibliche Sträflinge und 12 Kinder beförderte. Das Schiff lief in der Nähe der Küste auf Grund, und der Kapitän weigerte sich, die Frauen und Kinder in Rettungsbooten an die Küste bringen zu lassen. Durfte er diese gefährlichen Verbrecherinnen freilassen? Die Brandung schlug das Schiff entzwei, und alle Menschen an Bord mit Ausnahme von drei Besatzungsmitgliedern ertranken.

„Das ist wieder ein Beispiel dafür, wie unmenschlich England mit Frauen und Kindern umgeht", sagte sich Flo mit innerem Schaudern.

Kein Wunder, dass Flo es nicht abwarten konnte, bis sie am nächsten Morgen ihre Füße in Frankreich auf festen Boden stellen konnte. Von Le Havre aus rollten die Nightingales in südliche Richtung durch Frankreich bis ans Mittelmeer. Flo sprach zwar fließend Französisch, doch es strengte sie noch an, wenn sie lange Unterhaltungen führte. Die meiste Zeit saßen sie und Parte hoch oben auf dem Wagen. Parte war dauernd am Zeichnen. Flo schrieb alles, was sie erlebte, in ihr Tagebuch. Sie notierte, was sie besichtigt hatten, wann und zu welcher Uhrzeit sie an einem bestimmten Ort gewesen waren, welche Entfernungen zwischen den einzelnen Stätten lagen, die sie sich angeschaut hatten. Diese wertvollen Augenblicke wollte sie in jedem Detail festhalten. Sie wollte den Anblick nie vergessen, wie auf einmal über der Landschaft die Türme der Kathedrale von Chartres auftauchten. Auch als es dunkel wurde, konnte man sie noch sehen. Und von ihrem Zimmer im Gasthaus beobachtete sie, wie der Mond um die Türme der Kathedrale herumschlich.

Drei Monate reisten die Nightingales durch Frankreich. Dabei begegneten sie interessanten Menschen, kehrten in Gaststätten ein, besichtigten Flüsse und Kirchen und bestiegen sogar hohe Berge. Überall hatten sie im Voraus Einladungen bei Angehörigen der besseren Gesellschaft arrangiert. Flo ging jetzt auch zu Tanzveranstaltungen. Sie dauerten oft mehrere Stunden, und es wurden manchmal über zwanzig Quadrillen, Walzer, Tangos und Polkas getanzt. Zu Flos Erstaunen wurde sie oft aufgefordert. Mit ihren 17 Jahren war sie nun schon eine junge Frau und wirkte auf Männer sehr attraktiv.

Je öfter sie an Gesellschaften teilnahm, desto mehr ärgerte sie sich, dass die neuen Bekanntschaften immer nur für den Augenblick waren. „Das Schlimmste beim Reisen", beschwerte sie sich in ihrem Tagebuch, „besteht darin, dass man Menschen zurücklässt, die man gerade erst kennen gelernt hat, und sie oft nie wieder sieht."

Schließlich sah Flo auch das Mittelmeer. Die Nightingales fuhren in östlicher Richtung entlang der französischen Küste und kamen dann in Italien an. Was man heute unter Italien versteht, war damals noch kein politisch einheitlicher Staat. Das Land war unter verschiedenen Mächten aufgeteilt, wozu auch Österreich gehörte. Von Italien hatte man immer eine ideale Vorstellung. Dies kam dadurch, dass große Künstler wie Michelangelo und berühmte Schriftsteller wie Dante es in einem glorreichen Licht erscheinen ließen. Flo war mit dieser Idealvorstellung von Italien gut vertraut. Liberale Vordenker in England, von denen viele die Nightingales besuchten, sprachen oft in traumhaften Vorstellungen vom vereinigten Italien, wie es einst die Französische Revolution gefordert hatte. In Genua hatten Papa und Mama viele

Einladungen. Die Nightingales selber gaben eine Abendgesellschaft. Flo fand mittlerweile an dem gesellschaftlichen Leben Gefallen. Nachdem sie eine Oper besucht hatte, schrieb sie: „Es war so wunderbar, so bezaubernd und beeindruckend; wenn man sich das immer anschauen könnte, hätte man nach gar nichts anderem Verlangen. Man wäre wunschlos glücklich." Sie kämpfte gegen diese Lust nach Vergnügen an und schrieb deshalb auch die Erlebnisse nieder, die ihr im Armenviertel begegneten. Und doch merkte sie, dass ihr Verlangen nach guten Taten nachließ.

„Dennoch habe ich in Genua eine Einrichtung für Taubstumme besucht", schrieb sie, um sich zu rechtfertigen.

Florenz war etwas Besonderes für sie. Es wurde ihr warm ums Herz, als sie ihr Geburtshaus, die Villa Colombaia in der Nähe der Porta Romana besichtigen konnte. In Florenz gab es noch viele andere Dinge, die ihr Freude bereiteten. Sie beschäftigte sich mit Italienischunterricht, Malen, perspektivischem Zeichnen und Gesang. Sie besichtigte Kirchen, hörte sich Opern an, tanzte auf Bällen, nahm an Verhandlungen des Großherzoglichen Gerichtes teil und bewegte sich in den Gesellschaften vornehmer Bekannter. In ihrem Tagebuch hat sie alles möglichst genau aufgezeichnet. Wieder versuchte sie, diesem Leben voller Vergnügungen etwas anderes entgegenzusetzen. Bei ihren Besuchen in den Bezirken der sozial schwachen Leute kam sie an ein großes Waisenhaus, das von einem Mann namens Guicciardini geleitet wurde.

Flo, die sich in vieler Hinsicht Wissen angeeignet hatte, las auch fleißig die umfangreiche *„Geschichte der italienischen Republiken"* von Sismondi. Sie wurde eine Verehrerin des unvergleichlichen Michelangelo, der 300 Jahre zuvor während eines Krieges auch die Befestigungen von Florenz überwacht hatte. Darin sah sie eine gute Tat. Stundenlang betrachtete sie ehrfürchtig sein Gemälde „Das jüngste Gericht".

Im Sommer kamen die Nightingales nach Genf in der Schweiz. Die Engländer dort sprachen alle von der Krönung Victorias in der Westminster Abtei. Sie hatte am 28. Juni 1838 stattgefunden. Bei der Krönung von König William IV. war die Anteilnahme nicht so groß gewesen. Diese kleine, zarte Prinzessin mit ihrem schmalen Gesicht, die so aufrecht stand und sich doch so tief und würdevoll verbeugen konnte, gewann alle Herzen. Dennoch war die Krönung ein Theater. Ein Missgeschick nach dem andern geschah. Als die junge Victoria in der roten Robe des Parlaments, die mit Hermelin besetzt war, die Abtei betrat, folgten ihr acht Schleppenträgerinnen. Weil sie auch Gewänder mit Schleppen trugen, stolperten sie unbeholfen hinter ihr her und zerrten an ihrem Gewand.

„Aber bitte, meine Damen", zischte die Zeremonienmeisterin.

Am Altar legte Victoria einen Eid ab, wurde mit heiligem Öl gesalbt und zog sich dann in eine kleine Nebenkapelle zurück, wo sie die Robe mit einem langen Gewand aus Gold und Silber vertauschte, das mit goldener Spitze eingefasst war und rote Streifen trug. Während der Zeremonie der Salbung war der Erzbischof von Canterbury nicht an der richtigen Stelle aufgetreten. Dadurch wurden entscheidende Passagen ausgelassen. Deshalb ließ er Victoria aus der Kapelle zurückrufen, damit er die fehlenden Teile der Zeremonie nachholen konnte. Schließlich kam sie dann ohne Kopfbedeckung in die Abtei und nahm auf dem Thron Platz. Diesen hatte man um ihretwillen niedriger aufgebaut. Er war aber so weit gesenkt worden, dass sie fast darauf fiel. Als sie das dalmatinische Gewand entgegennahm, das vor lauter goldenen Adlern ganz steif war, musste sie sich den Schmerz verkneifen, als der Erzbischof den blassroten Rubinring auf ihren Ringfinger schob. Dann gab man ihr den Reichsapfel in die linke und das Zepter in die rechte Hand, dazu die große Krone. Alle drei Insignien waren zu schwer für sie. Die gesamte Krönungszeremonie von Königin Victoria dauerte fünf Stunden. Wenn sie schon bei alledem in einer schwierigen Rolle war, dann ging es anderen noch schlimmer. Lord Rolle trat auf seine eigene Robe und stolperte die Stufen vom Thron hinunter. Lord Melbourne, der das große Staatsschwert während der Krönung in Händen hielt, schien kurz vor dem Zusammenbruch zu stehen.

„Doch als die silbernen Tompeten ertönten und der Erzbischof in alle vier Himmelsrichtungen unsere Königin ausrief, hallte die Abtei von Jubelrufen wider", erzählte einer der Zuschauer.

* * *

Flo traf den Historiker Sismondi in Genf. In seinem großzügigen Entgegenkommen ließ er jeden, der ihn darum bat, an seinem Wissen teilhaben. Natürlich nutzte Flo sofort die Gelegenheit und machte sich schnell ihre Notizen. Dabei huschte die Hand mit der Feder nur so über das Papier. Sismondi war für seine Menschenfreundlichkeit bekannt. Deshalb wurde er ständig von Bettlern umlagert. Er gab ihnen buchstäblich seinen letzten Franken. Während Flo sich noch an den Sehenswürdigkeiten von Genf erfreute, wurde das friedliche Leben dieser Schweizer Stadt plötzlich erschüttert. Einer der Bonapartes, der eine Bedrohung für die Regierung des französischen Königs Louis Philippe darstellte, lebte in Genf im Exil. Nun forderten die Franzosen seine Auslieferung. Die Schweiz verweigerte dies. Da rückte die französische Armee heran, um ihn mit Gewalt zu holen.

„Wir fahren nach Paris!", kündigte Papa an.

Auf dem Weg nach Norden kam die große Reisekutsche der Nightingales an den französischen Truppen vorbei, die auf Genf zumarschierten. Später erfuhren die Nightingales, dass Bonaparte vor der Ankunft der französischen Armee nach England geflohen war. Das Appartement der Nightingales in Paris war in einer sehr günstigen Lage. Die Straßen von Paris machten einen viel weltstädtischeren Eindruck als die Straßen in London. Gesichter, Sprachen und Kleidung verrieten, dass die Menschen hier aus aller Welt kamen. Die Nightingales machten in Paris viele Besuche. Einer der bevorstehenden Besuche war gar nicht nach Flos Geschmack.

6

Müssen wir die Clarks besuchen?, fauchte Flo zornig zu sich selbst. Eine Witwe mit Namen Clark lebte in einem großartigen Appartement in der Rue de Bac zusammen mit ihrer unverheirateten vierzig Jahre alten Tochter. Von der Tochter Mary sagte man, dass sie junge Damen nicht leiden konnte. Frau Clark war eine Schottin, aber sie war Herrin über ein Anwesen in Cold Overton, in Mittelengland. Mary Clark war klein. Sie trug über der Stirn eine hoch aufgesteckte Frisur, die aber nach allen Seiten in kleinen Löckchen herunterfiel. Eine Abendgesellschaft für Kinder war vorgesehen. Keiner war so eifrig wie Mary Clark. Sie sauste durch die Zimmer wie ein kleiner Wirbelwind. Flo hatte bei der Vorbereitung gerne mitgeholfen. Mary Clark, die von allen Clarkey genannt wurde, stellte die Besucher vor und war an allen Aktivitäten beteiligt. Dabei ließ sie immer geistreiche Bemerkungen einfließen. Flo hatte noch nie einen Menschen gesehen, der so lebendig und spritzig war. Und Clarkey schien die Hälfte aller einflussreichen Persönlichkeiten von England zu kennen.

„Und auch in Paris", staunte Flo.

In dieser jungen Frau sah Flo ein Abbild von dem, was Parte sein wollte. Dennoch verehrte sie sie. Später erhielten die Nightingales noch einmal eine Einladung zu den Clarks. Da erst erkannte Flo, dass die spontane Freude bei der Abendgesellschaft auch mit Mary Clark zusammenhing. Denn bis dahin hatte Mary Clark genauso wenig Interesse an einer 18-Jährigen gehabt, wie Flo sich den Kontakt mit einer 40-Jährigen wünschte. Diese zweite Begegnung mit Clarkey war für Flo keine Enttäuschung. Sie sprudelte alles heraus, was ihr in den Sinn kam. Doch es war immer geistreich und originell. Aber jetzt erkannte Flo noch eine andere Seite an Clarkey. Ihr Charme war nicht nur ein Zeichen von guten Manieren. Sie war ein durch und durch aufrichtiger Mensch. Sie bat Flo und Parte, sie zu besuchen, sooft sie es wünschten.

Flo war überwältigt. „Was habe ich getan, dass ich die Freundschaft eines so strahlenden Menschen verdiene?“

Danach wurde Paris zu einem traumhaften Erleben.

In Clarks Appartement konnte Flo sich mit Historikern, Künstlern, Schauspielern und Intellektuellen jeder Richtung unterhalten. Clarkey verschaffte ihnen Zutritt zu den unterhaltsamsten Vorstellungen, den besten Restaurants, den schönsten Gemäldegalerien und den anspruchsvollsten Literaturzirkeln. Flo konnte es kaum begreifen, dass sie eines Abends Chateaubriand gegenüber saß, der aus seinen Memoiren las. Auch wenn Clarkey dies für sie nicht arrangiert hätte, wäre sie von ihr begeistert gewesen. Clarkey war in allem ein Original und genoss große Freiheiten. Nichts wurde ihr versagt, nur weil sie eine Frau war. Kein Mann überging sie im Gespräch. In der Tat suchten die Männer den Kontakt zu ihr. So etwas war Flo noch nie begegnet.

„Ihr jungen Damen tut mir wirklich Leid“, sagte Clarkey. „In England habt ihr keine Freiheiten. Als ich meine Jugend in England verbrachte, dachte ich mir, ich wäre lieber Galeerensklave als eine Frau.“

Flo war erstaunt. Clarkey hatte sich selbst zu solch einer Lebensauffassung durchgerungen. Sie kam aus guten Verhältnissen, war aber nicht besonders wohlhabend. Mit ihrem eigenen Willen und Verstand hatte sie sich Paris erobert. Sie war eine Quelle von neuen Ideen und großartiger Kreativität. Man war von ihr begeistert und konnte sich von ihr anstecken lassen. Man müsste die sozialen Impulse von Clarkey und das Gewissen von Tante Julia haben. Mit einer solchen Mischung würde es Frauen gelingen, sich für das Wohl der Menschheit einzusetzen.

Doch ihre Zeit in Paris und ihre Europareise fanden schließlich auch ein Ende. Am 5. April 1839 kehrten die Nightingales nach England zurück. Die Umbauarbeiten von Embley Park, wodurch einige Erweiterungen geschaffen werden sollten, waren noch nicht abgeschlossen. Der Baustil war vom Georganischen zum Elisabethanischen Stil vollzogen worden. Deshalb ließen sich die Nightingales bei den Nicholsons im Carlton Hotel in

London nieder. Flo und Parte sollten nun in die Gesellschaft eingeführt werden. Ihre Erfahrungen in Europa waren dafür eine gute Vorbereitung gewesen. Die beiden fühlten sich im Glanz und Glamour der Gesellschaft wohl. Ihre Mutter musste dabei an ihre eigene Jugendzeit denken, wenn sie ihre Töchter mit Locken und schönen Haarbändern vor sich sah. Partes mattblondes, dünnes Haar fiel ihr elegant über die Schultern. Flos rotblondes Haar war dicht und kraus. Die Art, wie junge Menschen in die Gesellschaft eingeführt wurden, hatte sich unter der Königin Victoria wenig verändert. Obwohl die Königin im Buckingham Palast residierte, benutzte sie noch die Wohnzimmer des St. James Palastes. Anlässlich der Feier zum 20. Geburtstag der Königin wurde die 19 Jahre alte Flo zusammen mit Parte und Dutzenden anderer junger Debütantinnen vorgestellt. Flo trug ein weißes Kleid aus Paris. Auf Anweisung der Königin mussten die Kleider nacken- und schulterfrei sein. Die Schleppe des Kleides musste genau drei Meter lang sein. Mit ihrer Schleppe über dem Arm wartete Flo zusammen mit den anderen in einer langen Reihe in der Galerie. Als die Zeit gekommen war, wurde sie in das Audienzzimmer gebeten. Flo ließ die Schleppe fallen, die sofort von Dienern ausgebreitet wurde. Dann schritt sie würdevoll und mit stockendem Atem zum Thron. Mit ihren großen blauen Augen betrachtete die Königin das junge Mädchen. Sie lächelte sehr freundlich. Ein Diener rief laut Flos Namen auf. Flo verbeugte sich so tief sie konnte. Zitternd schritt sie vor, um die schmale, blasse Hand der Königin zu küssen.

Sie sieht aus wie die Hand einer Puppe, dachte Flo.

Flo trat zurück und verbeugte sich noch einmal. Dann ging sie rückwärts aus dem Zimmer, die ganze Zeit den Blick auf die Königin gerichtet. Als sie wieder in der Galerie war, hätte sie am liebsten vor Erleichterung aufgeschrien. Doch das konnte sie noch nicht. Es war ja erst der Anfang der Vorstellung. Die beiden Schwestern tanzten und flirteten dann die ganze Saison hindurch. Sie ließen mehr als 50 Bälle und Partys und genauso viele Einladungen zum Frühstück und Abendessen über sich ergehen. Wie es die Sitte erforderte, nahmen sie nun auch an den bedeutenden Pferderennen in Derby und Ascot teil, den Ruderregatten und den wichtigsten Kricketspielen. Am Ende der Saison war Florence Nightingale, die schlanke junge Schönheit aus Hampshire mit den sanften grauen Augen, den rotbraunen Locken und dem warmherzigen Lächeln, bei den jungen Herren wohl bekannt.

„Sicher bei *allen* jungen Herren aus ihrem Stand", hob die Mutter stolz hervor.

Inzwischen wuchs das Ansehen der jungen Königin und nahm dabei sagenhafte Ausmaße an. Kurz vor Flos Vorstellung war Lord Melbourne als Premierminister zurückgetreten. Sein Amt übernahm der konservative Robert Peel. Die junge Königin hatte nicht viel für die Konservativen übrig. Gleich zu Beginn forderte der neue Premierminister sie auf, ihr Hofpersonal auszuwechseln. Die Königin weigerte sich. Sie ließ Peel abblitzen mit der Bemerkung, sie habe gar nicht gewusst, dass Sir Roberts Position in der Regierung so schwach sei, sonst hätte er nicht darauf gedrungen, dass das Hofpersonal aus lauter Konservativen bestehen sollte. Später kam er noch einmal zu ihr mit dem 70-jährigen Lord Wellington, einem von Englands großen Nationalhelden. Die Königin wollte noch immer nicht nachgeben. Doch dann sickerte etwas von dieser Auseinandersetzung durch, und Parlamentsmitglieder von den Konservativen und Liberalen stellten sich gemeinsam hinter die Königin. Peel lenkte schließlich ein. Der Spott über die Schlafzimmerverschwörung gellte ihm noch lange in den Ohren. Diese Machenschaften wurden für Peel zu einem Albtraum. Seine Regierung erhielt immer weniger Unterstützung, sodass am Ende Lord Melbourne wieder an die Macht kam.

Natürlich bewunderte Flo die Königin, dass sie sich gegen Peel durchgesetzt hatte. „Er dachte, er könnte Victoria einschüchtern, ganz gleich, ob Königin oder nicht, nur weil sie eine Frau ist."

Bald danach erkannte Flo selbst, wie die Königin immer beliebter wurde. In der Oper standen die Zuhörer auf und jubelten ihr in der Königsloge zu. Als die Saison in London vorüber war, kehrten die Nightingales wie alle andern Londonbesucher zu ihren Sommerresidenzen zurück. Nach dieser anstrengenden Saison mit den vielen Abendgesellschaften war das Leben in Lea Hurst erholsam. Flo hatte Freude daran, die Armen in ihren Dörfern zu besuchen, sich mit Mathematik zu beschäftigen und Clarkey als Gast bei sich zu haben. Clarkey war hier wieder ganz in ihrem Element. Sie sagte Flo im Vertrauen, dass sie im Haus ihrer Familie in Cold Overton ihre Zunge im Zaum gehalten habe. Aber als Gast bei den Nightingales konnte sie sich Freiheiten herausnehmen, wie es Flo kaum möglich war. Clarkey hockte sich manchmal aufs Sofa und las stundenlang in einem Buch. Dabei stieß sie gelegentlich begeisternde oder ärgerliche Rufe aus. Doch niemand nahm daran Anstoß.

Die meisten von Flos Cousins und Cousinen mit Ausnahme von Freddy kamen in diesem Sommer zu Besuch. Er war in Österreich zu einer Erkundungsfahrt mit George Grey. Am Ende des Sommers durfte Flo wieder Eisenbahn fahren, die von da an eine schnelle Verbindung von und nach Lea Hurst möglich machte.

„Man stelle sich vor, dass England jetzt 1000 Meilen Schienenstrang hat“, rief sie vor Bewunderung aus. Weil sie immer ganz genau war, rechnete sie auch bald die Geschwindigkeit aus. „Wir fahren jetzt im Durchschnitt 20 Meilen in der Stunde.“

Im Zug unterhielten sich die Nightingales mit ihrem alten Freund Sir Frederik Stovin, der zum Gefolge der Königin gehörte. Er sagte ihnen offen, dass die Königin jetzt in politischen Fragen von dem Liberalen Lord Melbourne beraten würde. Sie lasen die Zeitungen zusammen und diskutierten über alle Einzelheiten, die sie interessierten. Ihr eigener Vater, der Herzog von Kent, war gestorben, als sie noch ein Kind war. Und jetzt war Lord Melbourne wie ein Vater zu ihr. Sie standen sich sehr nahe. Nur manchmal verlor Lord Melbourne die Geduld wegen ihres Lieblingsterriers und nannte ihn in aller Öffentlichkeit „ein fürchterlich kleines Biest.“ Die Königin lachte nur darüber. Und wenn Lord Melbourne am Ende eines langen Tages vor Müdigkeit einnickte, hatte die Königin ein tiefes Mitempfinden. Aus der Art, wie Sir Frederik über sie sprach, konnte man deutlich entnehmen, dass er die Königin wie eine Tochter liebte und verehrte.

Als sie wieder in Embley Park waren, entdeckten sie, dass die Arbeiten am Haus noch nicht beendet waren. Flo und alle andern wurden von Mamas Plänen, wie das Haus ausgestaltet werden sollte, voll in Anspruch genommen. Es gab kaum ein anderes Gesprächsthema. Sollten die Wände rehbraun gestrichen werden? Wie war es mit einer Verzierung aus Gold? Vertrug sich das Himmelblau der Decke mit der gelbgrünen Zimmerausstattung? Würden die roten Blumen auf dem weißblauen Hintergrund der mit Stoff überzogenen Stühle zu dem roten Damast anderer Möbelstücke passen? Wo sollte man am besten die purpurfarbenen Seidenkissen mit ihrem goldenen Blumenbesatz hinlegen? Welche Tapeten sollte man wählen: Wilton oder Axminster? Wenn auch Flo von all diesen Dingen nicht begeistert war – schließlich war Parte die künstlerisch Begabte der beiden Schwestern – sagte sie doch ihre Meinung. Das Beste bei dieser Hausrenovierung war für sie, dass dadurch der übliche Alltagstrott durchbrochen wurde. Es war aufregend, dass ihr altes Kinderzimmer vorübergehend der Salon der Familie war. Toll war es auch, einmal in einem Erkerzimmer zu schlafen. Und es machte ihr viel Spaß, wenn sie junge Männer aus dem Dorf als Bedienstete im Haus anstellen konnte.

„Für ein so vornehmes Haus fehlt mir noch der erforderliche Umgangston“, meinte einer der jungen Männer etwas verlegen.

Flo stellte ihn trotzdem ein.

Als Hilary zu Besuch kam, hatte sie ein sehr trauriges Herz. Sie hatte nicht nur zwei Brüder, sondern im Februar 1838 auch ihren Vater, Bonham Carter, verloren. Doch sie hoffte immer noch, in Zukunft ein freieres Leben führen zu können. In der Beziehung war sie Flo voraus. Hilary wollte diesem öden, nichts sagenden Lebensstil in den Salons entgehen. Sie nahm bei einem Lehrer in London Kunstunterricht und besuchte die Schule von

Rachel Martineau in Liverpool. Dass Hilary von Harriet Martineaus Schwester, einer guten Freundin von Tante Julia, betreut wurde, kam für Flo nicht überraschend. Hilary las jetzt wöchentlich einmal den *„Examiner“* gründlich durch, um sich auch politisch zu bilden. Dieses Hobby teilte sie mit ihrem verstorbenen Vater. Und sie fuhr auch mit der Eisenbahn, natürlich allein.

Wegen Papas Interesse an Politik und der Intrigen um die Königin, wollte Flo genauso informiert sein wie Hilary. Aber für sie selbst blieb nur wenig freie Zeit übrig. Sie hielt sich an den Grundsatz des Sokrates: „Ein Leben, das keine Prüfungen zu bestehen hat, ist kein wirkliches Leben.“ Mehr und mehr fühlte sie sich in ihrer Familie wie eine Gefangene. Es bestand keine Hoffnung für sie, eine gute schulische Ausbildung zu erhalten. Manche Männer betrieben wie sie ein Selbststudium. Aber sie hatten auch genügend Zeit dazu. Ihre Zeit wurde von vielen Aufgaben in Anspruch genommen. Je mehr sich Mama im gesellschaftlichen Leben verlor, desto weniger Zeit hatte Flo für ernsthafte Studien.

Ständig kamen Besucher, ob die Nightingales nun in Lea Hurst, in Embley Park oder in London waren. Von den jungen Damen erwartete man, dass sie die Gäste unterhielten, eine freundliche, aber nicht sehr tief gehende Unterhaltung führten oder flotte Töne auf dem Klavier spielten. Ernste Musik wie Beethoven kam nicht in Frage. Ganze Tage wurden damit zugebracht, den Gästen das große Anwesen von Lea Hurst oder Embley Park zu zeigen. An anderen Tagen saß man die lange Zeit mit den Gästen im Wohnzimmer. Die Unterhaltung sollte niemanden in Aufregung versetzen. Feine Handarbeiten durfte man im Sitzen verrichten. Doch Flo hatte keinen Spaß am Nähen oder Stricken. Parte hatte hier einen gewissen Vorteil. Sie konnte sich mit ihrem Zeichenblock beschäftigen. Und wenn ein Buch im Mittelpunkt eines Abends stand, war es im Allgemeinen üblich, dass einer der Herren laut vorlas. Das war oft Papas Rolle.

Selbst wenn Flo das Buch gefiel, konnte sie keine tiefe Freude dabei empfinden. Das Vorlesen brachte ihr nichts.

„Ich will die Worte sehen und will mir Gedanken darüber machen", meinte sie ärgerlich.

Manchmal gab es Stunden, selten auch Tage, an denen sie zwischen den Besuchen freie Zeit hatte. Dann konnte sie diese Spanne für sich nutzen. Dies wurde dann Freizeit genannt. Flo mochte dieses Wort nicht mehr hören, denn zu oft war sie dann sehr müde und erschöpft, dass sie an keine ernsthafte Studien denken konnte. Immer stärker wurde ihr Verlangen, Zeit für sich selbst zu haben. Sie sehnte sich nach intensivem Lernen, nach Konzentration und nach Dingen, die für sie wichtig waren: Politik, Geschichte und Religion. Aber könnte sie jemals Zeit dafür finden? Und warum konnten sich junge Männer ihres Alters nicht einmal über Wesentliches unterhalten?

Obwohl Hilary etwas mehr Freizeit hatte, war auch sie nicht zufrieden. „Wie kommt es", fragte sie Flo, „dass Männer und Frauen so selten ernsthafte Unterhaltungen führen, wenn sie nicht verlobt oder verheiratet sind? Müssen sich die Gespräche immer nur auf dumme Flirts und nichts sagende Bemerkungen über das Wetter beschränken?"

„Ich habe diese Freiheit zwischen Männern und Frauen nur in Paris beobachten können", meinte Flo. „Du solltest eine Zeit lang bei Clarkey in Paris wohnen." Aber Flo wollte diese Freiheit auch für sich selbst haben. Ob sie jemals heiraten würde? Wenn das der Fall wäre, könnte sie ernsthafte Unterhaltungen über wichtige Probleme nur mit Männern führen, die wie Papa waren. Wenn eine junge Dame das Leben der Nightingales aufmerksam verfolgte, dann kam sie dort oft mit Politik in Berührung.

Thomas Macauley, ein glänzender Essayist und liberaler Politiker, kam zu Besuch. Ebenso ihr Nachbar, Lord Palmerston. Er war vor allem nach der Heirat mit der Schwester von Lord Melbourne ein mächtiger Mann in der Regierung. Mit der Nichte von Lord Melbourne war der junge Feuerkopf Lord Ashley verheiratet. Auch er zählte zu den Besuchern von Embley Park. Lord Ashley war dafür vorgeschlagen worden, Lord Shaftsboury zu werden. Er hatte Jura studiert und dann sein Wissen und seine

Überzeugung in seinen Beruf investiert. Er war entschlossen, gegen die Ausbeutung von Frauen und Kinder in den Fabriken einzuschreiten. Der erste Schritt dazu war die Verkürzung ihrer täglichen Arbeitszeit. Unablässig arbeitete er an einem Abkommen, dass die Arbeitszeit auf zehn Stunden herabsetzte. In ihrem Herzen wusste Flo, dass er eines Tages Erfolg haben würde. Er trat für die richtige Sache ein. Aber wäre es ihr jemals möglich auch so zu studieren wie Lord Ashley und dann ihre Überzeugungen in die Tat umzusetzen?

Einige der Besucher berichteten davon, dass Ärzte sich für öffentliche Gesundheitsprogramme für die Armen im Osten Londons einsetzten. Das interessierte Flo ganz besonders. Es war bitter nötig, dass man in England die Lebensbedingungen der armen Arbeiterschicht und der sozial Schwachen verbesserte. Ein unbarmherziges Gesetz aus dem Jahre 1834, wonach Schuldner in Arbeitshäuser geschickt wurden, hatte die Armen in Aufruhr versetzt. Erst kürzlich hatte die Londoner Arbeitervereinigung ein Gesuch unter dem Namen „The People's Charter" mit mehr als einer Million Unterschriften beim Parlament eingebracht. Unter den sechs Punkten dieses Antrags waren auch die Forderung nach dem Stimmrecht für den einfachen Mann, nach geheimer Wahl und jährlicher Wahl. Als das Parlament sie zurückwies und ihre Bewegung ablehnte, traten die Arbeiter im Herbst 1839 in den Streik. Seitdem hatte man viele der Streikenden inhaftiert.

„Eine Stimme für den gemeinen Pöbel geben? Niemals!", sagten sogar die extrem liberalen Politiker.

Tante Julia und Hilary teilten Flo mit, was Harriet Martineau darüber dachte: „Wer den Chartismus noch nicht richtig kennt, hält ihn für eine revolutionäre Bewegung. Aber man muss sich näher damit beschäftigen, im Schein der Fackeln hinaus in die Moore gehen, sich mit einer erschöpften Mutter unterhalten, die neben einem Webstuhl sitzt, und sich mit den armen Kreaturen beschäftigen, die vor dem Armenhaus kauern oder in den Bergwerken von Durham schmachten. Diese Menschen leiden."

Dann schockierte ein junger Schriftsteller die Welt durch seine monatlichen Fortsetzungen einer Geschichte mit dem Titel *„Oliver Twist"*. Er war bereits vorher bekannt geworden als Verfasser von lustigen Geschichten. Aber *Oliver Twist* war gar nicht lustig. Oliver war „ein Waisenkind in einem Armenhaus, das schmächtige, halb verhungerte Wesen, überall in der Welt herumgestoßen, von allen verachtet, von niemandem bemitleidet." In Oliver Twist erschien das Bild der Armen in London, wie es keiner der gut situierten Bürger kannte. Ein Schurke namens Bill Sykes war dabei die abschreckende Gestalt. Einige Leute zweifelten daran, dass die Geschichte wirklich einen wahren Hintergrund habe. „Geht nur durch die Straßen Londons, dann werdet ihr mir glauben", entgegnete ihnen der junge Schriftsteller Charles Dickens.

Flo las auch die Schriften von Thomas Carlyle. Er war ein Schotte von etwa 45 Jahren und hatte lange im Bezirk Chelsea in London gelebt. In literarischen Kreisen war er bekannt. Er war gut befreundet mit John Stuart Mill und Ralph Waldo Emerson. Carlyles Ansichten waren eine seltsame Mischung, aber oft ganz originell. So hatte er beispielsweise erst kurz zuvor die Idee vertreten, dass heldenhafte Gestalten der Menschheit den Fortschritt bringen. Der Held war einer, der die Absichten Gottes erkennen konnte. Der größte unter den Helden war Christus. Diese Theorie gefiel Flo. Sie schien der Wirklichkeit zu entsprechen. Und doch entdeckte sie in seinem Denken einen Fehler.

„Er versucht zu überzeugen, indem er redet wie ein Prophet für die Gegenwart. Er nimmt sich aber nicht die Zeit, seine Thesen auch richtig zu beweisen."

Flo, die belesen war in englischer, französischer, italienischer, deutscher, lateinischer und griechischer Literatur, las jetzt auch Romane. In der englischen Romanliteratur vollzog sich ein Wechsel. Dafür war Dickens ein Beispiel. Die beste Romanschriftstellerin der vorigen Generation war Jane Austen gewesen. Der Inhalt ihrer Bücher bewegte sich im Rahmen der damaligen Sitte und Moral. Ihre Gestalten, vor allem die Frauen, brachen nicht aus den herkömmlichen Konventionen aus. Nun las Flo *„Gabri-*

el“ von George Sand auf Französisch. Es war eine gelungene Geschichte, die die Situation von Frauen schilderte. Ein Mädchen wurde so erzogen, dass es sich selbst und auch andere es für einen Jungen hielten, damit es ein Herzogtum erben könnte. Aber dann entdeckte sie ihr wahres Geschlecht. Sie verliebte sich in einen jungen Mann. Am Ende musste sie sich entscheiden zwischen der Freiheit, die sie als ein junger Mann hätte, und der Liebe, die sie für diesen Mann empfand. Diese Geschichte war noch harmlos im Vergleich zu Sands anderen Werken. George Sand war der Schriftstellername einer Frau, die sogar die Pariser Gesellschaft schockierte. Sie lebte nicht nur unmoralisch, sondern schrieb auch darüber. Clarkey hätte sie zwar niemals in ihrer Wohnung empfangen, aber ihre Romane verschlang sie.

Flo war traurig über Sands Ansicht. „ Ich bin beeindruckt, dass eine Frau einen so mutigen Standpunkt einnimmt.“

Weihnachten 1839 hätte ein fröhliches Fest werden können, nachdem Embley Park nun renoviert war und die Nicholsons und die Carters darin zu Gast waren. Doch dann kam die Nachricht, dass Freddy Smith in Australien gestorben war. Sie versetzte alle in Trauer. Nach Weihnachten verließ Flo Embley Park, um sich bei Tante Mai in Combe Hurst aufzuhalten. Tante Mai gegenüber war sie so offen wie bei Hilary. Was konnte sie unternehmen, um sich wirklich nützlich zu machen? Tante Mai zeigte volles Verständnis. Gemeinsam besprachen sie, was sie studieren könnte. Hilary studierte Kunst. Im März 1840 schrieb Tante Mai an Mama:

> *„Fleißige Arbeit ist wichtig, wenn ein Charakter wie der von Flo im Leben etwas erreichen soll. Sie verfügt über große geistige Fähigkeiten und über eine außergewöhnliche Bereitschaft, ihre Gaben auch einzubringen. Deshalb schreibe ich dir, ob du etwas dagegen einzuwenden hast, wenn Flo Mathematiklehrerin wird.“*

Mama hatte etwas dagegen einzuwenden. Wie würde Flo die nötige Zeit dazu finden? Und was nützt einer jungen Frau Mathematik, wenn sie heiraten will? „Ich glaube, sie kennen nicht halb so viel von den Möglichkeiten, die in dir stecken", sagte Mai mit Bedauern zu Flo. Tante Mai unternahm immer wieder neue Versuche, aber Mama war dagegen und erhob jedes Mal neue Einwände. Wo würden sie einen Lehrer finden, dem man eine junge Dame anvertrauen konnte? Sogar Papa griff in den Disput ein. „Warum Mathematik? Warum nicht Geschichte oder Philosophie?" Allmählich gelang es Papa und Mama, ihr die Pläne für ein Mathematikstudium auszureden. Sie war darüber niedergeschlagen wie nie zuvor.

Aber etwas gab ihr noch Hoffnung: Sie konnte helfen, wo Not war. Tante Jane, die immer noch um Freddy trauerte, erwartete ein Baby. Flo freute sich, als auch die andern Tanten der Meinung waren, dass sie bei Tante Jane in London an der Themse bleiben sollte. Bald schrieb sie darüber an Großmutter Shore:

> *„In der letzten Woche war ich bei Frau Octavius Smith und hatte mit den Kindern sehr viel zu tun, weil die Mutter von sehr zarter Gesundheit ist. Tante Jane muss wieder das Bett hüten. Sie hatte sich so aufgeregt, als William Nicholson plötzlich abreisen musste, um wieder zu seinem Regiment in Australien zu kommen. Das weckte bei Tante Jane alte Erinnerungen an den armen Sohn, den sie verloren hat. Dadurch wurde sie erneut geschwächt. Man muss sich jetzt viel um sie kümmern. Die beiden jüngsten Kinder sind liebe, kleine Mädchen, und ich bin viel mit ihnen zusammen. Ich wünsche dir eine gute Nacht. Es ist schon spät, und ich habe am Tag wenig Zeit zum Schreiben, da ich die Kinder meistens in meiner Nähe halte. Tante Jane braucht sehr viel Ruhe. Mit besten Grüßen, dein dir treu ergebenes, dich immer liebendes Enkelkind."*

Während dieser Zeit sprach man in London viel über die Hochzeit von Königin Victoria. Sie heiratete ihren Cousin Prinz Albert von Sachsen Coburg Gotha. Albert war der Neffe von Victorias Mutter. Nach der üblichen Sitte schlug die Königin vor, wen sie heiraten wollte. Alle stimmten darüber überein, dass sie mit dem flotten ehrenhaften Albert, der im gleichen Jahr wie Victoria geboren war, eine gute Wahl getroffen hatte. Typisch für ihre impulsive Art und gegen den Rat von Lord Melbourne lud sie nur drei Konservative zur Hochzeit ein. Nachdem sie sich einige Zeit voller Unruhe in der St. James Kapelle aufgehalten hatte, stürzte die Königin in ihrem großen, weißen Hochzeitsgewand die Treppen hinunter um Albert in die Arme zu fallen, als er mit seiner Kutsche ankam. Ganz England konnte miterleben, dass Victoria Albert sehr lieb hatte.

Als das Frühjahr 1840 gekommen war, starb Großmutter Smith im Alter von 81 Jahren. Damit hatte Tante Julia nun einen größeren Handlungsspielraum. Mit ihren 41 Jahren setzte sie alle ihre freien Kräfte für den Konvent zur Abschaffung der Sklaverei ein, der in diesem Sommer in London abgehalten werden sollte. Mit einer gewissen Angst dachte Flo daran, dass es ihr ähnlich wie Tante Julia ergehen könnte. Müsste sie auch erst vierzig oder sogar noch älter werden, bis sie von der Fürsorge für die alten Eltern frei wäre? Sie dachte jetzt oft über ihre Berufung nach. Vor drei Jahren hatte Gott sie in seinen Dienst gerufen.

„Warum sehe ich noch immer keinen Schimmer von Licht auf meinem Weg?", fragte sie sich. Wenn sie daran dachte, wie sehr sie sich während der Europareise in das gesellschaftliche Leben gestürzt hatte, fühlte sie sich schuldig. „Habe ich mich dem Willen Gottes entzogen?"

7

Flo war nicht glücklich. Sie machte sich Sorgen, obwohl sie gelegentlich Freude am gesellschaftlichen Leben empfand, besonders bei den Nicholsons. Mit Tante Anne hatte sie wenig Kontakt, aber sie liebte ihre Cousinen und Cousins, Marianne, Henry und Lolli. Nach ihrem großen Haus Waverly waren einige der Romane von Sir Walter Scott benannt. Von allen Verwandten hatten sie die kreativsten Ideen für ihre Veranstaltungen. Der Höhepunkt in Waverly war zweifellos die Theateraufführung. Aber diesmal hatten sie zu lange gebummelt und viel Zeit verloren. Immer wieder überlegten sie, welches Stück sie aufführen sollten. Als sie sich endlich für Shakespeares *„Kaufmann von Venedig"* entschieden hatten, wurde ihnen bewusst, dass nur noch zwei Wochen bis zur geplanten Aufführung blieben.

„Flo muss Regie führen", bestimmte Henry, der jetzt in Cambridge studierte.

„Aber warum ich?", protestierte sie.

„Weil du die Einzige bist, die alles zusammenhalten kann."

Niemand war dagegen. Vielleicht wussten Mama und Parte noch nicht, wie entschlossen Flo vorgehen konnte. Aber viele der Verwandten erkannten das. Sobald die Proben anfingen, waren alle Spieler ernsthaft bei der Sache. Henry fuhr kurz nach London, um zu sehen, wie der legendäre William Macready den Shylock spielte. Flo führte mit eiserner Hand Regie. Sie hatte zwei schwierige Spieler. Einen Kapitän zur See, der den Antonio spielte, und Mamas Bruder Onkel Adams, der die Rolle des Herzogs übernahm. Der eine war vorlaut und der andere zu bequem. Wenn sie zusammen auftreten mussten, platzte Flo manchmal fast der Kragen.

„Wenn Sie so freundlich sein wollen, Kapitän" schnurrte Flo. „Sie müssen Ihren Text genau lernen und dürfen nicht einfach ähnliche Worte wählen." Wenige Sekunden später sagte sie zu Onkel Adams: „Willst du bitte deinen Text auswendig lernen!"

Onkel Adam staunte, dass Flo so unnachgiebig war. Er hörte auf sie, auch wenn der Kapitän sich nicht um ihren Tadel kümmerte. Das Spiel wurde planmäßig aufgeführt und verlief zu aller Zufriedenheit. Tante Anne und Marianne hatten ihre Rollen am besten gespielt. Der Bühnenaufbau von Parte, besonders der große Kanal mit den Gondeln, fand viel Beifall. Nach der Aufführung tanzten Nicholsons mit ihren Gästen bis fünf Uhr morgens. 80 Gäste übernachteten in Waverly. Solche Aktivität und Gastfreundschaft sagten Mama sehr zu. Sie war begeistert.

„Tante Julia geht es nicht gut, deshalb kann sie nicht hier sein", meinte Mama zu Flo. „Die langen Jahre ihrer rastlosen Tätigkeit haben sie sehr mitgenommen. Das sollte dir zur Warnung dienen." Im Sommer 1841 borgten sich Carters Papas gewaltigen Reisewagen für eine Tour nach Frankreich. Als sie dort angekommen waren, tat Hilary genau das, was Flo ihr empfohlen hatte. Sie blieb bei Clarkey und beschäftigte sich mit dem Fach Kunst. Damit Flo sie nicht zu sehr beneiden müsste, sandte sie ihr einige Zeichnungen. Mittlerweile arbeitete Mama fieberhaft daran, Gäste nach Embley Park einzuladen. Sie konnte jetzt fünf große Familien unterbringen und wollte auch ihr Haus ständig belegt haben. Aber sie machte sich auch Sorgen. Flo war jetzt 21 und Parte 22 Jahre alt. Wenn sie selbst auch bis zum 30. Lebensjahr auf ihre Heirat hatte gut warten können, so sollten ihre Töchter dies doch nicht unbedingt nachahmen.

Eines Tages, als sie auf dem Anwesen von Lord Palmerston in Broadlands waren, meinte Mama, sie hätte den richtigen Mann für Flo entdeckt. Dort begegnete Flo Richard Monckton Milnes, einem ledigen jungen Mann im Alter von 33 Jahren, der eine gute Partie sein könnte. Eines Tages würde er Lord Houghton werden. Er hatte angeblich auch politische Ambitionen, obwohl dies vielen wenig glaubhaft schien. Dazu war er das Zentrum eines elitären Literaturzirkels in London. Obwohl er selbst kein großes Talent besaß, fanden sich zu den Frühstückstreffen in seiner Residenz in Pall Mall Leute wie Alfred Tennyson, Thomas Carlyle, Robert Peel, William Thackeray und Alexis de Tocqueville ein. Von ihm ging eine ähnliche Attraktion aus wie von Clarkey. Er gab sich immer liebenswürdig und war ein Meister in witzigen Bemerkungen. Doch im Unterschied zu Clarkey würde er als Erbe des großen Anwesens Fryston in Yorkshire einmal viel Geld in Händen halten. Flos erster Eindruck von ihm war enttäuschend. Er war klein und eher zurückhaltend.

Wo bleiben seine geistreichen Bemerkungen? Was sehen die Leute so Besonderes in diesem Menschen? So fragte sich Flo.

Doch Mama wollte keine Gelegenheit auslassen. Sie lud Milnes nach Embley Park ein, und er nahm die Einladung an. Dort taute er auf. Flo war ganz angetan. Er war ein großartiger Erzähler. Eine Geschichte nach der andern sprudelte über seine Lippen. Jeder wollte ihn gerne hören. Typisch für seine Geschichten war eine, die er von einem Kapuziner Mönch namens Vater Matthäus erzählte, der zu einem seiner Frühstückstreffen erschienen war. Einer der Gäste lobte Vater Matthäus, weil er eine Abstinenz-Bewegung zur Rettung von Trinkern ins Leben gerufen hatte. Als Gegenleistung überreichte ihm der Mönch eine Medaille. Der Empfänger war beschämt und gab die Medaille später an einen anderen Parlamentsangehörigen, der so betrunken war, dass er sie gar nicht abweisen konnte. Milnes sprach auch von seinem Besuch bei der berüchtigten George Sand in Paris, für die er in der Manier eines Kavaliers eintrat. Flo musste zugeben, dass Milnes ein guter Unterhalter und für viele Dinge aufgeschlossen war.

„Und er hat sich sehr für dich interessiert“, meinte Mama in ihrer Begeisterung. Das nächste große gesellschaftliche Ereignis für die Nightingales war eine Einladung beim Herzog von Sussex auf dem Anwesen des Herzogs von Devonshire in Chatsworth. Der 69-jährige „Onkel Augustus“, der Herzog von Sussex, war ein exzentrischer Mensch. Bei seiner Hochzeit hatte er eine schwarze Kappe getragen und während der ganzen Zeremonie hemmungslos geschluchzt. Die Nightingales verbrachten drei reich gefüllte Tage in Chatsworth. Die Zeit war mit einem umfangreichen Unterhaltungsprogramm ausgestattet. Chatsworth hatte nicht nur einen großen Palast, sondern auch gewaltige Ländereien mit gepflegten Gärten und ein berühmtes, gläsernes Treibhaus. Dort wuchsen tropische Pflanzen, was damals eine ganz neue Errungenschaft war.

Mama war ganz begeistert. Unter den Royals fanden die Nightingales in Chatsworth die größte Anerkennung. Mama hatte ihren Triumph gefeiert, aber Flo fühlte sich viel glücklicher, als sie wieder bei Großmutter Shore und dem siebenjährigen Shore in Tapton sein konnte. Hier hatte sie Menschen um sich, für die sie sorgen konnte. Es gab nichts, worin sie mehr Befriedigung hätte finden können. Sie kannte dort auch viele Dorfbewohner, die oft Hilfe brauchten. Unter ihnen war Helen Richardson. Helens Schwester Hope war bei der Geburt ihres Kindes gestorben. Helen musste nun das Baby aufziehen, obwohl sie vor Trauer wie gelähmt war. Flo sollte wieder nach Embley Park zurückkommen, aber sicher würde ihr Mama noch etwas Zeit einräumen, damit sie Helen helfen konnte. Deshalb schrieb ihr Flo:

„Meine Liebste, ich schreibe dir, um mir deine Erlaubnis einzuholen. Ich weiß, du würdest sie mir auch so geben, obwohl ich es nicht verdiene. Denn du denkst nicht nur daran, dass du einsam bist. Helen sitzt mir gegenüber, als wollte sie sagen, sie wage es nicht, dir ins Angesicht zu sehen, wenn du so allein sein musst. Doch ich würde die einzige Gelegenheit verpassen, einmal etwas wirklich Gutes zu tun. Meine Liebe, ich bitte dich flehentlich, gewähre mir diese Bitte, denn niemand sonst kann diese Arbeit hier tun. Du wirst mich noch das ganze Leben bei dir haben, denn ich werde niemals sterben und niemals heiraten.“

Doch Mama lehnte ihre Bitte ab. Vielleicht war sie darüber verärgert, dass Flo fest und steif behauptete, sie würde niemals heiraten. Flo kehrte in das umtriebige gesellschaftliche Leben nach Hause zurück. Nur ein Gedanke machte ihr zu schaffen. Sie malte sich ständig aus, wie sie Gutes tun könnte. Dabei erkannte sie, dass sie hiermit nur ihre eigene Eitelkeit schürte. Denn in ihren Träumen war sie immer eine von allen Seiten bewunderte Person. Dass dieser Stolz in ihr aufkam, machte ihr Not. Und war es denn gesund, sich solchen Träumereien hinzugeben? War dies nicht sogar sündig? Was sollte sie tun?

Im Jahre 1842 kam der Preußische Botschafter zusammen mit seiner englischen Ehefrau zu Besuch nach Embley Park. Christian Bunsen war mehr als nur ein Diplomat. Er war auch ein anerkannter Gelehrter. Er beherrschte so unterschiedliche Fächer wie Ägyptologie und Philosophie. Flo war genauso fasziniert wie Papa, wenn Bunsen über die deutschen Philosophen Schleiermacher und Schopenhauer sprach. Bunsen verstand sich auch auf die theologische Entwicklung in England. In der so genannten Broad Church (der breiten volkskirchlichen Bewegung) fanden sich vor allem die Leute ein, die keine Anhänger der übrigen kirchlichen Bewegungen waren. Diese bestanden aus der Low Church (dem stärker protestantisch geprägten Flügel), den Evangelikalen, für die die Gottesoffenbarung der Bibel und die persönliche Glaubenserfahrung das Entscheidende waren, und der High Church (der anglikanischen Hochkirche), die den Katholiken sehr nahe stand und für die die Wahrheit in der Bibel und die kirchlichen Traditionen wichtig war. Die Broad Church hatte keine einheitliche Theologie. Die Bibel war nicht in allem unwidersprochen und durfte auch nach wissenschaftlichen Maßstäben erforscht werden. Für die Nightingales war dieser liberale Standpunkt nichts Schockierendes. Sie kamen von einem unitarischen Hintergrund her und hatten Zeit ihres Lebens auch ganz unorthodoxe Standpunkte diskutiert.

Flo fasste Vertrauen zu Bunsen und fragte ihn ganz privat: „Was kann der Einzelne tun, um die Not der Hilflosen und Armen zu erleichtern?"

Bunsen war überrascht und erwähnte dann die soziale Arbeit, die durch die Einrichtung von Kaiserswerth in Deutschland getan wurde. Dort bildete Pastor Fliedner protestantische Frauen zum Dienst an den Kranken aus. Er nannte sie Diakonissen.

Flo war sich sicher, dass Bunsen gar nicht verstand, wie ernst es ihr damit war. Denn kaum jemand teilte mit ihr dieses Anliegen. Und wie konnte sie sich aus ihrer gesellschaftlichen Situation befreien? Ihr frustrierendes Leben ging weiter. Sie war genauso beunruhigt wie Tante Julia. Manchmal fand sie sich damit ab und dachte dabei an das schöne Gedicht „Pully" von George Herbert. Durch innere Unruhe zieht Gott die müden Herzen wieder zu sich. Doch zu anderen Zeiten war Flo ärgerlich, weil sie nicht wusste, wie sie ihre Unruhe überwinden konnte.

Im folgenden Winter litt sie an einer schweren Erkältung. Sie war aber nicht in Embley Park, sondern in Waverly. Als sie im Bett lag, las sie Harriet Martineaus „Gedanken in einem Krankenzimmer". Vieles konnte sie bejahen. In Krankheitszeiten merkte man erst, dass wenige gute Augenblicke ein Ausgleich für viele trübe schmerzhafte Stunden sein können, wie es Martineau auf wunderbare Weise zum Ausdruck brachte. Was könnte schöner sein, als leidenden Menschen solche Augenblicke zu bescheren? Als es ihr besser ging, schloss sie Freundschaft mit Tante Hannah, der Schwägerin von Tante Anne. Tante Hannah lebte in mystischen Vorstellungen. Flo war davon beeindruckt, dass sie mehr mit der unsichtbaren als mit der sichtbaren Welt in Verbindung stand. Flo fand, sie sei der gottergebenste Mensch, der ihr je begegnet war. Nachdem sie nach Embley Park zurückgekehrt war, trat sie in Briefverkehr mit ihrem neuen Ideal einer Heiligen:

„Es scheint leicht zu sein, das eigene Missgeschick zu ertragen. Doch wenn man sieht, wie sich dunkle Wege vor denen auftun, die man liebt, kann man seine Seele nur noch Gott an die Brust legen. O, wenn man nur denken könnte, man käme der göttlichen Geduld näher, wenn für uns wie für ihn tausend Jahre wie ein Tag sind, so wie jetzt, da ein Augenblick der Traurigkeit nur wie tausend Jahre erscheint."

Flo las Bücher, die Tante Hannah ihr empfahl, besonders solche, die sich mit Gottes Heilsplan beschäftigten. Hier spekulierte man über einzelne Stufen von Gottes Offenbarung in seinem Plan für die Menschheit. Flo verlangte danach, selbst eine Offenbarung von Gott zu empfangen, und sie wollte auch ein Teil seines Planes sein. Sie dachte an ihre Berufung und das Geheimnis, dass sie noch nicht wusste, wie sie diese Berufung erfüllen konnte. Dabei sah sie sich immer mehr zu den Leidenden hingezogen.

Auch anderen Menschen lag dieses Problem am Herzen. Im Unterschied zu Flo stellten sie Untersuchungen über das soziale Elend an und gaben Berichte heraus. Es war nicht schwer für Flo, diese Berichte in die Hand zu bekommen. Schwierig war es nur, die Zeit zum Lesen zu finden. Doch sie las sie, auch wenn es sie manchen Nachtschlaf kostete. Sie befasste sich mit Berichten über die *gesundheitliche Situation in Städten, über die medizinischen Bedingungen der Arbeiterklasse und über Kinderarbeit.* Für sie waren das alles dringende Anliegen, und sie fühlte sich immer mehr dazu gedrängt, den Kranken zu helfen. Im Sommer wurde Flo 24 Jahre alt. Embley Park bekam Besuch von zwei Unitariern aus Amerika, Dr. Howe und seiner Frau Julia Ward Howe. Am ersten Abend sprach der Doktor über seine Einrichtung für Taube und Blinde. Es ging vor allem darum, ihnen eine Ausbildung zu geben. Aber es lagen ihm noch andere Dinge am Herzen. Er wollte sich um Kranke und geistig Behinderte kümmern. Er hatte auch das Ziel, Gefangenen und Sklaven zu helfen. In dieser Nacht fand Flo kaum Schlaf.

Am nächsten Morgen nahm sie den Doktor beiseite. „Dr. Howe, halten Sie es für eine junge englische Frau unstatthaft und unangemessen, wenn sie sich so wie die katholischen Schwestern dem Liebesdienst in Krankenhäusern und anderen Einrichtungen widmet? Meinen Sie, das wäre schlimm?“

„Mein liebes Fräulein Florence“, beruhigte er sie, „es wäre ungewöhnlich, und was in England ungewöhnlich ist, gilt meistens auch als unpassend. Aber ich sage Ihnen, gehen Sie voran, wenn Sie für solch einen Lebensweg eine Berufung haben. Tun Sie, was Ihnen klar geworden ist, und dann werden Sie entdecken, dass es nicht unpassend und unfraulich ist, wenn Sie Ihre

Lebensaufgabe im Dienst für andere erkennen. Treffen Sie Ihre Entscheidung, gehen Sie ans Werk, was immer dabei herauskommt, und Gott wird mit Ihnen sein."

Flo fühlte sich wie auf einem Höhenflug. „Ja", hatte der Arzt zu ihrem Vorhaben gesagt. „Tun Sie es!" Es war in der Tat so, dass Flo ihren inneren Frieden nur fand, wenn sie den benachteiligten Menschen ringsum in den Dörfern helfen konnte. In dem Dorf Wellow in der Nähe von Embley Park bot Flo ihre Dienste dem neuen Pfarrer, Herrn Empson, an. Sie wusste, dass er eine Schule für arme Dorfkinder aufbauen wollte. Als Herr Empson und seine Frau Flo zum Mittagessen einluden, schrieb sie darüber an Hilary:

„Solch ein Essen, nett zubereitet, aber nicht üppig, appetitlich, schön garniert, aber nicht aufwändig. Dann kamen wir ins Träumen und Philosophieren. Wir waren ein redseliges Trio und sprachen über blaue Vorhänge und menschliche Charaktere. Wir schworen uns ewige Freundschaft über einfachem Brunnenwasser und schieden voneinander in dem tröstlichen Bewusstsein, dass jeder in dem andern einen modernen Sokrates entdeckt hat. Es ist sehr interessant, wenn man Menschen begegnet, die in dieser seltsamen Welt so vollkommen zufrieden sind. Ich hätte sie von Herzen segnen können. Frau Empson sagte, sie habe sich schon nach einer Begegnung mit mir gesehnt, um mir zu sagen, wie glücklich sie sei. Wie viel Freude gibt es doch auch auf der Welt. Ich hoffe, die Nöte und Schwierigkeiten bringen die Menschen nicht davon ab, froh zu sein und lassen sie nicht eine Trauermiene aufsetzen und die Welt nur noch in einem düsteren Licht sehen."

Und doch waren einige von Flos Freunden in großer Trauer. Als Clarkey eine sehr liebe Freundin verlor, versuchte Flo sie so zu trösten:

„Die ganze Welt geht täglich jeden Morgen ihren gewohnten Gang, und die Erde läuft ihre Bahn in einer unerbittlichen Tretmühle

durch die kalte Sternenwelt des ewigen Schweigens, als würde gar nichts weiter geschehen. Doch so wie Christus die Welt verlassen musste, bevor sein Geist zu seinen Jüngern kommen konnte, so können wir, glaube ich, erst nach dem Tod unserer Freunde die engste Gemeinschaft mit ihrem Geist haben.“

Später betonte dann Flo die Notwendigkeit des Leidens:

„Ich kann mitfühlen mit dir und kann mir denken, dass das Leben jetzt nicht die vielen Tränen wert ist. Es kommt mir vor, dass eine Frau, wenn sie leidet, dies auch annimmt. Es gibt so viele Dinge, die schmerzlicher für sie sind wie beispielsweise Vergesslichkeit und Gedankenlosigkeit. Deshalb fragt sie sich niemals, ob dies oder das ihr Leiden bereitet. Sie würde es nicht vermeiden wollen, wenn sie es vermeiden könnte, und wie der reuige Dieb, der wohl als Erster erkannt hat, dass man nur durch Leiden ins Himmelreich kommen kann, scheint sie intuitiv zu wissen, dass Vergnügen, Zuneigung, Geborgenheit und Sympathie nur durch Leiden zu erlangen sind.“

Flo wurde immer mehr nach innen gekehrt. Sie empfand eine Abneigung gegenüber der oberflächlichen Welt, in der Mama lebte. Aber als sie einmal nicht an einem Ball teilnahm, wurde sie versucht zu denken, wie sehr sie in ihrem roten Seidenkleid mit den schwarzen Spitzen Eindruck gemacht hätte. Doch dann fing sie sich wieder. Wie konnte sie nur so hochmütig sein! Sie wollte nach dem Wort aus 1. Johannes 2, 16 leben: *„Denn alles, was in der Welt ist, des Fleisches Lust und der Augen Lust und hoffärtiges Leben ist nicht vom Vater, sondern von der Welt.“*

„Hoffärtiges Leben“, das Wort traf sie besonders. Ja, der Stolz war es! In ihrem Herzen wusste sie, dass sie immer noch zu diesem hochmütigen Leben hinneigte.

Flo verehrte Johannes, den Jünger mit der besonderen Innigkeit. Sie selbst hielt sich immer mehr an das Unsichtbare. Nachdem sie mit einer kranken Frau im Dorf das Abendmahl genommen hatte, schrieb sie später:

„Ich hatte plötzlich das Gefühl, ich wäre in dem oberen Gemach, als die Türen verschlossen waren und Er, der Herr, plötzlich unter ihnen stand. Er war auch dort das einzig Wirkliche. Sie und die andern in der Stube waren nur Geister, die für einen Augenblick Gestalt annahmen und bald wieder in die Unsichtbarkeit verschwinden würden."

Aber als das unmittelbare Bewusstsein der Gegenwart Christi geschwunden war, konzentrierte sich Flo wieder auf die kranke Frau. Auch dies war etwas Übernatürliches. Denn in dem Augenblick *wusste* Flo, dass es mit der Frau dem Ende zuging. Sie wartete nur noch darauf, die Unsterblichkeit anzuziehen. Bald würde sie ein Geist sein.

Gott will, dachte Flo, *dass ich ihr Augen, Ohren und Verständnis dafür öffne.* Und das tat sie auch.

Dann schrieb sie an Clarkey:

„Ich glaube, Carlyle hat nicht Recht, wenn er sagt, das Ziel unseres Lebens bestünde darin, uns selbst und unsere Fähigkeiten zu entdecken. Denn wir können jedes Interesse an unserer Person verlieren, sooft wir uns selbst vergessen wollen. Aber Gott und seine Wege zu kennen und zu wissen, wie er mit uns umgeht, das können wir durch eigene Versuche nicht ergründen. Worin das „dunkle Geheimnis" des Lebens und seiner tiefen Verlassenheit besteht, das hat er wie durch einen Vorhang vor seinem Angesicht verborgen. Nur ein reines Herz kann Gott schauen. Darin besteht der Segen."

Gott erkennen war das Höchste. Flo spürte immer mehr die Gegenwart Jesu Christi. Seltsamerweise begegnete sie in dieser Zeit öfter Richard Monckton Milnes. Sie nahm nicht an seinen berühmten Frühstückstreffen teil, aber Milnes kam oft nach Embly

Park. Mama hatte sich intensiv dafür eingesetzt, dass ihr Anwesen viele Besucher Englands anzog. All die anderen Nightingales sollten sich auch darum bemühen, ebenso ihre Freunde. Papa schrieb einmal an Clarkey, sie möchte doch den Historiker Leopold von Ranke einladen. „Gib ihm auf geschickte Weise zu verstehen, dass er hier bekannte *Persönlichkeiten* antreffen wird." Papa setzte dann auch den Außenminister Lord Palmerston, den Regierungssprecher Shaw Lefevre und eine Anzahl anderer einflussreicher Gäste auf seine Liste, bevor er mit einem für ihn ungewöhnlichen Stolz hinzufügte: „Er sollte sich geehrt fühlen."

In Embley Park konnte die „auserlesene" Gesellschaft, wie Mama ganz unbescheiden ihre Gäste nannte, über sonnige grüne Wiesen zwischen Lorbeerbäumen, Rosenbüschen und Azaleen spazieren gehen. Die etwas scheue Flo – sie war inzwischen 25 Jahre alt – musste natürlich die Gäste unterhalten. Sie war nicht glücklich dabei und ihre Vertraute Hilary auch nicht, die aus Paris zurückgekehrt war. Hilary lebte nun zu Hause und konnte nur gelegentlich Unterrichtsstunden in Kunst nehmen. Dabei wurden die beiden jungen Damen schmerzlich daran erinnert, welch hohes Maß an Freiheit Clarkey genoss. Flos Unzufriedenheit steigerte sich noch, als Parte, der dieses gesellschaftliche Leben das größte Vergnügen bereitete, immer wieder gegen sie stichelte. Sie machte sogar in ihren Briefen hässliche Bemerkungen über Flo. Sie prangerte ihre niedergedrückte Stimmung an und nannte sie „Foe", was sich auf Flo reimt, im Englischen aber ‚Feind' bedeutet.

Flo zog sich in ihre Phantasiewelt zurück, litt dabei aber unter Schuldgefühlen. In ihrem inneren Ringen empfand sie auch in anderer Hinsicht Schuld. Es quälte sie, wie sie sich andern Menschen gegenüber verhielt. Dass sie kein gutes Verhältnis zu Parte hatte, schrieb sie sich selber zu. Wenn sie neue Freundschaften schloss, war sie in Versuchung, sich bei ihnen auszuweinen, oder sie meinte, sie müsste sie durch ihre besondere Freundlichkeit beeindrucken. Sie wollte immer perfekt sein. Ihre Schuld und ihre Versuchungen zogen sie wie schwere Ketten in die Tiefe.

Wenn sie doch nur etwas Nützliches tun könnte! Aber sie sah in ihrem ständigen Verlangen nach guten Werken auch etwas Falsches. Wurde sie von der Liebe zu andern Menschen angetrieben, oder zwang sie nur das Verlangen, ihrer inneren Bedrückung zu entfliehen, zum Dienst an den Armen? In ihrem Herzen und in ihren Gedanken war ihr jedoch klar, dass es da draußen eine Welt der Armut und Krankheit gab, die nach Hilfe schrie. Aber wie sollte sie, die privilegierte und in strengen Standesregeln gefangene junge Frau, jemals in diese schrecklichen Bereiche von Not und Elend vorstoßen können? Die Beschäftigung mit sich selbst und ihrer Frustration nahmen zu, und sie sah keinen Ausweg.

Selbst wenn sie in einem Brief an Hilary über so kleine Freuden schrieb wie über ihren Hund Teazer, verfiel sie immer wieder in eine trübe Stimmung.

„Er kam ums Haus gelaufen und kannte mich gar nicht. Als ich ihm das übliche Zeichen gab, zögerte er erst einen Augenblick, rannte dann aber freudig auf mich zu. Diese Begrüßung gab mir mehr Freude als all die Schönheit der Natur um mich herum. Mein lieber Teazer, ich liebe dich mehr als all die Pracht in der Landschaft. Wie kommt es nur, dass etwas so Niederdrückendes in all dieser Schönheit liegt? Für mich taucht selbst beim Anblick dieser Herrlichkeit gelegentlich nur noch das Gefühl der Todessehnsucht auf. Ich möchte schreien: Vergib mir, Herr, und lass mich sterben!"

Dann folgte in ihrem Brief ein Aufschrei der Verzweiflung:

„Ich denke noch an die Stimme, die mir einst sagte: ‚Sei getrost, ich habe die Welt überwunden.' Mir schien sie jedoch nur wie ein Echo, denn ich habe gar keinen Mut, ewig zu leben. Mir kommen Tränen in die Augen, wenn ich daran denke, wie viele diese Stimme vernommen haben und sich auf ihr ewiges Dasein in der Herrlichkeit bei Gott freuten."

Andere Briefe an Hilary waren genauso niederschmetternd:

„Ich bin an all diesen langen Sommerabenden im Garten auf und ab gegangen und konnte nur rufen: Mein Gott, mein Gott, warum hast du mich verlassen? Ich kann mir nicht vorstellen, wie ein Mensch das Leben langweilig findet, da es doch oft solch einen stürmischen Verlauf nimmt. Man gewinnt den Eindruck, als würde man in atemlosem Tempo davon mitgerissen. Die Abfolge der Ereignisse bleibt einem oft verborgen, und man kann nur sagen: Meine Tage sind dahingeflogen, und meine Gedanken sind abgebrochen. Worauf soll ich noch hoffen?"

In einem andern Brief an Hilary sprach sie darüber, wie schuldig sie sich fühlte, dass sie nicht auf Gottes Ruf eingegangen sei.

„O, sind wir in diesem Leben nur da, um zu betrügen und betrogen zu werden? Es gibt seltsame Strafen für diejenigen, die in ihrem Leben einer Idee nachjagten, die nicht von Gott kam. Ich empfinde oft, wie viel Wahrheit in den alten Mythen liegt, wo von seltsamen Strafen und Verzauberungen die Rede ist. Sie befallen die Menschen, die die Kraft Gottes verleugnet haben. O meine Liebe, bete für mich, nicht um Frieden, denn ich will mich nicht allzu sehr um mich selbst bekümmern. Was kann mir das schon bedeuten? Ich kann meine Pflichten auch ohne dies alles zu Hause erfüllen. In der Tat bin ich für meinen Vater und für meine Mutter nützlicher als vor fünf Jahren. Doch was ist die Wahrheit? Was will Gott von mir? Würde er sich mir doch offenbaren!"

Mittlerweile nahm Mama ihre Konflikte nicht mehr so wichtig.
„Weißt du, mein liebes Kind, die Tochter von Lord Palmerston, Fanny, war innerlich auch sehr unruhig. Er ist fast darüber verzweifelt. Aber am Ende fand sie wieder festen Boden unter ihren Füßen und suchte nicht immer nach einem vollkommenen Mann. Jetzt hat sie als Lady Jocelin ihren Platz in der Gesellschaft gefunden."

Flo wusste genau, dass sie nach Mamas Plänen Monckton Milnes heiraten sollte, damit sie einmal Lady Houghton sein könnte. Dann erhielten die Nightingales im Sommer 1848 in Lea Hurst die Nachricht, dass Großmutter Shore ernsthaft erkrankt sei.

8

Nachdem die Familie Großmutter Shore in Tapton besucht hatte, durfte Flo allein dort zurückbleiben. Die Großmutter war teilweise gelähmt. Medizinisch konnte ihr Flo wenig helfen. Aber sie wusste jetzt, dass kranke Menschen für die kleinste Aufmunterung dankbar sind. So erzählte sie ihr Geschichten von den andern Enkelkindern: Blanche, Shore, Bertha und Beatrice, ja sogar von Parte.

Großmutter war ganz vergnügt. „Mein liebes Kind, wenn ich daran denke, wie viele Segnungen ich empfange, kann mich nichts mehr unglücklich machen."

In Tapton fand Flo wieder ihren inneren Frieden. Es füllte sie ganz aus, wenn sie für andere sorgen konnte. Auch Probleme und Schwierigkeiten nahm sie aus Gottes Hand, wenn sie nur durch ihre Fürsorge und ihren Trost zur Lösung der Konflikte beitragen konnte. Großmutter Shores Gesundheitszustand wurde durch Flos Pflege wieder stabil. Doch überall kam Flo mit Leiden in Berührung. Einmal war es Tante Mai, die sehr bedrückt war, weil eine ihrer jüngeren Töchter gelähmt war. Dann waren es arme Menschen im Dorf. Flo besuchte sie immer wieder, und oft wurden ihr die ganz persönlichen Probleme anvertraut. Ein Mann, den sie betreute, hatte durch ein Versehen seinen Cousin erschossen. Er war darüber untröstlich. „Wie schrecklich muss es für Kain nach seinem Mord gewesen sein, weiterzuleben!", ging es ihm durch den Kopf. Auch im Haushalt der Nightingales stellte sich Leid ein. Ihre alte Hausangestellte wurde in Lea Hurst ernstlich krank. „O, bis jetzt war es doch hier so schön", klagte die alte Frau. Doch sie bestand darauf, mit der Familie nach Embley Park zu reisen. Nach ihrer Ankunft dort lebte sie nur noch zwei Tage. War die Reise für sie zu anstrengend gewesen?

Flo schrieb an Hilary:

Unsere liebe alte Freundin hat uns heute am frühen Morgen verlassen. Ihr himmlischer Vater hat sie ganz still und unauffällig abgeholt. Obwohl ich ihre Hand hielt, spürte ich erst, als diese Hand kalt wurde, dass ihr Geist sich auf eine lautlose Reise begeben hatte. Am Montag hatte sie viel zu leiden, doch am Dienstagmorgen war alles überstanden. Aufrecht in ihrem Stuhl sitzend starb sie. Kurz vor ihrem Tod war ihre Stimme noch so deutlich wie immer. Jetzt erinnert in ihrem Zimmer nichts mehr an das Leben außer dem Ticken der Uhr. Und die blieb stehen, bevor ich wegging. Wie seltsam ist es doch, wenn man aus einem Zimmer heraustritt, in dem nur sie und Gott und ich waren, und dann in das kalte und betrügerische Leben voll Vorurteilen, Heuchelei und enger Sitten zurückkommt. Damit meine ich nicht, dass das Leben an sich schlecht ist, sondern spreche nur das an, was wir Menschen daraus machen. Alles kommt mir vor wie Trug und Eitelkeit.

Da war nun wieder das alte Lied. Flos Verzweiflung darüber, dass sie das Leben so nutzlos empfand. Vor fast acht Jahren hatte sie Gott berufen, und sie wusste immer noch nicht, was sie tun sollte und wie sie etwas anfangen sollte. Clarkey hatte ihr vorgeschlagen, sie solle wie Jane Austen und andere Frauen Romane schreiben. Auf diesem Gebiet konnten Frauen ein Stück Freiheit praktizieren. Aber Flo wollte keine Themen behandeln, die doch nur mit der konventionellen Gesellschaft zu tun hatten. Diese Gesellschaft mit ihren vorgeschriebenen steifen Höflichkeitsformen erdrückte sie. Andererseits konnte sie nicht solche feurigen Romane schreiben wie George Sand, deren Inhalt sie auch nicht akzeptierte. Was sollte sie tun?

„Warum gibt mir Gott nicht ein Zeichen?“

Nach dem Tod der alten Hausangestellten engagierte sich Flo in dem Dorf Wellow. Außer den üblichen Todesfällen und Geburten gab es im Herbst 1844 ungewöhnlich viele Krankheitsfälle. Dreimal stand sie wie ein Engel an Sterbebetten, hielt den Kranken ihre Hand, bis sie das Leben aushauchten. Doch in einem Fall erkannte sie, dass dieser Mensch nicht hätte sterben müssen.

Meine Güte, schrie sie innerlich nach dem Tod einer Frau, *man hätte ihr genauso gut Gift einflößen können!* Manche der armen Leute wussten gar nicht, wie die Heilmittel wirkten. Oft hatten sie keine Ahnung, dass sie davon sterben könnten. In ihrer Umgebung sah sie nun manches Leiden, das man hätte erleichtern können, ja, das man ganz hätte verhindern können, wenn nur die Krankenpfleger gewusst hätten, was sie tun sollten und wie sie es tun sollten. Es ist eine Ungeheuerlichkeit, wenn man aufs Geratewohl Medikamente verabreicht. Solche Behandlungsweise widerspricht jeder Vernunft. Sicher war sie nicht die Erste, die sich über dieses paradoxe Verhalten Gedanken machte. Wie konnten Menschen eine gute medizinische Ausbildung erlangen? Sie hatte im Lauf der Jahre vieles über Krankheiten und Heilungen gelesen, aber sie war in keiner Weise medizinisch ausgebildet.

Dann dachte sie an Dr. Fowler, einen Freund der Familie. Obwohl er schon über 80 Jahre alt war, praktizierte er noch am Salisbury Krankenhaus, das nur fünfzehn Meilen von Embley Park entfernt lag. Über Weihnachten würde er Gast in Embley Park sein. Ein Plan kam ihr in den Sinn. Warum sollte sie sich nicht einige Wochen lang in Salisbury unter Dr. Fowler ausbilden lassen? Danach könnte sie im Dorf eine kompetente Pflege durchführen. Sie könnte nicht nur selber diesen Dienst tun, sondern auch andere anleiten. Je mehr sie darüber nachdachte, desto deutlicher fasste sie diesen Plan ins Auge.

Eines Tages würde sie wie Tante Julia von den Familienbindungen frei sein. Dann würde sie ein kleines Haus im Dorf bewohnen und dort eine protestantische Schwesternschaft für Krankenpflege gründen wie in Kaiserswerth, von der Christian Bunsen gesprochen hatte. Wenn sie nur mehr über Kaiserswerth wüsste! Wenn sie nur selbst solch eine Einrichtung ins Leben rufen könnte! Wie sehr würde das den leidenden Menschen zugute kommen. Diese Gedanken gaben ihr Auftrieb. Alle Traurigkeit schwand. Sie hatte ein erhabenes Gefühl. Sie konnte es kaum abwarten, bis sie Weihnachten dieses Thema mit Dr. Fowler besprechen könnte.

„Ein großartiger Gedanke", antwortete Dr. Fowler.

„Aber ist das nicht Krankenpflegedienst?", fragte Mama in schrillem Ton, als sie das Gespräch mit anhörte.

Ganz ruhig antwortete Flo: „Ja, in gewissem Sinne schon."

„Kennst du nicht die Situation der Krankenpflegerinnen?", zischte Parte wütend.

„Das sind doch alles sehr gewöhnliche Leute von niederem Stand."

Stellte sich Parte auch quer? Doch Flo lenkte sie in ganz ruhigem Ton auf Mama hin.

„Ich bin sicher, der gute Doktor ..."

Aber Mama geriet beinahe aus der Fassung. Flo hatte sie noch nie so erlebt. „Krankenpflegerinnen sind gewöhnliche Trinkerinnen", stieß Mama hervor.

„Willst du über deine Familie Schande bringen, Flo? Wie kannst du nur so etwas im Sinn haben?"

Flo antwortete: „Mama, ich habe auch Charles Dickens gelesen. Ich weiß, dass die Krankenpflegerinnen bei ihm in keinem guten Licht stehen. Aber ich bin sicher, Dr. Fowler kann dir bestätigen, dass dieses Bild, wie es Dickens zeichnet, seiner dichterischen Freiheit entsprungen ist."

Parte warf ein: „Weißt du nicht, dass die meisten Ärzte keine Ehrenmänner sind wie Dr. Fowler. Sie werden dich nur ausnutzen, Flo."

Dr. Fowler hatte seine Meinung geändert. „Vielleicht ist es das Beste, wenn du diesen Plan nicht weiter verfolgst."

Nun blies auch Dr. Fowler in das gleiche Horn wie Mama und Parte! Jetzt hatte Flo keinen Verbündeten mehr für ihren wunderbaren Plan. Er war so gut wie gestorben. Sie hatte bewusst das Wort Krankenpflegerin vermieden, aber es hatte ihr nichts genützt.

Nach dieser Niederlage las Flo wieder theologische Abhandlungen zu ihrer inneren Beruhigung. Aber die heftige Art, in der

Mama und besonders Parte ihr entgegengetreten waren, nagte noch an ihr. Und auch von Papa war sie enttäuscht. Konnte er sich wirklich nicht gegen Mama durchsetzen? Oder teilte er Mamas Meinung, dass Flos großer Traum die Familie erniedrigen würde?

„Ich muss nach London fahren", kündigte Papa nach Neujahr 1846 an. „Im Parlament wird man über die Getreidegesetze verhandeln. Wenn man die Tarife für das importierte Getreide beibehält, erscheint mir das zu hart, da jetzt die Iren und auch einige aus unserm Volk durch die Kartoffelfäule zu leiden haben."

Flo wusste nicht genau, ob Papa dadurch einfach den Auseinandersetzungen in Embley Part entfliehen wollte. Er war immer weniger in das Familiengeschehen eingebunden. Mama hatte alles fest im Griff. Und Parte war ganz in ihrem Schlepptau. Nachdem Papa nach London gefahren war und dort bei Tante Jane wohnte, stand Flo ganz unter der Fuchtel von Mama und auch von Parte. Es war sicher kein Trost für Flo, dass Hilary, die auch bei Tante Jane war, ihr schrieb, wie sehr sie sich freute, mit Thomas Macauly beim Abendessen zusammen zu sein und überhaupt in das politische und literarische Leben in London eintauchen zu können. Hilary bemerkte auch, dass Flos Vater sich darüber beklagte, dass die jungen Damen in England so wenig Erfüllung im Leben sahen. Sie wüssten gar nicht, was sie mit sich anfangen sollten.

„Aber jetzt weiß ich es!", stieß Flo hervor, als sie den Brief las. „Und warum tust du nichts dagegen, Papa? Wenn unser Heiland jetzt auf der Erde wandelte und ich zu ihm käme, würde er mich dann in das Leben zurückschicken, das ich jetzt führe? Nein, er würde zu mir sagen: ‚Tu dieses Werk für mich!'"

Flo rang immer mehr mit ihrem Problem. Gott hatte sie berufen. Und sie unternahm nichts, obwohl sie jetzt sicher wusste, was sie tun sollte. Es war ihr klar, was Parte und Mama sagen würden: „Meint sie, dass sie etwas Besonderes sei? Ihre Wünsche sind eitel und selbstsüchtig." Vielleicht dachte Papa genauso.

Alles schien so hoffnungslos. Während dieser Zeit fand Flo eine neue Vertraute in Selina Bracebridge aus Coventry.

Auf einen Einladungsbrief hin hatten die Bracebridges die Howes nach Embley Park geschickt. Flos Kosename für Selina wurde „Sig“. Das ist eine Abkürzung für *Sigma*, den griechischen Buchstaben für s. Sig war auch mit Clarkey eng befreundet. Deshalb war es nicht verwunderlich, dass sie gut verstehen konnte, wie sehr Flo litt. Aber konnte Sig ihr helfen? Flo erkannte bald, dass Selina Bracebridge die willensstärkste unter all ihren Freundinnen war. Sie zeigte nicht nur Sympathie, sondern unternahm auch konkrete Schritte. Und sie war auch so geschickt, dass sie ein gutes Verhältnis zu Mama und Parte beibehielt und doch innerlich mit Flo einig war. Bis jetzt allerdings sah sie für Flo noch keinen Ausweg.

Als Flo im Juni zum Sommeraufenthalt nach Lea Hurst zurückkehrte, schrieb sie resigniert in ihr Tagebuch:

> *„Bin heute Abend hier angekommen. Alles ist beim Alten. Doch was habe ich alles seit dem letzten Mal durchmachen müssen? Alle meine Pläne sind zunichte, und meine Hoffnung liegt am Boden. Es zeichnet sich noch keine Veränderung ab. Alles verläuft in der gewohnten Weise. In jedem Jahr wiederholt sich das Gleiche, sodass man oft keine wahre Frucht aus all den Trübsalen erkennt. Nur traurige Erfahrungen bleiben übrig. Doch ich will Paulus nicht Lügen strafen, der seinen Glauben hindurchrettete, indem er daran festhielt, dass die Geduld Hoffnung bewirkt.“*

Ja, Hoffnung war eine der drei großen christlichen Tugenden. Hoffnung, Glaube und Liebe durfte sie niemals aufgeben. So hielt sie sich an der Hoffnung fest und schrieb: „Je länger ich lebe, desto mehr habe ich das Empfinden, als ob mein ganzes Wesen sich auf einen Punkt hin bewege.“ Doch sie schwankte hin und her zwischen Hoffnung und Verzweiflung. An Hilary schrieb sie:

„Mein Leben ist so voller Angst und Furcht im Blick auf all die Dinge, die so unentwirrbar erscheinen. Ich weiß gar nicht, was ich eigentlich will. Dann knie ich am Morgen, wenn die Sonne aufgeht, nieder und sage nur: Siehe, Herr, ich bin deine Magd: Gib mir heute irgendeine Aufgabe, nein, nicht was ich, sondern was du willst. Um etwas anderes bitte ich dich nicht."

Das alles war so ermüdend, so bedrückend und erregte auch viel Selbstmitleid. Sie bat den Herrn, *sie davon zu befreien.* Sie las in der Bibel und im Homer. In dieser Zeit fand sie keinen Geschmack an Romanen. Oft legte sie ihre Bücher beiseite und dachte an Engel. Könnte nicht einer kommen und ihr eine Botschaft bringen? Immer öfter verlor sie sich in ihren Gedanken. Als sie eines Abends in ihrem Schlafzimmer in Lea Hurst im Bett lag, betrachtete sie eine flackernde Kerze. Diese Kerze ist wie der menschliche Verstand, dachte sie. Ihr Leuchten hinderte sie daran, die vom Mondschein erhellte Landschaft draußen hinter ihrem Fenster zu sehen. Diese unsichtbare Landschaft war wie die geistliche Welt, die eigentliche Welt.

Den 7. Juli nahm sie sich als einen Tag der Selbstprüfung vor. Er brachte ein bedrückendes Ergebnis. Sie erkannte, wie sehr die Familie sie in Anspruch nahm, vieles, vielleicht das meiste von dem, was sie tat, war eine nichts sagende Beschäftigung. Sie hatte ihrem Vater zuliebe wieder angefangen, Griechisch zu lernen. Sie ritt auch mit ihm zusammen in die Berge, um ihm Gesellschaft zu leisten. Jeden Tag musste sie ihrer Mutter laut die Briefe der Freunde vorlesen. Mama verlangte auch, dass sie ihr aus Romanen vorlas. Zudem musste sie auch immer bereit sein, sich mit der armen, empfindsamen Parte zu beschäftigen. Kürzlich hatte sie ihr auch aus einem Roman vorgelesen. Und jeden Tag schrieb Flo Briefe an ihre Freunde, denen sie ihre Not klagte. Dann bedauerte sie dies wieder. Es war doch alles vergeblich.

„Was bin ich doch für ein elender Wurm", sagte sie voll Verbitterung.

Doch dann war ja in der Nähe auch das Dorf Holloway. In

seinen grauen Steinhütten, die an die Abhänge gebaut waren, fand sie wieder einen Schimmer von Hoffnung. Eine Zeit lang hatte sie das Empfinden, sie sei da, um das Leiden dieser armen unglücklichen Menschen zu lindern. Am 16. Juli schrieb sie in ihr Tagebuch:

„Ich kann gut auf die Ehe verzichten und auf viele Dinge, nach denen sich die Menschen sehnen. In Gedanken bin ich so mit dem Elend in der Welt beschäftigt, dass es meine einzige Sorge ist, hier meine Hilfe und mein Mitleid zu zeigen. Allein solch ein Einsatz würde sich lohnen. Wenn ich durch eine Stadt fahre, meine ich in all den Gesichtern Angst, Niedergeschlagenheit oder Krankheit zu erkennen, und meine Seele fliegt den Menschen entgegen. Ich will mit ihnen gemeinsam den Becher des Leides trinken. Meine Gedanken sind ganz bei der Not der Menschen. Es umlagert mich buchstäblich von allen Seiten. Dies ist sicher sehr einseitig, aber ich kann kaum an etwas anderes denken. Alles, womit die Dichter die Herrlichkeit dieser Welt besingen, erscheint mir unwirklich. Die Menschen, die ich vor mir sehe, sind aufgefressen von Sorge, Armut oder Krankheit. Wenn ich ihre Häuser betrete, möchte ich am liebsten den ganzen Tag dort bleiben, die Kinder waschen, den Müttern helfen und den Kranken beistehen. Im Umkreis einer halben Meile kann man sicher noch hundert andere unglückliche Familien finden."

Ja! Da lag ihre Berufung. Sie sollte sich um die Leidenden kümmern, das wusste sie jetzt. Im Laufe der Zeit war ihr das gewiss geworden. Zwei Tage später schrieb sie in ihr Tagebuch:

„Es befriedigt meine Seele, es füllt allen Mangel meines Herzens, meines Geistes aus. Es heilt alle meine Krankheit. Es erlöst mein Leben vom Verderben. Ich wünsche nichts anderes. Mein Herz ist erfüllt davon. Darin fühle ich mich wohl. Das ist für mich der

Himmel auf Erden. Ich sehne mich nach keinem anderen Glück, solange das Böse in dieser Welt herrscht.“

Leider reisten die Nightingales wieder nach Süden. Es zerriss Flo das Herz, dass sie ihre „Patienten“ in Holloway zurücklassen musste. Zwei Jungen würden an Schwindsucht sterben, und sie würde sie nie wiedersehen. „Lebt wohl, ihr armen Menschen, lebt wohl für zehn Monate“, schrieb sie ganz bewusst in ihr Tagebuch. Als sie wieder in Embley Park war, machte sie sich begierig an die Lektüre der Gefängnisreform. Es gefiel ihr, was an Vorschlägen zur Eingliederung in die Gesellschaft vorgebracht wurde. Sie hatte den Schmutz und die Hoffnungslosigkeit gesehen, womit die Armen zu kämpfen hatten. Dass es ihr so unverdient gut ging, bedrückte sie. Mittlerweile wusste sie, dass ihr Vater kaum ein geringeres jährliches Einkommen hatte als Königin Victoria.

Noch etwas anderes bewegte sie jetzt. Ausgerechnet Richard Monckton Milnes hatte im Parlament eine Gesetzesvorlage eingebracht. Es sollten Erziehungsheime eingerichtet werden, sodass die jungen Menschen nicht zusammen mit Verbrechern eingesperrt würden. Zur Überraschung aller war Milnes ins Parlament gewählt worden, und er sah darin nicht nur einen angenehmen Posten. Er war nach Irland gereist, um die Folgen der verheerenden Missernte auf den Kartoffelfeldern zu inspizieren. Er war ein Aktivist. Er kam auch wieder häufiger nach Embley Park.

„In Brighton liegt meine Mutter im Sterben“, sagte er Flo, „und niemand kann mich mehr trösten als du.“ Milnes war bei Flo im Ansehen gestiegen. Seine Aufmerksamkeit bewegte sie sehr. Könnte sie an der Seite eines solchen aktiven Menschen ihre innere Unruhe überwinden? Oder würde sie wie Mama werden und sich nur in gesellschaftlichen Aktivitäten verlieren? Und was würde aus ihrer Berufung? War es ihr nicht klar geworden, dass sie etwas im medizinischen Bereich tun sollte? Wäre es möglich, ein freundschaftliches und vertrautes Verhältnis zu Miles zu pflegen, ohne seine Frau zu sein? Aber solche rein geistigen

Beziehungen zwischen Männern und Frauen waren in England fast unmöglich.

Mittlerweile vertiefte sich ihre Beziehung zu Sig. Über Fräulein Bracebridge schrieb Flo in ihr Tagebuch:

„Ich frage mich, ob sie weiß, wie sehr sie mein Leben verändert hat. Dass es da einen Menschen gibt, bei dem meine Gedanken nicht nur für nutzlose Träumereien gehalten werden, schon das rückt alles in ein neues Licht. Sie schaut nicht von oben auf mich verwöhntes und verträumtes Kind herab. Sie hat mich gelehrt, das Leben so anzunehmen, wie es ist. Dass ich einen Menschen gefunden habe, der nicht der Meinung ist, das gesellschaftliche Leben mache uns glücklich, hat mich davor bewahrt, meinen Mut in den letzten drei bewegten Monaten sinken zu lassen. Doch im Allgemeinen sollten wir Verständnis suchen für das, was wir tun, und nicht für das, was wir leiden. Anders ist es, wenn die innere Not uns überwältigen will. In solch einer Lage wurde auch unser Heiland durch einen Engel vom Himmel gestärkt."

Trotzdem stellte Sig an Flo die Frage, ob sie nicht, wie sie selbst, in der Ehe ihr Lebensglück finden könnte. Flo sagte ihr ganz deutlich, sie glaube, dass Gott „einige dazu bestimmt hat, allein zu bleiben, so wie er andere dazu erwählt hat zu heiraten und dass er sie entsprechend ihrer Berufung auch ausgerüstet habe." In Wahrheit hatte Flo im Alter von 26 Jahren sich schon fast dazu entschieden, nicht in den Stand der Ehe zu treten. Doch manchmal überkamen sie dabei Schuldgefühle. Wollte sie nur ihre Reinheit zur Schau stellen und ihre guten Absichten zeigen? In ihrem Tagebuch schrieb sie:

„Lieber Herr, heilige meine Freundschaft mit Sig, lass mich nicht verleitet werden, dass ich mich vor ihr in einem besonders guten Licht darstelle. Gib, dass ich ihr mehr gefalle dadurch, dass wir geistliche Gemeinschaft haben, als dadurch, dass ich ihr in besonderer Weise begegne. Und wenn ich andere Freundschaften haben

sollte, die mir gefährlich werden und mich zu einem eitlen Lebenswandel verführen, dann reinige du sie und beschütze mich. O Gott, ich lechze nicht nach Liebe und will auch nicht unbedingt heiraten.“

Flo versuchte, in ihrem Entschluss festzubleiben. Sie hatte viele negative Bemerkungen darüber gehört, wie Fanny, die schwierige Tochter von Lord Palmerston, sich geweigert hatte zu heiraten. Deshalb machte sich Flo auch keine Illusionen darüber, dass man sie wegen ihres Entschlusses bewundern könnte. Aber in Wirklichkeit stellte sie sich mit unter die Schuld der oberen Klassen, die den Armen und Kranken gegenüber gleichgültig waren. *Ich bin jetzt wie die Armen,* dachte sie. *Wir erwarten wenig vom Leben, aber viel von Gott.* Die Armen schenkten Flo ihr volles Vertrauen. „Ich kann dir alles sagen, als wärest du meine Mutter“, bekannte ihr eine arme Frau. Welch großartige Verantwortung trug Flo. Das war ihr tausendmal wichtiger als ihre sozialen Verpflichtungen gegenüber den oberen Schichten. Und dabei muss man sich vorstellen, dass sie in ihrem eigenen Hause wie ein Kind behandelt wurde, das noch keine klare Vorstellung vom Leben hat!

Sie wurde immer ärgerlicher:

„In diesem Haus gibt man den Armen nur von dem, was im Überfluss da ist, und erwartet dann noch großen Dank von ihnen. Dabei weiß man gar nicht, wie sie leben, kennt kaum ihre Sprache und versteht nichts von ihren Gefühlen. Ich verabscheue dieses Haus.“

Diese aufwühlenden Gedanken kommen sicher von Gott, dachte sie. Er bewahrte in Flo diesen Eifer und das Glühen des Feuers, bis sie seinen Willen erfüllte. Wenn aber dieses Verlangen, Gott zu dienen, nicht von ihm käme, dann müsste es wieder von ihr weichen. Aber es wurde stärker. Am 31. Dezember 1846 schrieb sie:

„Man hat oft gefragt, was wäre geschehen, wenn Jesus unter der Arbeiterklasse auferstanden wäre. Aber was hätte es erst ausgelöst, wenn er in unserer Oberschicht auferstanden wäre! Es wäre schon mehr als ein Wunder, wenn er überhaupt zu uns käme, denn wir haben keine Zeit für ihn. Wir sind viel zu beschäftigt. Wir haben auch keine Zeit fürs Gebet, das unser Heiland für sehr notwendig hielt. Ganze Nächte hat er im Gebet zugebracht, weil er am Tag so viel Arbeit hatte."

Während des Tages arbeitete Flo immer öfter in den schmutzigen Straßen von Wellow. Lange vor Tagesanbruch stand sie auf und las Berichte. Die Abende schienen für sie eine verlorene Zeit. Sie musste als brave junge Dame im Wohnzimmer bis zehn Uhr sitzen. Einige Abende konnte sie dadurch nutzbringend gestalten, dass sie intensiv über ihre Zukunft nachdachte. Ihre Gedanken wurden jetzt schon klarer, nachdem ihr Christian Bunsen einen genauen Bericht über die Einrichtungen in Kaiserswerth geschickt hatte. Dies bestärkte sie in ihren Plänen für ihr Land. Junge, protestantische Frauen dienten dem Herrn, indem sie Kranke pflegten und die Armen unterrichteten. Nach vielen Jahren waren die Kaiserswerther Einrichtungen von der Preußischen Regierung anerkannt worden. Dann kam Flo ein entscheidender Gedanke. Warum sollte man eine eigene Einrichtung in England gründen? Warum konnte sie nicht nach Kaiserswerth gehen? Wie würden Mama und in ihrem Schlepptau Parte dagegen angehen! Voller Trotz schrieb sie in ihr Tagebuch:

„Resignation, dieses Wort habe ich nie verstanden. In der Bibel kommt es nicht vor. Unser Heiland hat niemals resigniert, und bei all dem Leiden, das ich gesehen habe, war ich nie geneigt zu sagen: Hier musst du resignieren, sondern es galt immer zu überwinden."

Mittlerweile hatten Männer, die sie gut kannte, in England Reformen zuwege gebracht. Lord Ashleys Gesetzesvorlage für eine zehnstündige Arbeitszeit war im Mai 1847 zum Gesetz erhoben worden. Der kommende Lord Shaftsbury, Lord Ashley, hatte jahrelang gekämpft, dass Frauen und Kindern größerer Schutz gewährt würde. Unterdessen hörte das Hin und Her im Blick auf Flos mögliche Heirat nicht auf. Richard Monckton Milnes warb beharrlich um sie. Dann wurde Flo sehr von der Nachricht überrascht, dass Clarkey den bedeutenden Ägyptologen Julius Mohl, einen Deutschen, der schon lange in Paris lebte, geheiratet hatte. Flo war Julius schon einmal begegnet, und sie wusste, dass er auch zu Clarkey passen würde. Clarkey war etwa fünfzig, als sie heiratete. War es dann nicht auch für Flo noch möglich? Sollte sie auf das geduldige Werben von Monckton Milnes reagieren? Sie prüfte sich in dieser Frage.

„Wenn ich mir vorstelle, seine Frau zu sein, fühle ich mich gar nicht glücklich", vertraute sie Sig an.

Sig aber belohnte schließlich das große Vertrauen, das Flo in sie gesetzt hatte.

9

Sig hatte einen großartigen Plan, wie Flo für eine gewisse Zeit von ihren gesellschaftlichen Bindungen befreit werden konnte. Als die Bracebridges beschlossen, den Winter über nach Rom zu gehen, luden sie Flo ein, mit ihnen zu kommen. Der Winter war die Zeit, in der es den meisten Stress zwischen Flo und ihrer Familie gab. Flo dankte Gott, dass Sig diese kluge Idee gehabt hatte, da auch Mama und Papa ihr voll vertrauten. Sie gaben unverzüglich ihre Zustimmung. Nicht einmal Parte war dagegen. Sie war sogar eifrig bemüht, Flo genau vorzuschreiben, welche Kleidung sie mitnehmen und welche Leute sie dort besuchen sollte.

„In Rom wird sie innerlich zur Ruhe kommen", sagte Parte herablassend zu ihren Freunden. Sie ging davon aus, dass Flo große innere Schwierigkeiten hatte. Am Abend des 9. November 1847 kamen Flo und die Bracebridges in Rom an. Sie wohnten in der Nähe des Piazza del Popolo. Am nächsten Tag wurde Flo in aller Frühe wach und freute sich bei dem Gedanken, den Petersdom zu besichtigen. Sie wartete gar nicht, bis die Bracebridges aufgestanden waren, sondern lief kreuz und quer durch die Straßen, ohne nach rechts oder links zu schauen. Als sie auf dem Petersplatz ankam, der von Kolonaden eingerahmt war, schien die Sonne gerade auf den Dom. Am Eingang sammelte sie sich erst einmal. Später schrieb sie ihrer Familie darüber:

„Kein Ereignis in meinem Leben, außer wenn ich einmal sterbe, kann gewaltiger sein, als das erste Betreten des Petersdoms. Ich musste dies ganz allein tun. Auch Petrus war nicht dabei. Kaum ein Mensch war da, nur ich ganz allein. Ich kniete nieder, weil ich die Gegenwart Gottes spürte. Die Nebenkapellen sind selbst wie kleine Kirchen. Die Pieta (von Michelangelo) war ganz in der Nähe der Stelle, wo ich sie suchte."

Als Flo den Dom verließ, war sie erstaunt, wie kühl die Luft war. Auf dem Weg dorthin hatte sie die Kälte gar nicht gemerkt. Einige Wochen lang schaute sich Flo viele Sehenswürdigkeiten an. Sie folgte einem Plan, den Papa ihr ausgearbeitet hatte. Jeden Ort, den sie sich angeschaut hatte, hakte sie ab. Sie war glücklicher, als sie es sich je hätte vorstellen können. Immer wieder zog es sie zum Petersdom und zum Vatikan. Eines Tages war sie in der Sixtinischen Kapelle und sah dort das Meisterwerk von Michelangelo, sein gewaltiges Deckengemälde über das Alte Testament. Es war in Fresken dargestellt. Bei der Herstellung dieser Art von Gemälden wurde jeden Tag auf einem neu aufgetragenen Untergrund gearbeitet. Eine Restauration war praktisch unmöglich. Nur der größte Meister konnte solch ein Werk vollbringen. Für Flo war dies der Höhepunkt aller menschlichen Kunst. Sie schrieb:

„Denk dir, du bist einen Tag mit Sig allein in der Sixtinischen Kapelle, ganz allein ohne Besucher, und du schaust zu diesem Himmel auf, wo Engel und Propheten erscheinen. Wir fingen an, Gott zu loben. Um diese Figuren zu beschreiben, findet man keine Worte. Es können nur die Worte und die Prophezeiungen sein, die diese Gestalten selbst einmal ausgesprochen haben. Da sieht man sie vor sich, wie sie den Geist atmen, der sie in ihrem Leben beseelt hat und den sie uns überliefert haben. Ich meinte nicht, dass ich Bilder sähe, sondern den Himmel selbst. Es gibt wenige Augenblicke, die wir festhalten können, bis wir einmal durch das Tor des Todes gehen. Aber dieses war ein solcher Augenblick. Die Gestalten, die wir sahen, waren fast zu wundervoll für das menschliche Auge.“

Flo war von Jesaja hingerissen, dessen Schriften sie mehr schätzte als die von Shakespeare. Für Flo war Jesaja der Vorläufer Christi, und sie war ganz sicher, dass Michelangelo Jesaja richtig verstanden hatte. Doch Michelangelos Bild vom *Jüngsten Gericht* an der Wand hinter dem Altar wollte sie sich nicht so gerne anschauen.

Sie hatte sogar gehofft, dass ihr wegen der fallenden Schatten am Nachmittag der Anblick erspart würde, wo der Herr die Schafe von den Böcken scheidet. Aber es kam nicht so. Flo konnte es nur zu deutlich erkennen. Das Bild verwirrte sie, ja es drückte sie nieder und machte ihr Angst. Das hatte Michelangelo auch so beabsichtigt. Auf den Fresken erscheint auch Petrus mit einem ängstlichen Blick. Es gibt Menschen, die in die ewige Verdammnis gehen. Flo wollte das nicht anschauen.

Sie und Sig waren fast den ganzen Tag in der Sixtinischen Kapelle gewesen. Sie waren froh, als sie den Ort wieder verließen. Draußen ließ Flo ihre Gedanken um das gewaltige Deckengemälde kreisen. Das Bild von der ewigen Verdammnis verdrängte sie in ihrem Innern.

Rom war wirklich ein herrliches Erlebnis. Flo gewann sogar am gesellschaftlichen Leben wieder Freude. Eines der ersten Ehepaare, dem sie in Rom begegnete, waren die reichen Herberts aus Wilton, nur zwanzig Meilen von Embley Park entfernt. Eigentlich hegte Flo keine großen Sympathien für Sidney Herbert. Er war schließlich ein Konservativer, gehörte der Anglikanischen Hochkirche an und neigte sehr zu den katholischen Traditionen. Doch sie fand ihn jetzt nicht nur sehr angenehm, sondern bewunderte auch seine aufrichtigen Bemühungen, Gutes zu tun. Auch in der Regierung hatte er als Kriegsminister unter Peel eine gewisse Machtstellung. Seine Frau Elisabeth war genauso offenherzig und freundlich. Als Flo nach Hause schrieb, lobte sie Sidney Herbert als „einen Mann, der so gar nicht weltlich ist", und seine Frau Elisabeth als den Sonnenschein von Italien.

Flo begrüßte das Jahr 1848. Sie schwelgte im herrlichen Rom. Aber ihre Freude war auch dort nicht ungetrübt. Konnte sie die römischen Straßenkinder übersehen, die an allen Ecken bettelten und erschreckend arm waren? Warum konnte sie nicht einigen von ihnen helfen, wie sie den Kindern in Wellow und Holloway geholfen hatte? Es dauerte nicht lange, bis sie die Verantwortung für ein kleines Mädchen namens Felicetta Seni übernahm. Wenn sie sich um die Erziehung dieses Kindes kümmern wollte, musste sie bei Mutter Santa Colomba im Konvent der Trinita die Monti vorsprechen.

„Die ehrwürdige Mutter wird mir sagen, dass ich Felicetta in Ruhe lassen soll", dachte Flo voller Sorgen.

Aber es kam anders. Die ehrwürdige Mutter hätte nicht freundlicher zu ihr sein können. Man lud Flo ein, weil der Konvent eine Schule für Waisenkinder unterhielt. Der Orden würde das Kind aufnehmen, aber dafür mussten fünf Jahre lang 180 Skudi bezahlt werden. Wenn auch William Nightingale sehr wohlhabend war, so standen Flo kaum eigene Mittel zur Verfügung. Wie sollte sie eine solche Summe aufbringen? Sie überschlug die Sache und kam zu dem Ergebnis, dass sie diesen Betrag von ihrem Kleidergeld abzweigen könnte. So unterschrieb sie einen Vertrag und sicherte somit die Ausbildung des Kindes. Aber sie sprach nicht weiter über diesen Akt der Nächstenliebe. Es sollte nicht so aussehen, als wollte sie sich damit hervortun.

Die ganze Sache hatte noch eine andere Auswirkung. Mutter Santa Colomba erkannte den enormen geistlichen Hunger bei Flo. Sie redete ihr zu, doch am Ordensleben teilzunehmen. Flo versuchte es. Sie vertiefte sich in die Regeln des „Ordens vom Heiligen Herzen" und versuchte zu verstehen, wie diese Frauen mit den Versuchungen des Lebens umgingen. Mutter Santa Colomba, der es gesundheitlich nicht gut ging und die oft unter Schmerzen litt, nahm diese Anfechtung als etwas an, das Gott ihr schickte. Sie erinnerte an Paulus, der den „Pfahl im Fleisch" auch aus Gottes Hand genommen hatte. Mit einem Lachen auf den Lippen wäre sie auch bereit zu sterben, wie sie Flo sagte. Das einzige – *„unicamente!"* – war für sie, den Willen Gottes zu tun. Und der bestand darin, den Waisen von Rom eine Ausbildung zu geben.

„Aber wie kann ich wissen, was sein Wille für mich ist", stieß Flo hervor.

„Du musst beten. Du musst zu Gott sagen: ‚Soll ich deinen Willen in einem religiösen Orden oder in der Welt tun? Und wenn in der Welt, dann verheiratet oder als allein stehende Frau?'"

Dann fügte die Nonne hinzu: „Gott gibt uns gewöhnlich eine Antwort."

Flo bewunderte ihre Offenheit. Mutter Santa Colomba hatte nicht gesagt, dass unbedingt eine Antwort erfolgte. Da Flo in allem sehr genau war, schrieb sie alles auf, was sie im Konvent zu hören und zu sehen bekam. Auch wie die Kinder erzogen wurden. Gerade diese letzte Information könnte ihr in Wellow sehr von Nutzen sein. Die Atmosphäre in dieser Waisenschule war anders als der raue Umgangston in den englischen Schulen. Die Nonnen schufen eine Atmosphäre der Ruhe und Geborgenheit. Wenn die Kinder dort ankamen, waren sie meist trotzig und aufsässig. Aber bald wurden sie so sanft wie Lämmer.

„Die Lehrer müssen fröhlich sein", meinte Mutter Santa Colomba. „Dann schaffen sie auch eine Atmosphäre der Freundlichkeit und Güte." Flo war schockiert, wenn sie sah, wie die „kleinen Engel" ihren Lehrerinnen widersprachen. Sogar die Schwestern, die unterrichteten, gaben Mutter Santa Colomba Widerworte. Doch in dieser Atmosphäre der Freiheit blühte immer wieder die Liebe auf. Flos Vorstellung von den harten Dogmen, die in der katholischen Welt die Menschen bedrücken, erwiesen sich als falsch. Die Kinder brauchten auch nur kurze Gebete zu sprechen.

„Man muss weniger sagen, aber mehr verstehen", erklärte Mutter Santa Colomba.

Auch Flo wurde ermutigt, ihre Kritik offen auszusprechen. Bisher hatte sie sich alle kritischen Bemerkungen verbissen, aber jetzt sprach sie sie offen vor der ganzen Gemeinschaft aus. Sie meinte, die Schwestern müssten zu viele liturgische Gebete singen. Die Schwestern nahmen ihre Kritik an, obwohl eine behauptete, Flo sei in ihrer geistigen Entwicklung noch wie ein unvernünftiger Esel. Flo hatte Spaß an dieser schlagfertigen Antwort. Ihr gefiel die Art der Nonnen und ihr fröhlicher Einsatz im Dienst für Gott. Zunehmend verglich sie Mutter Santa Colomba mit ihrer Freundin Sig. Die beiden Frauen waren für sie die besten Exemplare einer Protestantin und einer Katholikin. Beide dachten nur daran, wie sie anderen Menschen helfen konnten und lebten nicht für sich selbst. Sie verehrte sie beide.

Flo gestand gegenüber Mutter Santa Colomba ein: „Ich bin ein solcher Versager."

Mutter Santa Colomba riet ihr, auch das Scheitern anzunehmen. Gott wisse darum. Sie solle im Versagen wie im Erfolg getrost sein. Alles käme von Gott. Wenn man sich ängstlich und elend fühlte, tue man damit niemandem einen Gefallen. Konnte Flo erwarten, dass sie mehr „Erfolg" habe als der Herr? Als er seine Mission hier auf Erden begann, erfuhr er von allen Seiten Widerstand. Vor seiner Auferstehung haben ihn selbst seine eigenen Apostel nicht verstanden. Am Ende versicherte ihr die Nonne, dass sie viel für Flo gebetet habe. Sie war sicher, dass Gott nicht von ihr verlange, katholisch zu werden. Aber Flo müsse sich von ganzem Herzen Gott zuwenden und bereit sein, seinen Willen zu tun. Die Nonne war überzeugt, dass Flo für eine ganz besondere Aufgabe berufen sei. Dann erhielt Flo noch ein besonderes Geschenk von Mutter Santa Colomba. Sie durfte in dem Konvent besinnliche Einkehrtage halten. Als diese Zeit um war, hatte sie noch ein letztes Gespräch mit der Nonne. Darüber berichtete sie:

Mutter SC: Hat Gott nicht während dieser stillen Zeit zu dir gesprochen? Hat er dich nicht um etwas gebeten?
Flo: Er bat mich, meinen Willen ihm zur Verfügung zu stellen.
Mutter SC: Und für welche Aufgaben?
Flo: Für alles, was es auf Erden gibt.
Mutter SC: Er will dich auf die Höhe führen und dich mit einem gewaltigen Auftrag bedenken. Habe Acht auf dich! Wenn du dich dem widersetzest, wirst du große Schuld auf dich laden.

Flo gelobte, ihren Eigenwillen auf den Altar Gottes zu legen, damit sie seinen Willen in allem tun könnte. Damit verabschiedete sie sich von ihren Freunden im Konvent. Die Bracebridges verließen zusammen mit Flo Anfang April die Stadt Rom. Was hatte sie mehr bewegt? Gottes Offenbarung durch Michelangelo oder Gottes Offenbarung durch eine fromme Nonne? Würde es etwas bringen, wenn sie beides gegeneinander abwägt? Rom war eine wunderbare Erfahrung gewesen. Italien war immer noch zerteilt und kämpfte um seine Freiheit und Einheit. Doch daran war Flo jetzt kaum interessiert. Natürlich sagte sie, dass sie es gern sähe, wenn Italien, Deutschland oder irgendein anderes Land in Freiheit vereint wären.

Einen solchen Idealismus konnte Parte nicht verstehen. „Die Ausländer wissen doch kaum, was sie mit ihrer Freiheit anfangen sollen", sagte sie mit ironischem Unterton.

So empfand sicher nicht nur Parte. Sie stimmte damit ganz mit den „Auserwählten der besseren Gesellschaft" überein, die den Garten mit seinen wunderbaren Rosenbeeten von Embley Park bevölkerten. „Was für eine Arroganz!", empörte sich Flo wütend. Bald stritt sie sich wieder mit Mama und hatte Auseinandersetzungen mit Parte. Es ärgerte sie auch, dass Papa, der eigentlich ihrer Meinung war, sich jetzt so rar machte. Flo erkannte, dass der alte Ärger wieder in ihr aufgestiegen war. Solange sie im Konvent war, erschien es so einfach, mit Parte und Mama auszukommen. Jetzt aber in Embley Park konnte sie ihren Trotz und Zorn nicht unterdrücken. Würde das bedeuten, dass sie niemals dazu fähig wäre, Gottes Willen zu tun? Sie sehnte sich so nach dem Frieden, wie er im Konvent herrschte, und nach innerer Stärkung durch gleich gesinnte Menschen.

Schließlich wurde es ihr erlaubt, in der Schule in Wellow zu unterrichten. Sie konnte dort einiges einführen von dem, was sie in Rom in der Schule für Waisenkinder gelernt hatte. Aber sie musste auch die eintönigen Abende im Wohnzimmer von Embley Park und Mamas endlosen gesellschaftlichen Umtriebe ertragen. Wie weit war ihr Leben von dem Ziel entfernt, was sie sich eigentlich gesteckt hatte und was unbedingt hätte getan werden müssen.

„Auf einem englischen Landsitz kommt alles Notvolle in der Welt nicht ins Blickfeld. Die Dörfer liegen hinter den herrlichen Bäumen drei Meilen entfernt. Und der menschliche Kontakt spielt sich nur zwischen dem Herrn und seinem Diener, dem Abhängigen und Unabhängigen ab. Eine wirkliche Beziehung ist das nicht.“

Obwohl sie sich so nutzlos vorkam, nahm sie wieder den Kontakt mit Tante Julia, Tante Mai und Hilary auf. Sie pflegte auch ihre neuen Freundschaften, die sie mit Sig und auch mit Elisabeth Herbert aufgebaut hatte. Frau Herbert, die gerade erst Mutter geworden war, gründete in Charmouth ein Genesungsheim. Sie tat alles, was ihr neben ihrem Ehe- und Familienleben möglich war. Da die Herberts zu den Konservativen gehörten, kam Flo der Gedanke, dass der Unterschied unter den politischen Parteien gar nicht so groß war. Königin Victoria war kurz zuvor zu der gleichen Schlussfolgerung gekommen. Vor ihrer Heirat mit Prinz Albert war die kleine temperamentvolle Königin streng liberal gewesen. Jetzt schien sie auch den Konservativen zugeneigt zu sein. War es eine törichte Meinung von Flo und ihrem etwas verträumten Papa, dass die verschiedenen Parteien andere Zielsetzungen hatten? Verfolgten die beiden Parteien etwa die gleichen erstrebenswerten Ziele und unterschieden sie sich nur ganz wenig voneinander?

„Soll ich den Rest meines Lebens damit zubringen, dass mir immer mehr Illusionen genommen werden?“, klagte sie resigniert.

Dann erfuhr sie, dass Clarkey und ihr Mann Julius Mohl nach Frankfurt in Deutschland gegangen waren, um den politischen Unruhen in Paris zu entfliehen. Wenn Gott in Frankreich politische Umwälzungen geschehen ließ, dann tat er es nicht um Flos willen. Es waren geschichtliche Ereignisse, die zufällig eintrafen. Frankfurt war gar nicht so weit von Kaiserswerth entfernt. Flo konnte die Mohls und von dort die Diakonissen in Kaiserswerth aufsuchen. Aber in Frankfurt gab es auch Unruhen. Sie musste einsehen, dass ihr Plan und ihre Vermutung, Gott habe das alles um ihretwillen getan, wieder im Nebel verblassten.

Als sie wegen gesellschaftlicher Verpflichtungen wieder nach London reiste, war es ihr dort möglich, Werke der Liebe zu tun. Der Reformer Lord Ashley hatte seit sechs Jahren so genannte „Lumpenschulen" für arme Kinder eingerichtet. Im Jahre 1849 gab es schon 88 solcher Schulen. Flo wurde eine von den fast 1000 freiwilligen Lehrern. Einige von ihnen verrichteten ihre Arbeit mit der gleichen Freude wie die Nonnen in der Waisenschule in Rom. Über einen Lehrer schrieb sie:

> *„Die 100 kleinen Diebe gehorchen ihm aufs Wort. Ich habe selten solche Freude erlebt. Menschen wie Michelangelo gibt es in Gottes Schöpfung auch auf anderen Gebieten. Dieser Lehrer errichtete aus den harten, lieblosen Herzen um sich herum einen genauso harmonischen und vollkommenen unsichtbaren Dom bis zum Himmel hinauf, wie es der berühmte Baumeister selbst in dem größten Wunder christlicher Architektur geschaffen hat. Wir können Gott nur loben, dass es solche Wunder gibt."*

Das Leben in London war rau und hart. Man konnte Menschen auf der Straße sterben sehen. Das war ein gewaltiges Problem, das nach Abhilfe schrie. Es war schön für Flo, dass sie unterrichten konnte. Doch die eigentliche Freude brachte es ihr nicht. Nein, sie war nicht zum Lehren berufen. Und wieder verfiel sie in ihre Träumereien. Sie stellte sich vor, wie alle Menschen sie bewunderten. Immer noch beschäftigte sie sich in ihren Gedanken mit ihren persönlichen Erfolgen, die sie haben könnte. Aber dann wieder verabscheute sie ihren Ehrgeiz und ihre innere Unruhe.

„Es ist alles so ermüdend", gestand sie sich ein.

Während des Sommers 1849 stellten die Bracebridges Flo einer jungen Frau vor. Sie war genauso alt und hieß Elisabeth Blackwell. Elisabeth war vom gleichen Tatendrang beseelt wie Flo. Weil es in England einer Frau nicht gestattet war, Medizin zu studieren, war Elisabeth zum Studium nach Amerika gegangen. Jetzt war sie approbierte Ärztin, konnte aber in England noch nicht praktizieren. Sie machte nur einen Besuch in England, bevor sie zur Weiterbildung nach Paris reiste. Sie hatte vor, nach Amerika zurückzukehren und dort zu praktizieren. Während ihrer ganzen Ausbildung war sie von ihrem Vater in Bristol unterstützt worden. Flo konnte nur über Elisabeths Zielstrebigkeit staunen. Je mehr ihr dann bewusst wurde, wie wenig sie von ihrer eigenen Familie, vor allem von ihrem Vater, unterstützt wurde, desto bedrückter wurde sie.

Wieder einmal versuchten die Bracebridges, Flo aufzumuntern. In diesem Winter wollten sie nach Ägypten reisen. Würde Flo sie begleiten?

Doch bevor sie ihre Gedanken auf dieses Ziel richten konnte, musste sie noch eine andere Entscheidung, die ihr recht unangenehm war, treffen. Richard Monckton Milnes folgte ihr überallhin: nach Embley Park, London und Lea Hurst. Er wollte jetzt eine Antwort haben. Würde sie seine Frau werden oder nicht? Diesmal wollte er eine endgültige Entscheidung von ihr. Er konnte nicht länger warten. Er war jetzt fast 40 Jahre alt und Flo fast 30. Sie musste zugeben, dass sie immer mehr Achtung vor ihm hatte. Er hatte jetzt eine feste Position als liberaler Politiker und vertrat auch die gleichen Ideale wie Flo. Er arbeitete an einer Biographie des Dichters John Keats. Warum konnte sie den begabten Monckton Milnes nicht lieben? Der Gedanke war ihr schwer erträglich, dass er eines Tages nicht mehr um sie werben würde. Enttäuschte sie ihn nur deshalb, weil sie ihren ehrgeizigen Zielen folgen wollte, deren Verwirklichung ohnehin fraglich war?

Dann teilte sie ihm schließlich mit: „Ich kann dich nicht heiraten." Ihr Herz blieb ihm gegenüber verschlossen.

Als Mama davon hörte, wurde sie wütend. Es war ihr jetzt völlig egal, ob Flo außer Landes ginge oder nicht. Im November 1849 erreichte Flo zusammen mit den Bracebridges Alexandria in Ägypten. Sie hatte sich gut darauf vorbereitet. In Christian

Bunsen und Julius Mohl kannte sie einige hervorragende Ägyptologen. Sie nahm eine kleine Bibliothek mit nach Ägypten. Sie war entschlossen, Ägypten, das man in einigen Kreisen den „Osten“ nannte, und seine altertümlichen Geheimnisse im Sturm einzunehmen. Dafür konnte sie sich begeistern. Von Alexandria schickte sie einen sprühenden Brief nach Embley Park.

> *„Ja, meine Lieben, ich habe meinen ersten Schritt in den Osten getan. Wenn ich euch nur die neue Welt der Dichtung, der Bilder von Licht und Leben, wie sie in der Bibel vorkommen, und all die Schönheiten hier beschreiben könnte. Heute war mein erster Tag im Osten. Er war überwältigend. Und ich werde ihn bis in alle Ewigkeit nicht vergessen.“*

In Alexandria wurde Flo in eine Moschee mitgenommen. Für die Moslems ist eine Frau in der Moschee anstößig. Flo musste deshalb völlig verkleidet werden. Wenn die Männer gewusst hätten, dass der maskierte Besucher eine Frau war, hätten sie sie getötet. In einem anderen Brief nach Hause schrieb sie, dass dieser gefährliche Besuch in der Moschee gezeigt hätte, „wie es um die Frauen in diesen Ländern bestellt ist, wo es keine christliche Kultur gibt. Gott möge ihnen gnädig sein, denn es ist ein Leben ohne Hoffnung.“ Obwohl sie Kairo mit seiner exotischen Schönheit bewunderte, war das menschliche Elend, das sie zu sehen bekam, schrecklich. Sie wandte sich ab und musste Gott danken, dass sie hier nicht weiter zu bleiben brauchte.

Doch den trostlosesten Anblick bot die Wüste. Sie schrieb: „Man reitet hinaus und hat das Gefühl, man kommt ins Reich des Teufels.“ Nilaufwärts fuhr sie mit dem Schiff. Eigentlich waren die Pyramiden bewundernswerte Bauwerke. Sie hatte sie schon aus der Ferne gesehen, sie aber noch nicht besucht. Dennoch empfand sie eine gewisse Abscheu. Sie konnte sich nichts Sinnloseres vorstellen als diese Monumente, die nur dadurch beeindruckten, dass sie riesengroß waren und dem Zahn der Zeit widerstanden hatten. Doch Ägypten hatte noch viel mehr Altertümlichkeiten vorzuweisen. Was war das Besondere an den Pyramiden? Für Flo waren sie nur ein Sinnbild von Gewaltherrschaft, sinnlose Objekte, die man auf dem Rücken der Sklaven erbaut hatte.

Sie legten oft mit dem Schiff an, und die Passagiere gingen an Land, um Erkundungsgänge zu unternehmen. Flo und die Bracebridges hatten ihren eigenen Begleiter, einen Mann namens Paolo, der etwa 50 Jahre alt und ein erfahrener Fremdenführer war. Für Flo hatte die Wüste nach wie vor etwas Diabolisches, das alles Leben abtötete. Überall gab es Ruinen.

„Man meint fast, man höre das Gelächter des Teufels", schrieb sie. Nahm es da Wunder, wenn Christus dem Teufel in der Wüste begegnet war? Die Wüste erinnerte sie ständig an den Kampf zwischen Gott und dem Satan. Schnell wurde die Wüste für sie zur Quelle einer starken religiösen Erfahrung.

An einem Tag wurden sie auf dem Schiff von einem Sandsturm überrascht, der so heftig war, dass er ganze Sanddünen über den Nil blies. Was für ein Anblick! Als ein kleineres Boot in diesen Sturm geriet, trieb es hilflos kieloben hinter dem Schiff her. Der Sturm ließ erst am nächsten Morgen nach. Dann regnete es die ganze Zeit. Später erfuhren sie, dass vier Boote mit allen Passagieren untergegangen waren. Wer konnte nach diesen schlimmen Ereignissen noch an den Berichten aus den Mosebüchern zweifeln?

Ihre Briefe waren jetzt nicht mehr so erhebend.

„In Ägypten ist alles so unaussprechlich düster. Kein Lachen und kein Spielen. Alles wirkt so wie aus uralten Zeiten. Seit wir Kairo verließen, habe ich nichts Schönes mehr gesehen. Die arabische Besatzung erscheint gleichgültig und hoffnungslos. Wenn Paolo sagt: ‚Wie weit ist es bis Girgeh?', dann lautet die Antwort: ‚Das weiß Gott allein.'
‚Wie bald sind wir dort?'
‚Wann es Gott gefällt.'

'Aber ich möchte wissen, wie spät es ist, weil der Herr es in sein Tagebuch eintragen möchte.'
'Das weiß Gott allein.'"

Die Elendshütten der Araber erschütterten Flo:

„Man muss einmal sehen, wie menschliche Wesen lieber im Dunkeln als im Licht leben, wie sie ihre Türen nur vier Fuß hoch bauen, wie sie wie Reptilien auf dem Boden kriechen, wie sie in einem Raum zusammengepfercht leben, in dem man nicht aufrecht stehen kann. In einem kalten Klima könnte man das noch verstehen. Doch hier scheint es, als ob sie absichtlich wie Tiere leben wollten. Wenn man sich diese Wohnstätten ohne Menschen vorstellt, könnte man meinen, es sei der Unterschlupf für wilde Tiere. Nie zuvor sah ich Menschen, die so entwürdigt waren."

Schließlich kam ihr Schiff in Theben an, wo sie an Land gehen und die gewaltigen Ruinen von Karnak, Luxor und dem Tal der Könige besichtigen konnten. Flo hatte sich sehr gut auf Ägypten vorbereitet und sich auf die Besichtigungen konzentriert. Sie schrieb darüber ausführliche Briefe. Aber in ihrem Inneren war sie von Ägypten und seiner satanischen Wüste ganz verwirrt.

10

Flo schrieb über die Wüste, sie sei „ständig ohne Ruhe, wie der Satan in Miltons Gedicht, der sich unablässig in seinem Feuersee von einer Seite auf die andere wälzt." An einer anderen Stelle schrieb sie, die Wüste sei wie „ein großer Drache, der seine feurige Zunge ausstreckt und die grüne, fruchtbare Ebene verschlingt." In ihren Briefen war sie sehr offen, aber nicht so offen wie in ihrem kleinen Tagebuch, das sie am Neujahrstag 1850 begann. Die Eintragungen zeigen ihre tiefe Unruhe und die Träume, die sie lähmten:

1. Januar – (in Luxor) Ich bin am Träumen.
17. Januar – (in Abu Simbel) Ich träume im Angesicht Gottes.
20. Januar – (in einer Tempelhöhle) O himmlisches Feuer, reinige mich, befreie mich von dieser Sklaverei!
22. Januar – Beim Tempel der Isis neben dem donnernden Brausen des Wasserfalls meinte ich, ich sähe Gott, ich sähe seinen Schatten im Mondlicht.
26. Januar – (in Janeb) Ich habe diesen Tag unnütz mit Träumen verbracht. Ich bin enttäuscht über mich selbst und über das Erleben in Ägypten. Rom war besser.
27. Januar – (an einem Sonntag) Ich nahm vor dem Frühstück mein Kruzifix und legte es in den heiligen Sand der Kammer des Osiris. Ich habe gebetet.
11. Februar – Ich bin heute nicht ausgegangen, aber der Dämon der Träume nahm Besitz von meinem schwachen Kopf.
16. Februar – Karnak – Und wo war ich? Ich habe die ganze Zeit nur geträumt.

Im Februar wurde ihr inneres Leben immer mystischer. Gott begann durch die Worte von Mutter Santa Colomba zu reden:

22. Februar – Am Morgen verharrte ich lange für mich allein an den Stufen von Portico. Gott sprach wieder zu mir.

28. Februar – (Königsgräber) Gott rief mich mit Worten von Mutter Santa Colomba.

3. März – Ich bin am Morgen nicht aufgestanden, aber Gott gab mir Zeit, über die Worte von Mutter Santa Colomba zu meditieren.

7. März – Gott rief mich am Morgen und stellte mir die Frage, ob ich bereit wäre, für ihn Gutes zu tun, für ihn allein ohne das Ansehen der Menschen.

8. März – Ich habe viel über Mutter Santa Colombas Worte nachgedacht: Ist dir dein menschliches Ansehen wichtiger als Gott, der der Herr der ganzen Welt ist?

10. März – Jeden Tag ziehe ich mich nach dem Frühstück und nach dem Abendessen für eine Viertelstunde in meine Bleibe zurück und lese Mutter Santa Colombas Worte: Willst du darauf verzichten, dass man dich rühmt, weil du viel leidest und wenig Worte darüber verlierst? So hatte sie mir zugerufen.

15. März – Gott hat mich von diesem großen Ärgernis befreit. Alle meine bedrängenden Gedanken mussten weichen.

16.-17. März – (in Kairo) Gott sagte mir, welch ein großes Vorrecht für mich bereitliege ... Kaiserswerth ... Wenn es mir nicht um mein eigenes Ansehen gehe, könnte ich viel besser Gottes Willen für mich erkennen.

Welch ein geistliches Erleben! Nachdem Ägypten und die schreckliche Wüste sie so gequält hatten, erbarmte sich Gott über sie. Gott hatte ihr verheißen, sie solle nach Kaiserswerth gehen. Das überstieg alles menschliche Verstehen. Aber sie war sich jetzt ganz gewiss, dass sie in Kaiserswerth die Antwort für ihr Leben finden würde. Als ob sie das noch bekräftigen wollte, besuchte sie kurz vor ihrer Abreise ein Krankenhaus für Arme, das von freien Krankenschwestern geleitet wurde. In ihrer Arbeit an Hunderten von Arabern strahlten sie große Freude aus.

Nachdem Flo Ägypten verlassen hatte, um einen Abstecher nach

Griechenland zu machen, sank ihr wieder der Mut. War Kaiserswerth nicht bloß ein Traum? Acht Jahre waren nun vergangen, seit Christian Bunsen ihr den Vorschlag gemacht hatte. Warum sollte sich ausgerechnet jetzt dieser Plan erfüllen? Griechenland sollte eine besondere Bedeutung für sie gewinnen. War das der Wendepunkt für ihr Leben?

12. Mai – Heute bin ich 30 Jahre alt. In diesem Alter begann Jesus seine Mission. Jetzt sollte ich allen kindischen Einfällen, allen eitlen Plänen, aller Sehnsucht nach Liebe und Ehe absagen. Herr, lass mich nur an deinen Willen denken und an das, was du für mich ausersehen hast. O Herr, dein Wille, dein Wille! Er ist allein entscheidend.

Verzweifelt versuchte sie, allen eigenen Ehrgeiz zu überwinden:

18. Mai – Mein Leben ist eine Geschichte von elendem Klagen, von Fehlern, von blendender Eitelkeit und dem Bemühen, Großes für mich selbst zu suchen.
19. Mai – Gott, ich lege mich in deine Hände. Wenn es dein Wille ist, dass ich leiden soll, dann lass es geschehen.
21. Mai – Lass mich nur Gottes Willen tun. Lass mich nichts Großes für mich erwarten.
10. Juni – Der Herr hat zu mir geredet. Er hat mir gesagt: „Gib mir jede Stunde fünf Minuten, in denen du nur an mich denkst.“

Aber Flo sank noch tiefer in die Depression. Ende Juni konnte sie kaum ihren Augen trauen. Die Handschrift in ihrem Tagebuch war so zitterig wie die einer alten Frau. Ging es ihr so schlecht, dass sie sterben müsste? *O Gott, hilf mir!,* betete sie.

Plötzlich erfuhr sie, dass Sig einen großartigen Plan hatte. Auf der Rückfahrt nach England wollte die Familie einen Abstecher nach Deutschland machen, damit Flo endlich Kaiserswerth besuchen könnte. Und doch konnte sich Flo darüber nicht freuen.

Bei dem Gedanken daran, dass auch diese letzte Hoffnung sie enttäuschen könnte, fühlte sie sich wie gelähmt. Ganz kleinlaut schrieb sie:

> *9. Juli – Hat es überhaupt noch einen Zweck, dass ich morgens aufwache? Ist nicht alles, was ich tue, eine Beleidigung für Gott? Jetzt stehe ich kurz vor der Erfüllung meines größten Wunsches und fühle mich so untüchtig, so ungeeignet dafür. Es scheint doch nicht meine Berufung zu sein. Mir fehlen der Geist und die Kraft, irgendetwas in Kaiserswerth zu tun.*

Wenn sie nun wirklich entdeckte, dass Kaiserswerth nicht ihre Berufung war, wie würde sie mit einer so großen Enttäuschung fertig werden? Gab es über Kaiserswerth hinaus noch irgendeine andere Hoffnung? In ihrer Verzweiflung schrieb sie, sie sei „verloren und ohne jede Hilfe, ein Sklave, für den es keine Befreiung gibt." Auf ihrer Reise hatte sie einen kleinen Zoo bei sich, den sie sich in ruhigeren Augenblicken in Griechenland angeschafft hatte: zwei Schildkröten mit Namen Herr und Frau Hill, eine Heuschrecke, die sie Plato nannte, und eine kleine Eule mit dem Namen Athene. Als sie in der Tschechoslowakei war, hat Athene Plato aufgefressen. Diese kleine Tragödie kündigte wieder eine Zeit der Verzweiflung an, die Flo überfiel, als sie sich Kaiserswerth näherten.

„Ich habe keine andere Wahl, ich muss diesen Besuch machen", sagte sie resigniert.

In einem solchen Gemütszustand kam sie am 31. Juli in Kaiserswerth an. Pastor Fliedner und seine Frau wussten mit ihren Ängsten umzugehen. Sie nahmen sie einfach nicht so wichtig. Energisch und doch freundlich begegneten die Fliedners Flo und waren beglückt, dass sie ihre Einrichtung sehen wollte. Flo war gerne damit einverstanden, als sie gebeten wurde, bei den Diakonissen zu übernachten. Bis jetzt hatte sie noch nichts gesehen und fühlte sich in der ersten Nacht in ihrem kleinen Zimmer etwas eingeengt. Dann merkte sie, wie ihr Herz wieder höher schlug. Das war sicher Gottes Plan für sie. Am nächsten Morgen half sie Schwester Katharina, eine Gruppe lebhafter Kinder im Waisenhaus zu baden. Später sah sie zu, wie die Schwester die Kinder in der Schule unterrichtete. Dann blieb Flo bis lange nach Mitternacht bei der Diakonisse, die Pflegedienst im Krankenhaus übernommen hatte. Jede Stunde gingen sie gemeinsam über die Stationen. Dort war alles peinlich sauber, und man hatte nicht den schlechten Geruch in der Nase, der sonst in Krankenhäusern herrschte. Alles war geordnet und stand an seinem Platz. Die Diakonissen pflegten nur weibliche Patienten. Männer übernahmen die Pflege bei Männern.

Alle Patienten erhielten außer der medizinischen Fürsorge auch geistlichen Beistand. Jede einzelne Tätigkeit in den Fliednerschen Anstalten war vom Geist Christi getragen. Die Kinder im Waisenhaus und in ihrer Schule lernten allgemeinbildende und biblische Fächer.

Floh war glücklich, mit dabei zu sein, als ein neues Waisenkind aufgenommen wurde.

Der Empfang war wie eine Geburtstagsfeier. Pastor Fliedner führte den Vorsitz und forderte das neue Kind auf, die Lieder selbst auszusuchen. Das Kind erhielt auch ein kleines Geschenk. Am Ende des festlichen Empfangs beteten alle Kinder gemeinsam für den Neuankömmling.

„Die Liebe an diesem Ort ist überwältigend“, staunte Flo. Entwurzelte junge Frauen wurden auch in Kaiserswerth aufgenommen. Man behandelte sie mit der gleichen Freundlichkeit. Anders als in anderen Einrichtungen der damaligen Zeit beschäftigte man sie in Kaiserswerth nicht nur damit, endlos zu nähen. Die jungen Frauen arbeiteten auch im Garten und in verschiedenen Bereichen der Landwirtschaft. Flo war begeistert, als sie sah, wie diese Frauen auf Tiere ansprachen. Eine von ihnen, die noch nicht lange da war und einen verbitterten Gesichtsausdruck hatte, entspannte sich völlig, als sie Kühe melken durfte. Sie tanzte sogar vor Freude. Flo nahm genau zur Kenntnis, wie die Fliedners ihre Einrichtung führten. Sie konnte keinen Schwachpunkt entdecken. Nur ihre medizinischen Methoden waren manchmal nicht auf dem neuesten Stand. Doch das lag daran, dass sie nicht genügend Ärzte hatten. Alles andere war vorbildlich: ihre Frömmigkeit, Sauberkeit, Liebe, Zucht, Arbeit und ihr gegenseitiges Vertrauen. Hier konnte man sich wirklich wohl fühlen. Flos Freude war grenzenlos.

Zwei Wochen lang durfte sie sich alles anschauen. Als sie nach England abreiste, sprudelte sie vor Freude. „Ich fühle mich so stark, als könnte mich nichts mehr umwerfen." Pastor Fliedner hatte Flo gebeten, sie solle einen Bericht über seine Anstalten schreiben, damit den Engländern seine Arbeit bekannt würde. Sie war so intensiv darauf bedacht, dass sie eine Abhandlung von 32 Seiten darüber verfasste. Der Bericht war besonders für englische Frauen wie sie selbst bestimmt und handelte über die „Einrichtung von Kaiserswerth am Rhein zur praktischen Ausbildung von Diakonissen unter der Leitung von Pastor Fliedner." Hier bot sich eine wunderbare Gelegenheit für all die Menschen in England, die, wie sie selbst, dem eitlen Treiben entgehen wollten. Denn zu Hause waren sie wie in einem goldenen Käfig gefangen.

„O, die armen unterforderten Frauen in England", klagte sie, als sie ihre Abhandlung schrieb.

Noch bevor sie Calais erreichten, um nach England überzusetzen, war sie mit ihrem Manuskript fertig, das Herr Bracebridge noch einmal durchsah, bevor es in Druck gegeben wurde. Jetzt hatte sie das Empfinden, etwas geleistet zu haben, und doch musste sie am 21. August 1850 wieder zum „eitlen Nichtstun" zurückkehren. Als sie in Lea Hurst ins Wohnzimmer kam, waren Mama und Parte sehr überrascht. Sie stellte ihnen ihre Eule Athene vor. Mama war aufgebracht, als sie sah, wie Flos wenige Habseligkeiten – meist Bücher – von dem Kutscher in der Eingangshalle abgestellt wurden.

„Vor deiner Abfahrt haben wir dich wie eine Prinzessin ausgestattet", keuchte Mama. „Wo sind all deine schönen Sachen?"

„Meine Kleider? Meine Wäsche?", sagte Flo nachdenklich.

„Nun, sie sind in Ägypten, in Griechenland und in Deutschland geblieben."

„Ich glaube, Flo hat weiter nichts mehr als das, was sie auf dem Leibe trägt", merkte Parte ironisch an.

In England war es jetzt nicht schön. Von Flos vertrauten Freundinnen war nur Tante Mai zu erreichen. Die Familie war von der Nachricht betroffen, dass Henry Nicholson in Spanien ertrunken war. Flo ging nach Waverly, um die Familie zu trösten. In ihrem Herzen bedauerte sie Henry nicht.

Wie konnte man die Verstorbenen bedauern, wenn man den Worten Christi glaubte? Der Tod war das Eingangstor zum Reich Gottes. Aber wenn sie andere tröstete, versank sie selber wieder in Traurigkeit. Warum lebte sie eigentlich noch? Ihre großen Pläne waren für immer durchkreuzt. Am letzten Tag des Jahres 1850 fasste sie ihren Schmerz in Worte. Sie schrieb in ihr Tagebuch:

> *„Ich habe nur noch das Verlangen zu sterben. Es gibt keine Nacht, in der ich nicht in meinem Bett liege und den Wunsch habe, ewig in den Kissen liegen bleiben zu können. Ich möchte, dass mir das Bewusstsein schwindet. Ich bleibe im Bett, solange ich kann; denn wozu soll ich noch aufwachen? Ich nehme immer mehr an Gewicht ab, weil ich kaum noch etwas esse. Wozu sollte es mir auch besser gehen? Solange ich mich in dieser Stimmung befinde, hoffe ich auf gar nichts. Deshalb verbringe ich meine Tage, indem ich davon träume, wie es mir besser gehen könnte. Sonst tue ich gar nichts mehr."*

Wenn sie Richard Monckton Miles auf Partys begegnete, bedrückte sie das noch mehr. Er war herzlich, aber doch zurückhaltend. Was hatte sie erwartet? Wollte sie ihm wirklich noch Hoffnung machen? Hatte sie ihm nicht genug Kummer bereitet? Wie konnte sie so eigensüchtig und töricht sein? Und doch traf sie seine scheinbare Gleichgültigkeit wie ein Peitschenhieb. Sie begegnete auch wieder der außergewöhnlichen Elisabeth Blackwell. Frau Blackwell war aus Paris zurückgekehrt, wo sie Geburtshilfe studiert hatte. Dabei hatte sie sich eine Augenkrankheit zugezogen, wodurch sie auf einem Auge blind geworden war. Aber ihre Opfer hatten sich gelohnt. Sie war jetzt eine sehr gut ausgebildete Ärztin. Schade, dass sie nur in Amerika praktizieren konnte.

Es schien, als ob alle Menschen, denen Flo in diesen Tagen begegnete, sie an ihr eigenes Versagen erinnerten. Und zu Hause gab es mehr Streit denn je. Mama war über sie ärgerlich. Wann würde Flo diese kindischen Wünsche ablegen? Jetzt war auch Parte aufgebracht, wenn sie Flo begegnete. Am 7. Januar 1851 schrieb Flo in ihr Tagebuch:

> *„Was soll aus mir werden? Ich kann kaum meinen Mund aufmachen, ohne dass Parte daran Anstoß nimmt. Alles, was ich sage oder tue, ist für sie eine Quelle des Ärgers. Jeden Morgen denke ich: ‚Wie komme ich nur durch diesen Tag? Was soll ich heute sagen?' Und dann habe ich das Gefühl, dass mir zu allem die Kraft fehlt. Mein Gott, ich liebe dich, ich liebe dich wirklich. Ich sage das nicht, um mich gegen dich aufzulehnen, sondern in meiner Angst und Hoffnungslosigkeit flüchte ich in deine Arme. Warum hast du mich so geschaffen, wie ich bin? Es quält mich nicht so sehr, dass ich selbst unglücklich bin. Aber Menschen, die unglücklich sind, machen auch ihre Umgebung unglücklich."*

Weil sie sich selbst so schuldig fühlte, zählte Flo all die guten Qualitäten ihrer Familie auf. Papa war ein Mann, der gute Anstöße gab. Mama war ein Genie im Planen und Organisieren. Sie konnte die schönsten Feste gestalten. Parte war wie ein Kind, das im Garten Gottes spielt und sich an der Schönheit all seiner Werke erfreut.

„Und was bin ich anderes als ein Mörder, der all ihre Freude zunichte macht?", stieß sie hervor.

Flo begann eine lange Abhandlung über ihre innere Unruhe und ihre Freudlosigkeit zu schreiben. Vielleicht könnte ihr das neue Erkenntnisse bringen, vielleicht auch Rechtfertigung. Jedenfalls schaffte ihr das Schreiben eine gewisse Erleichterung, dass sie überhaupt etwas zu tun hatte. Aus dieser Arbeit wurde eine Abhandlung über das Thema „Aktivität“. Sie sprach mit den Chartisten und mit Lord Ashley. Die Arbeiterklasse brauchte Leute aus der Aristokratie, die sich zu ihren Sprechern machten. England hatte Probleme. Diese waren nicht unlösbar, aber sie wurden von den meisten Leuten, die die politische Gewalt hatten, nicht beachtet. So legte Flo ihr ganzes Herz in das, was sie zu Papier brachte. Sie entdeckte, dass viele Arbeiter mit Gott haderten und dass eine große Anzahl von ihnen überhaupt nicht mit der Existenz Gottes rechnete. Flo wollte ihnen in dieser Beziehung Hilfe geben. Ihre Abhandlung bekam dadurch eine neue Ausrichtung. Sie wurde zu einem theologischen Traktat.

Flo glaubte von ganzem Herzen, dass Gott ein gütiger Gott sei und dass man an den Naturgesetzen seine Gedanken erkennen könne. Die Naturgesetze, von denen die atheistischen Materialisten so viel hielten, waren für Flo ein Beweis für die Existenz Gottes. Sie korrespondierte auch mit einem katholischen Priester und deutete an, dass sie mehr zum Katholizismus als zum Protestantismus neige. Doch der Priester erkannte, dass sie sich nur deshalb zum Katholizismus hingezogen sah, weil dort die Schwestern die Freiheit hatten, in sauberen, gut geführten Krankenhäusern zu arbeiten. So schrieb er ihr offen, dass ihre Glaubensüberzeugung nicht mit dem Katholizismus vereinbar sei.

Flos Zustand verschlechterte sich. Zusammen mit Mama versuchte Parte, Flo ein schlechtes Gewissen zu machen, weil sie eigentlich für Großmutter Shore und all die anderen älteren Verwandten sorgen müsste. Die gleiche Methode hatte man auch angewandt, um Tante Julia von ihren vielen Aktivitäten abzuhalten. Mittlerweile ging es Parte auch gesundheitlich schlecht.

Man sagte Flo, das hinge zu einem nicht geringen Teil mit den Schwierigkeiten zusammen, die die beiden Schwestern miteinander hatten.

Als bekannt wurde, dass Richard Monckton Milnes sich mit Annabel Crewe verheiraten würde, versetzte diese Nachricht Mama und Parte eine Zeit lang in Aufruhr.

„Wie dumm war Flo!“, schimpften sie. So viel Dummheit könnte auch Parte nicht ertragen, und das verschlechtere nur ihren Gesundheitszustand, meinte Mama. Schließlich beschloss Mama, Parte nach Karlsbad zu bringen, damit sie dort eine Badekur machte. Flo sollte sie begleiten.

Sobald sie in Deutschland waren, erklärte Flo: „Ich gehe nach Kaiserswerth, solange Parte ihre Kur macht.“

„Was für eine Unverschämtheit!“, schrie Parte. „Flo macht mich so krank, dass ich nach Karlsbad muss. Und während ich hier meine Zeit zubringen muss, will sie nach Kaiserswerth.“ Bei diesen Worten schmiss Parte wütend eine Perlenkette in Flos Gesicht. Mama war schockiert. Davon durfte niemand etwas erfahren. Flo versprach, darüber zu schweigen. Aber sie ging doch nach Kaiserswerth. Papa war nicht mit den dreien nach Deutschland gefahren. Er versagte Flo zwar immer noch seine finanzielle Unterstützung, doch er stand nicht länger hinter Mama und Parte, wenn sie sich gegen Flo stellten. Sogar die Bracebridges, die Bunsens, Tante Mai und die Sidney Herberts hatten Flo nahe gelegt, sich von Mama und Parte zu lösen, wenn Papa nichts dagegen hätte. Aber Flo wollte es nicht zu einem offenen Bruch kommen lassen. Ihr fehlte auch der finanzielle Rückhalt.

Flo konnte nach Kaiserswerth fahren. Diesmal arbeitete sie als Helferin bei den Diakonissen. Um fünf Uhr morgens stand sie auf. Froh tat sie ihre Arbeit, bis sie abends erschöpft einschlief. Viermal am Tag hatte sie zehn Minuten Zeit zum Essen. Um sechs Uhr morgens und um drei Uhr nachmittags gab es Malzkaffee und Brot, mittags gab es Suppe und Gemüse und um sieben Uhr abends nur Suppe. Mehr hätte sie gar nicht essen wollen. Wochen später, im Oktober 1851, traf sie wieder mit Mama und Parte zusammen. Ihre Vorbehalte ihnen gegenüber waren nicht mehr so groß. Durfte sie sich überhaupt gegen sie stellen?

Als sie dann wieder in England waren, geriet Flo wieder unter die Fuchtel der beiden. An ihrem 32. Geburtstag schrieb sie an Papa:

„Ich bin bei dem Gedanken froh, dass meine Jugend jetzt vorbei ist. Und es ist gut, dass sie nicht wiederkehrt. Es war eine Zeit, in der ich viel Unnützes tun musste und eingeengt wurde, in der meine Hoffnungen unerfüllt blieben und ich viele Enttäuschungen erlebte. Ich bin dankbar, dass ich gelebt habe, obwohl es ein Leben war, das man eigentlich nur annehmen kann, wenn man in ihm die Vorbereitung für ein anderes Leben sieht. Ich hoffe, dass ich jetzt zu mir selbst gefunden habe. Ich hoffe, dass ich von Bindungen frei bin. Ich hoffe, dass ich jetzt anders leben kann. Ich habe etwas gelernt, was ich nicht missen möchte."

In ihrem Kampf gegen Depression und Frustration schrieb sie *„Kassandra"*, einen traurigen, ärgerlichen Essay von 8000 Worten über die Frustrationen der verheirateten und ledigen Frauen in England. Unter ihren bitteren Klagen ist zu lesen:

„Warum haben Frauen Leidenschaft, Verstand und moralische Verantwortung und nehmen dabei in der Gesellschaft einen Platz ein, wo sie keine dieser drei Fähigkeiten verwirklichen können? Es gibt für Frauen keinen Beruf, in dem sie ungehindert arbeiten können.
Frauen sehnen sich nach einer Ausbildung, in der man sie lehrt, wie man unterrichtet, in der man ihnen zeigt, was der menschliche Geist vermag und wie man ihn einsetzen kann.
Frauen können nur träumen, finden aber keine Erfüllung. So leben die Frauen. Sie schämen sich ihrer Träume, die sie für romantisch halten, und haben nicht den Mut, darüber zu sprechen, weil man sie auslachen könnte.
Die Chancen stehen 1000 zu 1, dass in diesem engen Rahmen die Aufgabe, für die ihr unsterblicher Geist mit den Fähigkeiten und Gaben von seinem Schöpfer ausgerüstet wurde, gefunden werden könnte.
Dieses System verdammt manche dazu, dass sie unheilbar in kindliche Verhaltensweisen zurückfallen oder schweigend ihr Elend ertragen. In sehr seltenen Fällen, die man meist nur in Romanen

liest und die in der Wirklichkeit kaum anzutreffen sind, bietet die Ehe Raum und Möglichkeit, dass Charakter und gegenseitige Sympathien entwickelt werden können.
Jesus Christus hat den Frauen eine Stellung gegeben, in der sie nicht bloß Sklaven und Diener für die Leidenschaften der Männer sind. Er hat sie durch seine Zuneigung emporgehoben. Wenn jemand hier handeln will wie Jesus Christus, dann ertönt sofort der Aufschrei, er habe Jesus falsch verstanden.
Frauen können allein Gott ihr Leid klagen. Er ist der Einzige, der sie anhört.
Wenn eine Frau stirbt, ruft sie aus: ‚Freiheit, göttliche Freiheit, bist du endlich angebrochen? Sei willkommen, schöner Tod!'
‚Gib uns zurück unser Leiden.' So schreien wir in unsern Herzen zum Himmel. Wir wollen lieber leiden als Gleichgültigkeit ertragen. Denn aus nichts wird nichts. Aber aus dem Leiden kann Heilung erwachsen. Lieber Schmerzen leiden als gelähmt sein. Lieber hundertmal kämpfen und dann in den stürmischen Wellen ertrinken. Man entdeckt die neue Welt. Aber lieber, zehnmal lieber in den Wogen sterben und den Weg in die neue Welt zeigen, als untätig an der Küste stehen!"

Obwohl sich Flo dabei nicht wohl fühlte, pflegte sie doch innerhalb eines ausgesuchten Kreises gesellschaftliche Kontakte. Dazu gehörten die Sidney Herberts, die Frau von Lord Byron, Elisabeth Barrett Browning, George Eliot, Lord Ashley, William Thackeray, Lord Palmerston und der Dichter Arthur Hugh Clough. Sie teilten ihre Meinung über die Situation in der Medizin und Krankenpflege. Doch alle ihre Bemühungen, sich in solchen Pflegeeinrichtungen zu beteiligen, stießen auf den heftigen Widerstand von Mama und Parte. Schließlich regte sich doch bei Papa etwas Mitgefühl. Er begann, ihre aussichtslose Lage zu begreifen. Aber würde er Mama entgegentreten? Soweit sich Flo erinnern konnte, hatte er das nie getan. Flos einzige Hoffnung konzentrierte sich allein auf die Krankheit von Parte, ob diese nur eingebildet war oder nicht. Sir James Clark, der Leibarzt der

Königin Victoria, untersuchte Parte. Seine Diagnose lautete: Parte muss von Flo getrennt werden, denn deren Gegenwart belastet Partes zarte Gemütsverfassung.

„Gott sei Lob und Dank!“, seufzte Flo bei dieser Ironie des Schicksals.

Konnte Parte etwas gegen die Diagnose dieses bedeutenden Arztes einwenden? Würde Mama etwas dagegen sagen? Ja, sie blieben hartnäckig. Entweder schob man Partes Anfälle vor oder man meinte, dass Flo einige der kranken Verwandten pflegen könnte. Jedenfalls wollte man damit Flos Pläne einer medizinischen Ausbildung unterbinden. Im Frühjahr 1853 pflegte Flo in Tapton Großmutter Shore, die jetzt 95 Jahre alt war, bis in ihre letzten Tage. Sie konnte bei der alten Dame sein, bis ihr letzter Pulsschlag endete. Jetzt waren alle betagten Verwandten tot, und Mama selbst war 65 Jahre alt. Sicher würde auch sie ihr Alter in die Waagschale werfen, um Flo festzuhalten.

Jetzt war die Zeit reif für Flo. Sie war fast 33 Jahre alt. Sie musste in ihrem Entschluss festbleiben. Es durfte keine Gründe mehr geben, die sie abhalten könnten, sobald sich eine Gelegenheit zeigte.

11

Im Frühjahr 1853 ergab sich eine gute Gelegenheit für Flo.

Eine Gruppe wohlhabender Damen wollte eine medizinische Akademie einrichten. Es sollte „Institut zur Pflege kranker Frauen" heißen.

Elisabeth Herbert schlug vor, dass Flo dieses Institut leiten sollte. Am 18. April hatte Flo ein Gespräch mit Lady Canning. Flo konnte auf all die Fragen bezüglich ihrer Kenntnisse in Krankenpflege ruhig und klar antworten. Lady Canning staunte darüber, wie sicher Flo auftrat. Sie konnte ihre Verwunderung nicht verbergen. Doch Flo stellte auch Bedingungen.

„Frauen verschiedener religiöser Überzeugung müssen aufgenommen werden, nicht nur Glieder der Kirche von England", verlangte Flo.

Lady Canning trug Flos Forderungen dem Frauenkomitee vor. Sie nahmen ihre Bedingungen an. Doch Flo hatte noch nicht alle ihre Wünsche geäußert. Das Institut wollte nämlich nur die Pflege reicher Frauen übernehmen. Die Zahl der vornehmen Damen, die man dort behandeln konnte, wäre sicher nicht sehr groß. Flo entdeckte leider auch, dass das Komitee wenig Interesse hatte, eine Krankenpflegeschule zu gründen.

Mama stimmte diesen Plänen nicht zu. „Wie kannst du dich so erniedrigen?", wetterte sie los.

Aber dieser Sturm war gar nichts verglichen mit dem Wirbel, den Mama und Parte verursachten, als sie erfuhren, dass Papa Flo jährlich mit einer großzügigen Summe unterstützen wollte. Und er bestand auch darauf, dass sie Flos Entschluss zur Leitung dieses Instituts akzeptieren sollten. Papa hatte also Flo seine Unterstützung zugesagt. Papa reiste daraufhin nach London, bis die Wellen der Empörung sich gelegt hatten. Flo fühlte sich befreit.

Jetzt würden Mama und Parte sich bestimmt nicht mehr einmischen.

Aber in dem Punkt irrte sie sich gründlich. Die beiden Frauen arbeiteten mit aller Kraft daran, Flos Pläne in eine andere Richtung zu leiten. Warum könnte sie nicht eine Einrichtung für die Pflege kranker Menschen in der Nähe von Embley Park gründen?

„Auf dieses Weise könntest du noch zu Hause wohnen", meinte Mama. Aber Flo ließ sich auf nichts ein. Sie bezog eine Wohnung in London und plante das Institut mit dem Frauenkomitee. Sie besichtigten Häuser in der Upper Harley Street in der Nähe des Regent Park. Flo wusste genau, was sie wollte. Heißes Wasser musste verfügbar sein, sie brauchte Wohnmöglichkeiten für Schwestern und Raum für die medizinischen Anwendungen. Sie fand ein Gebäude, das für den Anfang geeignet erschien. Dann fuhr sie nach Paris um dort die medizinischen Einrichtungen der Schwestern von St. Vincent kennen zu lernen. In Briefen gab sie Anweisungen für die Umbauten in der Harley Street. Im August 1853 kam Flo zurück, um das Institut zu eröffnen. Die ständigen Proteste von Mama und Parte hörte sie nicht. In der Vergangenheit war sie immer darauf eingegangen, weil sie Schuldgefühle hatte. Davon war sie nun befreit.

„Ich habe zu viel zu tun", sagte sie klipp und klar.

Selbst Clarkey legte ihr nahe: „Willst du dich nicht mit ihnen aussöhnen?"

„Meine liebe Clarkey", schrieb Flo, „ich habe jahrelang innerlich gerungen, bis ich diesen Schritt tat. Damit meine ich den Schritt, mich von ihnen zu lösen. Lass uns deshalb nicht weiter darüber reden." Flo war in ihrer Entscheidung fest entschlossen.

Ihr Unternehmen in Harley Street war durchdacht und fortschrittlich. Auf jeder Etage hatte man fließend warmes Wasser. Esswaren und alle medizinischen Versorgungsmittel wurden durch eine Seilwinde in die einzelnen Stockwerke gebracht. „Die Krankenschwester ist nicht dazu da, dass sie ständig treppauf und treppab läuft", erklärte Flo. Die Schwester sollte ihre Etage nicht verlassen. Sie sollte dort auch schlafen. Mit einer Glocke am Seil könnten die Patienten nach ihr klingeln.

Flo stürzte sich mit ganzer Kraft in ihre neue Tätigkeit. Es herrschte kein Mangel an Akutpatienten. Sie assistierte einem Chirurgen, der ein Geschwür entfernte. Dann wachte sie am Bett, bis der Patient wieder zu sich kam. Sie benutzten ein neues Betäubungsmittel, das man Chloroform nannte. Es war erst kürzlich von einem Arzt namens James Simpson angewandt worden. Sie pflegte Frauen, die an Schwindsucht litten. Sie tröstete Frauen, die hysterische Anfälle bekamen. Voller Mitgefühl und doch energisch sagte sie einer Frau, sie müsse im Bett bleiben, wenn es ihr schlechter ginge. Flo arbeitete in der Pflege, spendete Trost, gab neue Anstöße und war in der Verwaltung tätig. Flo bestellte Möbel und ließ sie herrichten. Sie baute Regale auf, erledigte die Buchführung und hielt Inventur. Ihrem Vater sagte sie im Vertrauen, wie sie im Grunde das Komitee in der Hand habe, das ja eigentlich über sie bestimmen sollte.

„Als ich diesen Dienst antrat, nahm ich mir vor, dass ich, komme was wolle, niemals in dem Komitee diplomatische Schachzüge durchführe. Jetzt erkenne ich, dass ich in meiner Arbeit doch von meinem Vornehmen abweiche. Ich steh jetzt auf dem Höhepunkt meiner Kraft. Lady Cranworth, die mein größter Gegner war, verbreitet jetzt meinen Ruhm durch ganz London.“

Mit dem Institut ging es voran. Die Patienten schrieben ihr liebevolle und dankbare Briefe. Ja, sie bewunderten sie. Innerhalb eines Jahres hatte Flo die Pflegekosten für jeden Patienten um die Hälfte reduziert. Im Sommer 1854 brach in London die Cholera aus, besonders in den berüchtigten Elendsvierteln von St. Giles. Flo bemühte sich sehr um die Pflege dieser Kranken. Sie verbrachte ihre Zeit im Middlesex Krankenhaus. Es war ihr Anliegen, den Patienten zu helfen, auch wenn es für sie nicht ungefährlich war. Sie hielt dies für Gottes Willen und schob damit alle Einwände der Ärzte beiseite. Sie begegnete ihnen mit Vernunft und Charme, wenn nötig auch mit Diplomatie. Manche Ärzte, die ihr zum ersten Mal begegneten, erwarteten eine wilde Furie. Sie waren dann sehr erstaunt, wenn sie merkten, dass diese schlanke, bescheidene Frau, die da vor ihnen stand, Florence Nightingale war. Schnell waren sie von ihr eingenommen. Flos Ansehen wuchs immer mehr. London hatte so viele Probleme, dass sie sich für den Rest ihres Lebens dafür hätte hingeben können.

„Aber wer hätte voraussagen können, was gegen Ende des Jahre 1854 noch geschehen würde?“, sagte sie vor sich hin. Im März 1854 erklärten England und Frankreich Russland den Krieg. Weil der berüchtigte Zar Nikolaus sein Reich nach Süden bis in die Türkei ausweitete, glaubten die Engländer, dass die Route nach Indien, ihrem kostbaren Kronjuwel, bedroht sei. England hatte schon genug Kriege gewonnen, sodass die Öffentlichkeit mit Begeisterung reagierte. Die Schrecken des Krieges hatte man vergessen. Schließlich waren seit Waterloo 39 Jahre vergangen. Im September drangen die Allierten auf die Krim vor. Sie gehörte zu Russland und zum Schwarzen Meer. In Sewastopol auf der Krim lag die russische Flotte vor Anker. Einen direkten Angriff auf Sewastopol hielt man für unmöglich. Deshalb brachten die Allierten 65 000 Mann viele Meilen nördlich am Fluss Alma an Land. Aber dort hatten die Russen auch Streitkräfte in einer Stärke von 40 000 Mann und 200 Kanonen.

„Wir werden die russischen Kerle noch an der Alma schlagen“, meinte Papa gegenüber Flo im Oktober in Lea Hurst. „Die Russen sind so rückständig, dass sie noch mit Musketen kämpfen. Unsere Leute aber haben richtige Gewehre.“

„Wie viele gute, wertvolle Menschen sind dabei schon ums Leben gekommen?“, seufzte Flo.

„Hm, ein paar Tausend Gefallene und Verwundete haben wir schon hinnehmen müssen“, antwortete er mit etwas gedämpftem Enthusiasmus.

Flo, die sich von der Choleraplage in London erholen musste, schenkte dem tragischen Geschehen auf der Krim keine große Beachtung. Einmal wurde sie von Zahnschmerzen gequält, und dann war Susan Gaskell in Lea Hurst zu Gast. Frau Gaskell war eine erfolgreiche Schriftstellerin, die eine Biographie der bedeutenden Charlotte Brontë schrieb. Flo hatte Fräulein Brontës fortschrittlichen Romane gelesen, die unter dem Namen Currer Bell erschienen waren. Sie wollte mehr von ihr wissen. Stattdessen musste sie entdecken, dass Frau Gaskell ganz neugierig auf sie war.

An eine Freundin schrieb Frau Gaskell über Flo:

„Sie ist groß, schmal und hoch gewachsen von Gestalt. Sie hat dichtes, kurzes braunes Haar. Dabei zeigt sie sehr fein ausgeprägte Gesichtszüge und graue Augen, die im Allgemeinen einen nachdenklichen Ausdruck haben. Aber sie können auch glücklich aufleuchten. Solche Augen habe ich zuvor noch nie gesehen. Ihre herrlichen weißen Zähne geben ihrem Lächeln ein vollkommenes, edles Aussehen. Wenn man einen langen, dünnen Schleier nimmt und ihn um diesen wunderschön geformten Kopf bindet, wenn man sie bis zu ihrem langen weißen Hals in schwarze Seide kleidet und ihr ein schwarzes Tuch umlegt, dann hat man nahezu das Ideal vollkommener Anmut und Schönheit.“

Doch die häusliche Situation in Lea Hurst wurde von der Entwicklung im Krimkrieg überschattet. Im Oktober ließ die *London Times* durchblicken, dass sie einen Reporter auf den Kriegsschauplatz auf der Krim entsandt hatte. Es war das erste Mal, dass ein ziviler Berichterstatter so etwas wagte. Die Berichte von William Russell riefen Bestürzung hervor. Am 9. Oktober versetzte er ganz England mit den schrecklichen Kriegsereignissen in Aufregung.

„Die Vorbereitungen für die Versorgung der Verwundeten sind sehr mangelhaft. Es gibt nicht nur zu wenig Ärzte, keine Krankenpfleger und Schwestern, sondern es fehlt auch an Verbandsmaterial. Sollte die Schlacht an der Alma für die Welt ganz überraschend gekommen sein? Man musste mit solch einem Ereignis rechnen und hat sich noch nicht einmal für die einfachsten chirurgischen Operationen vorbereitet. Es kommt vor, dass die Männer

eine ganze Woche lang warten müssen, bis sich ein Sanitäter um ihre Wunden kümmern kann. Oft lässt man ihnen noch nicht einmal die einfachste Hilfe zukommen, wie sie selbst in den Armenhospitälern üblich ist. Die Soldaten müssen sterben, weil das medizinische Personal der britischen Armee nicht daran gedacht hat, wenigstens das notwendigste Verbandsmaterial zu beschaffen."

„So!", platzte Papa heraus. „Wir schicken unsere besten Garderegimenter in den Kampf. Und nun fallen sie nicht in der Schlacht, sondern sterben, weil sich keiner um die Verwundeten kümmert."

Mama merkte, dass sich Flo für eine Abreise vorbereitete. „Willst du etwa Lea Hurst verlassen? Ich dachte, du hättest schlimme Zahnschmerzen."

„Ich muss unbedingt nach London."

Flo hatte ein Angebot von Lady Forester erhalten, die eine Hilfsmission für den Krimkrieg finanzieren wollte. Die britischen Verwundeten wurden in die Türkei gebracht, vor allem nach Scutari, einer Vorstadt von Konstantinopel. Das war weit vom Kriegsschauplatz entfernt, sodass man Schwestern dort einsetzen konnte. Flo fuhr unverzüglich nach London. Man musste jetzt schnell handeln. Außerdem waren gute Freunde von Flo wegen der schlechten medizinischen Versorgung an der Front unter heftige Kritik geraten. Am meisten war Sidney Herbert betroffen, der Kriegsminister. In London nutzte Flo ihren beträchtlichen Einfluss bei Lord Palmerston, dem Innenminister. Innerhalb von Stunden schien der Weg für Flos Hilfsmission auf die Krim geebnet zu sein. Mittlerweile berichtete William Russell in der *Times,* dass die französischen Verwundeten von den Barmherzigen Schwestern gut betreut würden. Und im Leitartikel stand: „Wo bleiben unsere Barmherzigen Schwestern?" Doch da hatte Flo schon alles für die Expedition organisiert.

Am 14. Oktober schrieb Flo an Elisabeth Herbert:

„Eine kleine private Expedition von Schwestern wurde für Scutari zusammengestellt, und man hat mich gebeten, die Leitung zu übernehmen. Ich glaube, dass wir von Nutzen sein können.“

Flos Brief kreuzte sich mit einem Brief von Sidney Herbert. Am 15. Oktober las sie, dass er sie bat, eine Guppe von Schwestern zur Krim zu bringen:

„Es gibt nur einen Menschen in ganz England, der ein solches Unternehmen organisieren und leiten kann.... Würden Sie auf meine Bitte eingehen und die Verantwortung und Leitung übernehmen? Da Sie einen starken Rückhalt bei der Regierung haben, würde jedermann Achtung vor Ihnen haben und Ihren Anweisungen folgen. Ich weiß, dass dies nicht das Wichtigste für Sie ist, aber im Dienst einer großen Sache ist dies von unschätzbarem Wert.“

Flo nahm die Unterstützung der Regierung willig in Anspruch. Im Stillen hatte sie schon 38 Schwestern, unter ihnen auch zehn katholische Ordensschwestern, für diesen Einsatz angeworben, Trachten anfertigen lassen, alles für die Reise vorbereitet und einen Vorrat an medizinischen Hilfsgütern beschafft. Selbst als Mama und Parte plötzlich auftauchten und sich sehr aufgeregt zeigten, konnte sie dies nicht erschüttern. Aber eine schlechte Nachricht musste sie noch verkraften. Ihre Eule Athena, die man in der Hektik der Vorbereitungen ganz vergessen hatte, war verhungert.

„Armes, kleines Tierlein!“, rief Flo unter Tränen. In der Unruhe dieser Tage war das noch einmal ein trauriger Augenblick für Flo. Genau sechs Tage, nachdem sie den Brief von Sidney Herbert erhalten hatte, bestieg Flo das Schiff zusammen mit ihren Schwestern. Sie galt als „Leiterin der weiblichen Krankenpflegeabteilung in den allgemeinen englischen Militärkrankenhäusern in der Türkei.“ Onkel Sam sollte sie bis nach Marseille begleiten. Die Bracebridges waren bereit, bis in die Türkei mitzufahren. Welche großartigen Freunde hatte sie doch! Die ganze Mannschaft fuhr dann mit der Eisenbahn durch Frankreich. Flo kümmerte sich mit umsichtiger Aufmerksamkeit um ihre Schwestern. Sie aß mit ihnen und erwies ihnen viele kleine Liebesdienste. Sie versprach ihnen, in Marseille neue warme Schuhe zu besorgen.

Einige der Schwestern konnten nur staunen. „So hat man sich noch nie um uns gekümmert. Die vornehmen Leute behandeln uns sonst nicht so großzügig."

In Marseille beschaffte Flo noch mehr Vorräte, obwohl ihr die Regierungsbehörden versichert hatten, es sei nicht nötig. Bevor sie am 27. Oktober das Schiff bestiegen, hatte man sie schon in England und Frankreich als eine Heldin gefeiert. Eine Menschenmenge kam zusammen und jubelte ihr zu. Könnte sie sich jemals einer solchen Ehrung würdig erweisen? Dann erfuhr sie noch, dass die *Times* eine Stiftung für ihre Mission eingerichtet und schon ein kleines Vermögen angehäuft hatte.

Nicht alle freiwilligen Helfer waren zufrieden. Eine Schwester beklagte sich: „Ich war bereit, alles zu tun, was man von mir verlangte. Doch eines kann ich nur schwerlich akzeptieren. Madam, wenn ich gewusst hätte, was wir für Hauben tragen sollen, wäre ich nicht mitgekommen, obwohl ich sehr gerne in Scutari Schwester sein wollte."

Flo musste schmunzeln. Die Haube war sehr schlicht. In der Tat hatte die ganze Tracht einen einfachen Zuschnitt. Die Schwestern sollten nicht aufreizend auf die Männer wirken. Es war alles bewusst etwas altmodisch gehalten. Ihre Schwestern trugen ein graues Kleid aus Tweed, eine graue Wolljacke und ein kurzes Cape aus Wolle. Alles wirkte etwas eintönig. Über die Schultern trugen sie einen weißen, holländischen Schal und auf dem Kopf eine weiße Haube. Die Haube fand man durchgängig recht hässlich.

Während sie an Bord der *„Vectis"* durchs Mittelmeer fuhren, hörte Flo noch Näheres über die Kampfhandlungen. Der Oberkommandierende der britischen Streitkräfte war Lord Raglan. Raglan war 66 Jahre alt und hatte viele Jahre zuvor einen Arm verloren. Was sie von ihm zu erwarten hätte, deutete eine Geschichte an, die man über Lord Raglan erzählte. Nachdem man in Waterloo seinen Arm amputiert hatte, brüllte er den eifrigen Assistenten im Operationssaal an: „Hören Sie, Sic können diesen Arm nicht einfach wegwerfen! An einem Finger steckt noch ein Ring, den mir meine Frau geschenkt hat."

Lord Raglan übertrug die Befehlsgewalt an die einzelnen Truppenführer. Der Vetter von Königin Victoria, Seine Königliche Hoheit der Herzog von Cambridge, kommandierte eine Division in der Stärke von 5000 Mann. Zu ihr gehörten die berühmte Coldstream Guard, die Black Watch und andere Eliteeinheiten. Sir George Brown kommandierte auch eine Division von 5000 Mann Fußvolk, ebenso auch Sir George De Lacy Evans. Die Kavallerie unter Lord Lucan bestand aus der Brigade der Leichtberittenen und der Brigade der Schwerberittenen. Die übrigen Divisionen der Infanterie wurden in Reserve gehalten.

Flo hatte den Eindruck, als wäre sie schon mitten im Kriegsgeschehen. Die *„Vectis"* hatte bei ihrer Fahrt durchs Mittelmeer mit so heftigen Stürmen zu kämpfen, dass man die an Deck befindlichen Kanonen über Bord werfen musste. Aber schließlich konnte das Schiff am 4. November 1854 bei Seraglio Point im Bosporus vor Anker gehen. Diese Meeresenge verband das Mittelmeer mit dem Schwarzen Meer. Es war ein trüber, regnerischer Tag. Im Westen erstreckte sich Konstantinopel. Mit seinen Kuppeln und Minaretts war es durch und durch muslimisch. Im Osten lag Scutari, wo das Allgemeine Krankenhaus und daneben das helle Backsteingebäude des Militärhospitals auf einem Hügel weithin sichtbar standen. Auf Anordnung von Sidney Herbert standen die Schwestern in beiden Krankenhäusern unter Flos Leitung. Sie sollten für die Pflege von bis zu 3000 Verwundeten zur Verfügung stehen.

„Ein weiteres Krankenhaus in der Nähe, in dem britische Offiziere behandelt werden, ist mir auch unterstellt", erfuhr sie. An Bord der *„Vectis"* kam Lord Napier in Vertretung des britischen Botschafters in der Türkei, Lord Stratford, um sie zu begrüßen.

Lord Stratford hatte 16 Jahre in Konstantinopel „regiert". Seine Residenz war ein Palast, in dem 25 Mann Personal beschäftigt waren. Bei den oberen Schichten in England hatte er keinen guten Ruf. Es war noch milde ausgedrückt, wenn man von ihm sagte, er sei „faul, kaltherzig, arrogant und launisch." Gewiss hatte Flo nicht erwartet, dass der 68-jährige Machthaber sie persönlich begrüßen würde. Und sie glaubte auch nicht, dass sie von ihm viel Hilfe erwarten könnte, wenn auch einflussreiche Freunde hinter ihr standen. Nachdem man ein paar Nettigkeiten ausgetauscht hatte, sagte Lord Napier mit ernstem Gesicht: „Am 25. Oktober fand eine schwere Schlacht statt. Man nennt sie die Schlacht bei Balaclava. Die Schiffe werden in wenigen Tagen die Verwundeten hierher bringen." Flo und ihre Mitarbeiterinnen wurden in kleinen Booten an die Küste gerudert. Was ihnen dort vor Augen kam, war furchtbar. Ein aufgedunsener Pferdekadaver lag in der Nähe des Docks und ging schon in Verwesung über. Hunde rissen sich um das stinkende Fleisch. Einige Soldaten standen an dem hölzernen Dock und schienen unberührt von diesem schrecklichen Anblick. Verwundete Soldaten humpelten mühsam den Berg zum Krankenhaus hinauf. Es war keiner da, der ihnen half. Der Berg war ein Morast von Schmutz und Abfall. Flo stellte sofort fest, dass das Dock nicht geeignet war, um die Verwundeten von den Schiffen aufzunehmen. Wenn man sie in Booten über die raue See an Land brächte, würde ihr gesundheitlicher Zustand nur schlimmer.

„Ich hoffe, dass das Krankenhaus nicht so rückständig ist." Der bittere Unterton in ihrer Stimme war nicht zu überhören.

Als Flo mit ihren Schwestern zum Militärkrankenhaus kam, ragte ein gewaltiger Bau vor ihnen auf. Es war kein Palast aus alter Zeit, sondern eine verlassene Kaserne der türkischen Armee. Jemand hatte behauptet, in seinem Inneren gäbe es lange Korridore, die man gut nutzen könnte. Eine Seite sei allerdings völlig ausgebrannt. Das Gerücht verbreitete sich, dass sich unten in den Kellerräumen der ganze Tross, der dem Heer folgte, häuslich eingerichtet habe. Hunderte von Frauen, Prostituierten und

Kinder würden hier hausen. Flo und die anderen betraten das Hospital durch ein gewaltiges Tor. Sie wurden von dem Chefarzt Dr. Menzies und dem Militärkommandanten Major Sillery begrüßt. Alles, was sie nach dem freundlichen Empfang zu sehen bekamen, war alles andere als angenehm. Auf den Fußböden in den Korridoren schepperten die Fliesen. Sie waren locker. Die Wände fühlten sich feucht und muffig an. Flo und ihren Mitarbeiterinnen wurden fünf heruntergewirtschaftete Räume zugeteilt. Einer diente Flo als Büro, obwohl es auch zugleich Herrn Bracebridges Schlafzimmer war. In einem andern der fünf Zimmer lag noch der halb verweste Leichnam eines russischen Generals. In den Zimmern und Korridoren gab es fast keine Möbel. Überall lag Abfall auf dem Boden. Der Innenhof des Gebäudes war praktisch ein Schuttabladeplatz. Ratten huschten dort zwischen dem Abfall hin und her.

„Sie erhalten eine tägliche Ration von einem halben Liter Wasser pro Person", erklärte ihr Dr. Menzies. „Es tut mir sehr Leid, dass wir keine Kochgelegenheiten für sie haben."

„Wir werden schon zurechtkommen", antwortete ihm Flo, die ihren Schock zu verbergen suchte.

Wie sollten die Verwundeten ernährt werden? Sie fand eine völlig verdreckte Küche mit 13 Kupfertöpfen, von denen jeder 10 Liter fasste. Mit diesen Töpfen sollte man für über 2000 Menschen kochen. Die Zubereitung des Essens war barbarisch. Soldaten kochten und nicht Köche. Tote Tiere, die man brutal geschlachtet hatte, wurden ins Wasser geworfen und gekocht. Gemüse gab es überhaupt nicht. Schließlich wurde diese Brühe in Schüsseln serviert. Die Patienten hatten keine anderen Gefäße. Die Armee setzte voraus, sie hätten die nötigen Essgeschirre in ihrer Ausrüstung. Die Verwundeten brachten aber oft kaum mehr mit als ihre Kleider.

„Wasser mit etwas Fleischgeschmack ist also alles, was ein Patient zu essen bekommt", stellte Flo entsetzt fest. Besondere Zuteilungen für jene, die solch eine Suppe nicht vertrugen, gab es nicht. Keiner kümmerte sich darum. Andererseits musste Flo entdecken, dass die Armee oft in Bürokratie erstickte. In den langen Jahren des Friedens hatte die Armee hundertmal alles durchgeprüft, um die Ausgaben zu kürzen. Jetzt wurden ihr diese Einsparungsmaßnahmen zum Verhängnis. Die Anträge wurden im Schneckentempo bearbeitet. Jedes Bittgesuch musste von zwei Ärzten unterschrieben werden. Dann leitete es der Bote weiter an das Kommissariat, das dann einen Schein ausstellte.

„Unsere Nasen weisen uns auf eine andere große Schwierigkeit", sagte Flo zu Sig. Dabei verging ihr das Lachen.

Im Krankenhaus gab es ein lebensbedrohendes Problem. Man stieß darauf, sobald man tief Luft holte. Der durchdringende Geruch wie von einer Jauchegrube drang einem in die Nase. Flo entdeckte bald, dass die Abwasseranlagen in einem verheerenden Zustand waren. Die Abwässer flossen oft zurück und spülten menschliche Fäkalien in die Flure. Um über all den Dreck Herr zu werden, hatten die Ärzte große Nachtgeschirre hinstellen lassen. Ein solches Gefäß musste für 50 Personen ausreichen. Flo entdeckte, dass die stinkenden Gefäße oft tagelang dastanden, ohne ausgeleert zu werden. Dann bekam Flo die Verwundeten zu Gesicht. Auch dieser Anblick war erschreckend. Sie dachte, sie wäre in einer Hölle.

12

„Könnte es in der Hölle schlimmer sein als hier?“, fragte sich Flo. Sie hatte schon oft Krankheiten gesehen und war auch dem Tod begegnet, aber nicht in diesem Umfang und nicht unter diesen Bedingungen. Die meisten der englischen Soldaten hatten Fleischwunden, ihre Glieder waren zerfetzt oder sie waren verstümmelt. Sie hatten Arme, Beine, Augen, Nasen, Ohren oder auch Kiefer verloren. An diesen Stellen trugen sie schmutzige, blutverkrustete Lumpen. Tränen des Mitleids aber auch Tränen der Wut rannen Flo über die Wangen. Die meisten Verwundeten lagen auf dem schlecht gefliesten Fußboden. Es gab nur wenig Betten und kaum Decken. Krankenhaushemden wurden auch nicht ausgegeben, obwohl man vermutlich Hunderte aus England geschickt hatte. Niemand wusste, wo sie geblieben waren. Die Männer lagen da in ihren zerschlissenen Kampfuniformen und waren von oben bis unten mit Läusen bedeckt. Ein Arzt hatte angeordnet, dass man die Männer badete. Doch pro Tag kamen nur 30 Personen an die Reihe.

„Ein Patient wird nur alle 8 Tage einmal gewaschen“, rechnete sich Flo aus.

Dann sah sie, dass man für alle 30 Mann nur einen Schwamm benutzte. Kein Wunder, dass sich Cholera, Läuse und Flöhe ausbreiteten. Vielleicht war es sogar besser, gar nicht gewaschen zu werden. Hier konnte Flo mit ihren Schwestern Abhilfe schaffen.

Dann kam Dr. Menzies mit einer verblüffenden Anordnung zu Flo: „Die Ärzte haben den Auftrag, Ihnen hier Unterkunft zu gewähren. Aber Sie dürfen ihnen nur assistieren, wenn sie ausdrücklich darum bitten.“

Flo biss die Zähne zusammen. Sie durfte dem Arzt diese unsinnige Äußerung nicht übel nehmen. Sie war immer am besten gefahren, wenn sie sich nach der Weisheit der Bibel richtete. Dort heißt es in Sprüche 29, 11: *„Ein Tor schüttet all seinen Unmut aus, aber ein Weiser beschwichtigt ihn zuletzt.“* Doch der Schock saß tief. Sie konnte ihre Schwestern immerhin noch eine Zeit lang damit beschäftigen, dass sie Binden, Kissen und Matratzen herstellten, um damit den Kranken zu helfen. Selbst ein starrköpfiger Arzt würde diese Dinge gerne benutzen, wenn sie bereit lägen.

In den nächsten Tagen richteten sich Flo und ihre Mitarbeiterinnen ein. Die Ärzte lehnten tatsächlich die Pflegeleistungen ab, die Flo und die Schwestern ihnen anboten. Flo verschwendete aber keine Zeit, sondern kaufte Gemüse und Fleisch auf den Märkten, da sie ja genügend Geld zur Verfügung hatte. Mit den nicht fest installierten Herden, die sie mitgebracht hatten, kochten die Schwestern Essen und gaben es aus. Die Ärzte stellten ihnen nichts in den Weg. Vielleicht nahmen sie diese Arbeit auch gar nicht wahr.

„Ich habe niederschmetternde Nachrichten über die Schlacht bei Balaclava", berichtete Charles Bracebridge.

Die Russen hatten einen Überraschungsangriff auf den britischen Flottenstützpunkt in Balaclava geführt. Das war nur sieben Meilen von dem wichtigsten russischen Flottenstützpunkt in Sewastopol entfernt. Wenn die Russen die englischen Nachschubschiffe gekapert hätten, wäre ihnen damit ein entscheidender Schlag gegen England gelungen. Nur 550 Mann der Hochlandregimenter unter Colin Campbell und weniger als 1200 britische Kavalleristen standen zur Verteidigung des Stützpunktes zur Verfügung. In einem Tal trafen die Streitkräfte aufeinander. Die Engländer reagieren schnell und schickten eine Division von 5000 Infanteristen in den Kampf. Doch bald merkten sie, dass die Russen mit 30 000 Mann angriffen. Trotzdem kam die russische Offensive wegen der heftigen Gegenwehr vorübergehend zum Stehen. Schließlich rückten die Russen wieder vor und setzten 4000 Mann ihrer Kavallerie ein. Ihnen gegenüber standen 500 Berittene der Brigade von General Scarlett. Diese schwer berittene Brigade führte einen verbissenen Angriff. Obwohl die Russen über eine größere Streitmacht verfügten, schienen sie wie gelähmt zu sein. Ihre Kavallerie wurde in die Flucht geschlagen. Das war der geeignete Moment, dass die leichte Brigade der Engländer die Russen angreifen und vernichten könnte. Sie bekamen auch den Befehl zum Angriff.

„Aber Lord Cardigan weigerte sich anzugreifen", berichtete Charles Bracebridge Flo.

Seine Weigerung war zu verstehen. Man hatte ihm die Unterstützung durch die Infanterie versprochen. Die Divison in einer Stärke von 5000 Mann war noch nicht angekommen. Da erhielt er einen neuen Befehl: „Sofort angreifen!" Doch jetzt hatte sich die Lage geändert. Die Russen hatten am Ende des Tals eine Batterie mit zwölf Kanonen aufgestellt. Neben diesen schweren Geschützen standen noch 3000 Mann der russischen Reiterei, die wieder zusammengefunden hatten. Auf beiden Flanken war die russische Infanterie aufmarschiert. Wieder wollte Lord Cardigan nicht angreifen. Sein Vorgesetzter, Lord Lucan, gab ihm den Befehl vorzurücken. Lord Cardigan ritt an der Spitze seiner 663 Leute ins Tal hinunter. Von drei Seiten wurden sie beschossen. Sie kamen bis auf 80 Meter an die Kanonen heran, konnten aber unter dem vernichtenden Kugelhagel nicht weiter vorrücken. Nur 70 Mann der leichten Brigade kehrten unversehrt zu den britischen Linien zurück. Weitere 125 waren verwundet und schleppten sich zurück. Fast 500 waren gefallen. Plötzlich brachen die Russen ihren Angriff ab. Es war genauso verwunderlich, dass Lord Cardigan überlebte und an diesem Abend auf seiner Yacht im Hafen sein Abendbrot einnehmen konnte.

Ein französischer Offizier, der den mutigen Angriff der leichten Brigade mit angesehen hatte, meinte traurig: „Es war großartig, aber so führt man keinen Krieg."

Natürlich hatte es auf englischer Seite weit mehr Verluste gegeben als die 120 Mann der leichten Brigade. Nachdem sie schon zwei Wochen lang gelitten hatten, kamen die Verwundeten aus der Schlacht allmählich mit dem Schiff in Scutari an. Das Problem wurde noch größer, als am 5. November in Inkerman noch eine Schlacht stattfand. Die Verwundeten von dort wurden auch nach Scutari gebracht. Auch russische Verwundete waren darunter. Als die Verantwortlichen des Militärhospitals mit so viel Leid konfrontiert wurden, schwand der Widerstand der Ärzte gegen Flo und ihre Schwestern. Flo schrieb an einen befreundeten Arzt in London über die Ereignisse des 9. November:

„Am vergangenen Donnerstag hatten wir 1715 Kranke und Verwundete im Hospital (unter ihnen 120 Cholerapatienten) und 650 Schwerverwundete in dem andern Gebäude, dem so genannten Allgemeinen Krankenhaus, für das wir auch verantwortlich sind. Da erreichte mich die Nachricht, dass wir uns noch auf weitere 510 Verwundete einstellen müssten, die aus dem schrecklichen Kriegsgeschehen aus Balaclava kamen. Dort sind 1763 Mann verwundet worden und 442 gefallen. Außerdem wurden 96 Offiziere verwundet und 38 sind in der Schlacht gefallen. Wir hatten nur eine halbe Stunde Zeit, bis sie die Verwundeten an Land brachten. Zwischen ein Uhr und neun Uhr stopften wir Strohsäcke, nähten sie zu, wuschen die Männer und brachten sie auf ihr Lager und versorgten ihre Wunden. 24 von ihnen starben noch am Tag der Landung. Auf einer Länge von vier Meilen erstrecken sich jetzt unsere Betten, bei einem Abstand von knapp 50 Zentimeter. Als ich an diesem Abend unter den frisch Verwundeten meine Runde machte, hörte ich keine Beschwerden und kein Stöhnen. Diese armen Menschen ertragen Schmerzen und den Verlust ihrer Glieder mit einem Heldenmut, der fast das Menschliche übersteigt. Und wenn sie sterben oder operiert werden, hört man kein Klagen und Wimmern. Wir müssen jetzt für alle Kranken kochen. Dafür habe ich vier Männer zur Verfügung. Ich hoffe, dass wir in einigen Tagen hier auch besser sauber machen können. Doch wir haben keine Badewannen, kein Handtuch, kein Stück Seife und keinen Besen. Ich habe 300 Schrubber bestellt.“

Die Zahl der Patienten in beiden Krankenhäusern war auf fast 4000 angewachsen, doppelt so viele wie vorher. Die Chirurgen begannen sofort mit ihren Operationen.

„Einem der armen Kerle, der durch den hohen Blutverlust völlig erschöpft war, hatte man als letzte Hoffnung sein Bein amputiert. Zehn Minuten, nachdem der Chirurg mit der Operation fertig war, starb er. Kaum hatte er den letzten Atemzug ausgehaucht, da wurde er schon in eine Decke eingewickelt, fortgetragen und noch am gleichen Tag begraben. Wir haben keine Räume, wo wir die Toten aufbahren können."

Das Krankenhaus war so ärmlich ausgestattet, dass die Chirurgen weder Abschirmwände noch Tische hatten. Flo bestellte diese nötigen Dinge sofort und bezahlte sie aus ihrem eigenen Vermögen. Doch anstatt sich zu freuen, reagierten die Ärzte gereizt. Warum hatte Flo solche Geldmittel zur Verfügung, und ihnen fehlte es an allem? Aber Flo gab die Hoffnung auf eine gute Zusammenarbeit mit den Ärzten nicht auf.

„Wir haben Glück mit unseren leitenden Ärzten. Zwei von ihnen sind grobe Kerle, und vier sind wahre Engel. Denn diese Art von Arbeit macht aus Männern und Frauen entweder Engel oder Teufel. Die Hilfskräfte sind noch unbeschriebene Blätter. Aber wie bei den Bären können aus neugeborenen Jungen gute alte Bären werden. Allerdings weiß ich noch nicht, wie dies geschehen soll."

Sie wandte sich an Sidney Herbert und bat ihn, ihr das nötige Material zu schicken. Dabei erinnerte sie ihn an die guten Möglichkeiten, die die französischen Krankenhäuser hatten, verglichen mit den haarsträubenden Zuständen in den britischen Hospitälern. Diese Mitteilung zwang die britischen Politiker zum Handeln; sie wollten sich auf keinen Fall von den Franzosen übertreffen lassen. Als ob die Situation für die englischen Soldaten nicht schon schlimm genug gewesen wäre, wurde die Krim am 14. November auch noch von einem verheerenden Sturm heimgesucht. Zelte und Vorräte wurden durch den Wind bis auf das eiskalte Hinterland verweht. Die *„Prince"*, die Winterkleidung und andere Vorräte für die englischen Truppen an Bord hatte, ging im Hafen von Balaclava unter. So waren die Soldaten ohne Winterausrüstungen den Elementen Frost und Kälte wehrlos ausgesetzt. In vielen Nächten zwischen Dezember und Februar sanken in Konstantinopel und Scutari die Temperaturen unter den Gefrierpunkt. Oft gab es Schnee. Auf der Krim war es noch kälter.

„Verdammtes Unglück!", keuchte Charles Bracebridge mit erstickter Stimme. „Die englische Armee geht zugrunde!"

Als Flos Familie ihr davon schrieb, wie sehr man sie in England für ihren Einsatz lobte, meinte sie: „Man muss Gott loben! Er weiß, was er mir auferlegt hat. Ich ertrage alles willig um seinetwillen, nicht wegen des Lobes, das ich ernte. Soll ich den Kelch nicht trinken, den mein Vater mir gegeben hat?" Wenn sie sich auch früher viele Sorgen gemacht hatte, so hielt sie sich jetzt immer mehr an ihren schlichten christlichen Glauben, um Trost in der gegenwärtigen schweren Situation und Hoffnung im Hinblick auf die ungewisse Zukunft zu gewinnen.

Flos Hilfsgesuch an Lord Stratford, den Botschafter in Konstantinopel, wurde von Lady Stratford beantwortet. Die vornehme Dame war so bestürzt über die elenden Zustände im Krankenhaus – sie hatte es einmal besucht – dass sie versuchte, Flo ganz aus dieser Arbeit abzuziehen. Das war die „Hilfe", die sie ihr anbot. Flo sah sich gezwungen Sidney Herbert zu bitten, dass er Lady Stratford freundlich ersuchen möchte, sich hier nicht mehr einzuschalten. Sie habe zwar sicher gute Absichten, aber das alles sei nur Zeitverschwendung und hindere die Arbeit. Flo teilte Herbert mit, den Schwestern und den Ärzten würde am ehesten geholfen durch einen Politiker, der schnelle und unbürokratische Hilfe leiste. Selbst ohne diese Unterstützung konnte sie Mitte Dezember Herbert schreiben, dass sie eine Küche eingerichtet habe für solche Patienten, die eine Diät brauchten. Die Stationen wurden von den Krankenschwestern in Ordnung gehalten. Auch wuschen sie die Patienten nun regelmäßig und reinigten ihre Kleidung. Die Wunden wurden täglich verbunden. Flo hatte die Stationshelfer freundlich dazu überredet, die Nachtgeschirre jeden Tag auszuleeren, obwohl es ihnen dabei fast schlecht wurde. Von ihren eigenen Geldreserven hatte sie 6000 Krankenhaushemden, 2000 Paar Strümpfe und Hunderte von Schlafmützen, Hausschuhen, Tellern, Tassen und Bestecken angeschafft. Sie stellte 200 türkische Arbeiter an, die unter ihrer Leitung die ausgebrannten Flure renovierten. Bald konnten hier 800 weitere Betten für Verwundete aufgestellt werden. Auch hatte sie die Leute nicht vergessen, die im Kellergeschoss hausten. Viele dieser verarmten Frauen hatte sie in der Wäscherei beschäftigt. Das größte Problem waren für sie die Leute, die nicht arbeiten wollten und zudem noch die andern von der Arbeit abhielten.

„Diese widerspenstigen Gesellen rauben mir die letzten Kräfte“, musste sie sich eingestehen.

Bald wurde die Lage noch schwieriger. Ende Dezember erfuhr Flo, dass eine Gruppe von fast 50 Frauen zur Unterstützung kommen sollte. Sie waren ungeeignet und für die Krankenpflege nicht ausgebildet. Flo war wütend. Bevor sie England verlassen hatte, hatte sie Sidney Herbert ausdrücklich gebeten, ihr keine Schwestern mehr zu schicken, solange sie sie nicht anforderc. Er hatte ihr schriftlich zugestimmt. Es war klar, dass eine kleine Anzahl gut geschulter Schwestern besser helfen konnte als viele unausgebildete. Nun schrieb sie ärgerlich an Herbert: „Jetzt haben Sie auf die öffentliche Meinung gehört und sich nicht an Ihr schriftliches Versprechen gehalten. Eigentlich müsste ich jetzt zurücktreten.“ Doch sie schraubte ihren Ärger zurück und fuhr dann fort: „Ich bleibe nur noch hier, bis ich mich um diese Leute gekümmert habe.“

Bald darauf kommen die 50 Frauen aus England. Viele von ihnen waren vornehme Damen, die mehr daran interessiert waren, Kontakt zu Offizieren aufzunehmen, als Kranke zu pflegen. Flo hatte für solche freiwilligen Kräfte nichts übrig. Ob sie nun Damen waren oder nicht. Ihr Pessimismus bestätigte sich. Die Neuankömmlinge brachten die Ordnung im Krankenhaus, die sie mühsam hergestellt hatte, wieder durcheinander. Sie weigerten sich, Flos Anordnungen zu befolgen. Flo versuchte, sie wieder aus dem Krankenhaus zu entfernen. Einige Ärzte, die sich daran rieben, dass Flo so viel Macht hatte, nahmen Flos negative Einstellung zu den Neuankömmlingen zum willkommenen Anlass, sie zu brüskieren. Flo hatte auch keine Freunde bei den Lebensmittellieferanten und im Kommissariat. Sie waren der Meinung, dass Flo ihnen das Geschäft verderben würde. Dann kamen noch Verleumdungen hinzu. Jemand aus ihrer eigenen Gruppe schickte einen Brief an die *London Times,* in dem man nicht nur all ihre Bemühungen in ein schlechtes Licht rückte, sondern ihr Verhalten als arrogant bezeichnete. Der Einsatz der Krankenschwestern, der so viel versprechend aussah, wurde stark beeinträchtigt.

Müde und niedergeschlagen schrieb sie einen Brief nach Hause.

„In diesem kleinen Wasserglas war solch ein Sturm, wie ihr ihn euch gar nicht vorstellen könnt. Aber ich habe mir als ein Esel ein Löwenfell angezogen. Und wenn ich jetzt brülle (eine solche Rolle liegt mir eigentlich gar nicht), dann kann man mich bis in England hören. Doch hier ist kein Platz für Löwen und für Esel. Davon haben wir genug."

Auch wenn einige ihrer Gegner meinten, Flo befände sich auf dem Rückzug, so lagen sie doch völlig falsch. Um dieser Überschwemmung von Schwestern Herr zu werden, schickte sie zehn ihrer eigenen Leute einschließlich der Briefschreiberin nach England zurück. Flo hatte schon immer das englische Dienstpersonal bewundert. Es konnte ein großes Haus in Ordnung halten. Dieses System wollte sie nun auf ihre Situation hier anwenden. Sie beschloss, selbst die Krankenhausverwaltung zu übernehmen. Vorher hatte sie sich bemüht, jemanden für diese Aufgabe zu finden. Das war ihr nicht gelungen. Es war ihr klar, dass die alten Strukturen verändert werden mussten. Das bisherige System hatte versagt. Die Planungen und Abläufe waren chaotisch.

Doch keiner der Ärzte oder der Sanitäter hatte sich bisher für eine Veränderung eingesetzt.

Während sie einen Reformplan ausarbeitete, kamen ständig neue Verwundete an. Am 2. Januar war es ein Kontingent von 1200 Mann. Sie waren nicht nur verwundet und krank, sondern litten fast alle unter Skorbut. Man hatte den Soldaten eine Ladung Zitronensaft an die Front geschickt, um diese Krankheit zu verhüten. Aber diese Vitamine waren nicht angekommen. Am 4. Januar schrieb Flo an Sidney Herbert, dass Nachfragen bei der Lebensmittelverteilung im Krankenhaus beinahe sinnlos seien. Hemden, Strümpfe, Unterwäsche, Teller und Tassen seien nicht mehr vorrätig. Der Mann, der für die Verteilung verantwortlich sei, hätte nur noch ein paar Bettpfannen für 1000 Mann zur Verfügung. Irgendwo befände sich eine Schiffsladung mit 27000 Flanellhemden. Doch die Verteilstelle wisse nicht, wo diese verblieben seien.

Am 28. Januar 1855 war Flo bereit, die Verwaltung für den medizinischen Bereich der britischen Armee zu übernehmen. In ihrem Brief an Sidney Herbert schrieb sie, dass es ihr nicht leicht falle, diese unangenehme Aufgabe zu übernehmen. Sie käme sich wie ein Spion vor. Aber Veränderungen seien dringend nötig. Als Kriegsminister habe er die Macht, dies zu veranlassen. Als Beispiel für die Schlampereien führte sie an, wie es beim Kauf und bei der Verteilung von Frischfleisch zuginge. Jeden Morgen mussten Leute vom Sanitätspersonal beim Kommissariat die Rationen für den Tag beantragen. Eine große Menge des wertvollen Fleisches verdarb, weil die Austeilung nur schleppend vor sich ginge. Flo schlug vor, dass jedes Bett auf der Station eine Karte erhielt, aus der man die entsprechende Diät des Patienten entnehmen könne. Verantwortliche der Stationen sollten unter der Oberaufsicht der Ärzte die nötigen Nahrungsmittel für einen Tag anfordern, bevor sie dann ausgeben würden. Das Fleisch sollte direkt in die Küche geliefert werden. Auch sollte jeder Patient sein eigenes Bett mit dem nötigen Zubehör haben. Wenn Decken oder Leintücher ausgingen, sollte der Pflegedienstleiter –

eine Position, die Flo einem Hotelmanager oder Hausverwalter gleichstellte – für neue sorgen. Er müsste auch die Einlieferung neuer Patienten überwachen, ebenso das Kochen, die Reinigung und die Wäsche. Flo machte noch eine ganze Reihe anderer Änderungsvorschläge und führte Beispiele an.

Damit diese Veränderungen unter einer guten Leitung erfolgten, empfahl Flo, eine Aufsichtsperson dafür einzusetzen. Es sollte ein Mann sein, anstelle eines weithin uninteressierten und oft aus der Entfernung agierenden Komitees. Weil es ein Militärkrankenhaus war, sollte dies ein Offizier sein. Ihm sollten vier Amtsträger untergeordnet sein: einer zur Beaufsichtigung des täglichen Krankenhausablaufs, einer zur Beschaffung von Nahrungsmittel, einer, der für Mobiliar und Kleidung zu sorgen hatte, und einer, der für den medizinischen Bereich verantwortlich war und dem auch die Ärzte unterstellt waren. Flo war geschickt genug, einige befähigte Leute dafür vorzuschlagen. Aber sie wusste auch, dass diese Vorschläge keine freundliche Aufnahme bei denen finden würde, die sonst im Krankenhausbereich das Sagen hatten.

In der Zwischenzeit konnte sie nur weiter darum kämpfen, dass die Dinge in Scutari vorangetrieben wurden. Die schwer wiegenden Mängel hatte sie schriftlich festgehalten.

„Wir hätten hier die beste Gelegenheit, medizinische Forschung zu betreiben. Doch hier gibt es keinen Operationssaal, keinen Raum zum Sezieren der Leichen, und wir können kaum einmal Untersuchungen an ihnen vornehmen. In der Leichenhalle führt man keine Statistiken im Blick auf das Alter der Toten, die Behandlung, die sie erfahren haben, und das Erscheinungsbild der toten Körper. Der fähigste Chirurg teilte mir mit, dass wohl Hunderte von Männern unter seinen Händen gestorben seien, weil ihm die Auswertung solcher Erkenntnisse gefehlt habe. Wenn man diese Untersuchung hätte durchführen können, hätten sich sicher noch andere Behandlungsmethoden gefunden, um manches Leben zu retten."

Flo fand viel Unterstützung in England, auch bei der Königin. Sidney Herbert schrieb Flo, dass Ihre Königliche Majestät wünschte, Fräulein Nightingale möchte den Verwundeten und Kranken Folgendes mitteilen: Niemand habe ein stärkeres Interesse an ihrer Genesung und zeige eine größere Bewunderung für ihren Mut als ihre Königin Victoria. Die Königin bat Herbert auch darum, dass er ihr die Berichte von Fräulein Nightingale häufiger weiterleite. Flo ließ die Militärpfarrer die Worte der Königin auf den Stationen verlesen. Doch dabei ergab sich ein neues Problem. Die Männer wurden zwar ermutigt, aber sie beschwerten sich auch, dass die Armee ihren Sold gekürzt hatte, wenn sie krank oder verwundet waren. Könnte die Königin hier nicht einschreiten? Flo leitete ihre Beschwerden weiter.

Als Nächstes erfuhr Flo, dass man sich in London darüber stritt, ob in ihr gute oder böse Kräfte am Werk seien. Am Ende eines Briefes teilte sie mit, dass sie gehört habe, „ein religiöser Krieg würde ihretwegen in der *Times* geführt." Sie war froh, dass Elisabeth Herbert sie leidenschaftlich verteidigte. Offensichtlich stellte sich die Königin auch hinter sie. Flo fügte noch hinzu: „Gott hat mir so gute Freunde gegeben."

Die englische Öffentlichkeit regte sich nicht nur über Florence Nightingale auf. Man war auch wütend über die stümperhafte, ja verheerende Kriegsführung. „Die Hälfte der britischen Armee ist tot oder liegt in den Spitälern!", riefen einige. Andere spielten mit dem Gedanken, dass die Regierung von Premierminister Lord Aberdeen abtreten sollte. „Auf keinen Fall!", rief Flo entsetzt. Was wäre, wenn Sidney Herbert seine Stelle als Kriegsminister verlöre? Flos ganze Arbeit könnte dadurch zum Erliegen kommen. Wer würde ihre Reformpläne unterstützen? Welche jungen Damen würde man dann schicken, um den Pflegedienst in dem Krankenhaus zu übernehmen? Ihre einzige Qualifikation würde wohl darin bestehen, dass sie auf der Seite der neuen Regierung stünden.

Zu ihrem Entsetzen konnte sich die Regierung um Lord Aberdeen nicht länger im Parlament halten.

13

Lord Aberdeen wurde durch einen fast blinden und schwerhörigen Mann von 71 Jahren ersetzt. Böse Zungen aus der Opposition behaupteten in aller Öffentlichkeit, der neue Premierminister sei ein alter Knacker mit falschen Zähnen, die ihm aus dem Mund fielen, wenn er einmal schneller spräche. Doch Flo kannte ihn gut.

„Der neue Premierminister ist mein Nachbar und guter Freund Lord Palmerston", jubelte Flo.

Die neue Regierung war für Flo kein Unglück, sondern erwies sich als eine äußerst glückliche Lösung. Sie bedauerte, Sidney Herbert verloren zu haben. Doch bei einem Befürworter wie Lord Palmerston war es für Flo nicht schwer, auch mit dem neuen Mann im Kriegsministerium, Lord Panmure, auszukommen. Dann erfuhr Flo, dass noch eine andere Regierung gewechselt hatte. Der Mann an der Spitze Russlands, Zar Nikolaus, war gestorben. Würde sein Nachfolger, Alexander II., eher zum Friedensschluss bereit sein? Vielleicht nicht. Aber Flos Optimismus im Blick auf die neue englische Regierung wurde belohnt. Ihre Ratschläge bei ihren mächtigen Freunden führten dazu, dass eine Kommission für das Sanitätswesen gebildet wurde. Die treibende Kraft bei diesem Gremium war Dr. John Sutherland. Das Team kam Anfang März 1855 nach Scutari.

Dr. Sutherland und sein Team waren entsetzt über das Militärhospital. Sie sahen den fatalen Zustand des Abwassersystems. Die Abflussrohre waren so brüchig und verstopft, dass das Krankenhaus im Schmutz fast erstickte. Auch floss das Wasser in den Rohren nur schwach und war zusätzlich noch verseucht. In einem Abflussgraben fanden sie einen toten Gaul. So wurden Arbeiter angestellt, die die Abflussrohre säuberten und funktionsfähig installierten. Das Wasser wurde keimfrei gemacht, der Müll beseitigt und der Innenhof aufgeräumt. Verrottete Bretter und Möbel flogen auf den Müllhaufen. Den Ratten wurde der Garaus gemacht. Wände, Fußböden und Decken bekamen einen neuen Anstrich.

Eine andere Errungenschaft, dic man Lord Panmure und seinen Beratern in London zu verdanken hatte, war die Einstellung eines Chefkochs für die Krankenhausküchen. Alexis Soyer war ein Franzose, von dem man nicht gerade sagen konnte, dass er die feine Küche vertrat. Seine Stärke bestand darin, große Mengen von einfachem Essen zuzubereiten, das nahrhaft war und gut schmeckte. Er konnte Brot, herrliche Suppen und gebratenes Fleisch zubereiten. Er leitete auch Soldaten zum Dienst in der Küche an. Außerdem entwarf er einen Feldofen, mit dem Soldaten auch draußen kochen konnten.

„O, wie viel versprechend erscheint das jetzt alles", dachte Flo. Wenn sie an die ersten vier Monate im Krankenhaus dachte, war diese Zeit unendlich schwer gewesen. Immer schwankte sie zwischen Misserfolg und Hoffnung, zwischen Niederlage und Triumph. Oft hatte sie 8 Stunden damit zugebracht, nur um Wunden zu verbinden.

Sie sprach Männern Trost zu, die zur Operation gebracht wurden. Sie hatte eine Gabe, beruhigend auf sie einzuwirken. Manche Soldaten nannten sie „Chefin vom Dienst". Andere nannten sie „Die Frau mit der Lampe", weil sie bei ihren endlosen Rundgängen über die dunklen Flure immer eine brennende Lampe bei sich trug. Sie hatte bald 2000 Männern auf dem Sterbebett beigestanden. Aus dem Munde vieler Offiziere hatte sie vernommen, dass für sie die einfachen Soldaten der Abschaum der Menschheit seien. Inzwischen wusste sie, dass der Charakter der einfachen Soldaten in vieler Hinsicht dem der Offiziere überlegen war. Sie richtete Lesezimmer ein und hielt die Soldaten vom übermäßigen Alkoholgenuss ab. Sie sagten ihr, sie würden trinken, weil sie ihr Geld nicht nach Hause schicken könnten. Sobald sie Zeit hatte, wollte sie diesen Missstand beheben. In der Zwischenzeit wollte sie jemanden finden, der den Soldaten, von denen viele Analphabeten waren, Lesen und Schreiben beibringen könnte.

„Auf keinen Fall!", rief ein hochrangiger Offizier. „Haben Sie diese gemeinen Kerle nicht schon genug verhätschelt?"

Doch Flo verfolgte ihr Ziel unbeirrt weiter. Sie bewunderte die einfachen Soldaten und sah in ihnen, genau wie in der einfachen Dorfbevölkerung in England, die Opfer der Oberschicht, die ihnen mit Vorurteilen begegnete. An diese Leute in England schrieb sie:

> *„Die Schrecken des Krieges entsprechen nicht dem, was man sich gewöhnlich darunter vorstellt: Wunden, Blut, Fieber, chronische und akute Ruhr, Kälte, Hitze und Hunger. Sie sind vielmehr Trunkenheit, Grausamkeit, Werteverfall und Chaos bei den Untergebenen. Die Führungsschicht ist von Eifersucht, Gemeinheit, Gleichgültigkeit und rücksichtslosem Egoismus geprägt. Die einfachen Soldaten haben viel mehr Achtung vor mir als vor ihren eigenen Offizieren."*

In dem gleichen Brief betonte sie noch einmal, sie handle „in Übereinstimmung mit Gottes Willen und erfülle den Sinn ihres Lebens." Sie warnte auch vor Lady Stratford, die nicht so harmlos sei, wie sie aussieht. Sie habe zwei Gesichter, und deshalb sei sie gefährlich. Man dürfe ihr nicht unbedingt vertrauen.

Flo schlief hinter einem Vorhang in einem Vorratsraum. Die einzige Verantwortung, die sie an andere deligierte, war die Verteilung der humanitären Liebesgaben. Dies waren Gaben, die das englische Volk für die verwundeten Soldaten geschickt hatte. Sig Bracebridge hatte diese Aufgabe übernommen. Während des Tages war Flo in der Pflege tätig, überwachte den Krankenhausbetrieb, forderte Nachschub an, empfing Besucher und schrieb Briefe. Dabei trug sie ein warmes, schwarzes Wollkleid mit weißen Ärmelaufschlägen und einem Kragen. Auf dem Kopf hatte sie eine Haube. Ihre Korrespondenz war sehr umfangreich: Sie verfasste Aufstellungen, Berichte, Bittgesuche, Briefe für die Männer an ihre Familien und erledigte ihe eigene Post. Oft wankte sie lange nach Mitternacht von ihrem Schreibtisch zu ihrem Bett und schlief dann vor Erschöpfung ein. Am Morgen musste Sig sie wecken.

Als die sanitären Verhältnisse, die Ernährungssituation, die Pflege und die allgemeine Moral besser wurden und dazu eine gute medizinische Versorgung der Soldaten gewährleistet war, sank die Sterblichkeitsrate im Militärhospital. Bei Flos Ankunft räumte man den Verwundeten eine 50-prozentige Überlebenschance ein, wenn sie ins Krankenhaus eingeliefert wurden. Bis Ende März betrug die Sterblichkeitsrate nur noch 15 %, Ende April erreichte sie 10 % und sank noch weiter. Wurden ihre Anstrengungen von Dr. Hall, dem Chef der Ärzteschaft in der britischen Armee, anerkannt? Sie erfuhr, dass dies nicht der Fall war. Er fühlte sich in seiner Stellung durch Flo eingeengt. Flo wollte selbst die Lazarette auf der Krim besuchen und dabei mit den Hospitälern in Balaclava beginnen, wo Dr. Hall wirkte. Dr. Hall bestand darauf, dass sie außerhalb der Türkei keine Befugnisse habe.

„Aber um der Soldaten willen muss ich dorthin gehen", teilte sie Sig mit.

Am 5. Mai 1855 fuhr sie auf der *„Robert Lowe"* über das Schwarze Meer nach Balaclava. Alexis Soyer und Charles Bracebridge begleiteten sie. An Bord des Schiffes schrieb sie nach Hause, dass es wie eine Ironie des Schicksals aussehe, wenn sie 400 ihrer Patienten an die Front begleite, wo sie den Tod finden könnten. Als Flo im Hafen von Balaclar, dem wichtigsten britischen Flottenstützpunkt ankam, musste sie entdecken, dass Lord Raglan gar nicht dort war. Dr. Sutherland von der Sanitätskommission und John McNeill, der Vertreter einer anderen Kommission für die Überwachung des Nachschubs und des Transportwesens, kamen zu ihrer Begrüßung.

Auf herrlichen Reitpferden führten die Herren sie durch die Befestigungsanlagen. Die britische Armee und ihr Gefolge in Balaclava zählte fast 200 000 Mann. Viele Soldaten hausten noch in Zelten. Aber man erstellte so schnell wie möglich Holzbaracken. Die Straße war ein einziges Schlammloch.

„Und die Luft stinkt", fügte Soyer hinzu und rümpfte dabei die Nase.

Flo schauderte es, als sie sah, wie die Männer zu den Schützengräben gingen, wo sie aus Richtung Sewastopol, das nur sieben Meilen entfernt war, einen russischen Angriff erwarteten. Trotzdem bezeichnete sie Balaclava als ein fruchtbares Gebiet mit einer wunderbaren Blumenpracht. Ein Feldwebel überreichte ihr einen Blumenstrauß. Sie konnte sich gut an ihn erinnern. In Skutari hatte sie ihm das Leben gerettet, als sie seine erbärmliche Gestalt auf einem ihrer nächtlichen Rundgänge entdeckte. Im Schein ihrer Lampe hatte sie ihn genau untersucht. Man hatte sich um diesen Mann überhaupt noch nicht gekümmert. Er war übersehen worden. Er konnte sich auch nicht selbst bemerkbar machen und war dem Tode nahe. Er brachte keinen Laut mehr über seine Lippen. Ein Geschoss steckte in seinem Auge. Gott sei Dank hatte sie einen Arzt gefunden, der ihm das Leben rettete. Und nun muss man sich vorstellen, dass dieser gleiche Feldwebel wieder an die Front geht. Flo war erstaunt, als sich immer mehr Soldaten ihrer kleinen Gruppe zugesellten. Erst waren es Dutzende, dann Hunderte, dann Tausende. Sie brachen in Jubel aus. Galt diese Ehrung ihr? Sicher nicht. Aber wem dann?

Alexis Soyer machte allem Zweifel ein Ende. „Vor uns steht die heldenhafte Tochter Englands, die Freundin der Soldaten!", rief er laut.

Die Soldaten brachen in ohrenbetäubende Beifallsrufe aus. Mehrere Blumensträuße wurden ihr überreicht.

„Such dir den schönsten aus!", riefen sie ihr zu.

„Ich nehme sie alle", freute sie sich und drückte die Blumen an ihre Brust. Von einem solchen Empfang war sie überwältigt. „Gott allein gebührt die Ehre", wollte sie gerade noch schreien, aber vor Erregung blieben ihr die Worte im Halse stecken.

So herzlich der Empfang auch an diesem Tag gewesen war, so feindselig wurde sie im Krankenhaus aufgenommen. Nicht nur Dr. Hall benahm sich sehr kühl und zurückhaltend, auch die Schwestern machten aus ihrer Abneigung kein Hehl.

„Ich hätte hier eher die Königin erwartet als ausgerechnet Sie", bemerkte eine Schwester in ironischem Ton.

Flo erkannte, dass sie das Opfer böser Gerüchte geworden war. Ihre Gegner behaupteten, in Skutari lebe sie mit ihrem französischen Chef in Saus und Braus zusammen. Sie bereichere sich an den Liebesgaben, die für die Soldaten bestimmt seien. Sie sei in jeder Weise arrogant und stelle ihren Standesdünkel offen zur Schau. Doch Flo war durch derlei Schmähungen nicht zu erschüttern. Sie hörte nicht auf diese hässlichen Anschuldigungen, sondern setzte unbeirrt ihre Inspektion fort. Dann ging sie zum Schlosshospital, das außerhalb von Balaclar auf einer Höhe lag. Auch dieses Krankenhaus war schmutzig und wurde schlecht verwaltet. Es erinnerte an Skutari, wie es bei ihrer Ankunft ausgesehen hatte. Die Missstände hier waren das unmittelbare Ergebnis von Dr. Halls autoritärer Führung. Er verhinderte jede Art von Reform. Unter ihm war es sehr schwierig, Bittgesuche durchzubringen. Da erkannte Flo auch, dass er es gewesen war, der im vergangenen Herbst irrtümlich Sidney Herbert in London versichert hatte, die medizinische Versorgung der Soldaten im Krankenhaus sei hervorragend. Aber die Zeit und auch die englische Regierung arbeiteten für sie. Wenn die beiden Kommissionen ihre Tätigkeit in Balaclava gewissenhaft durchführten, müsste die Wahrheit schließlich bis nach London dringen. Jetzt galt es für sie, sich ganz einzusetzen. Doch ihr alter Gegner, die Krankheit, machte ihr einen Strich durch die Rechnung.

„Was ist passiert?", fragte Flo überrascht, als sie im Bett lag und in das besorgte Gesicht von Charles Bracebridge schaute.

„Du bist zusammengebrochen."

„Sie haben das Krimfieber, Madam", erklärte ihr ein Arzt.

Ja, das Fieber hatte sie ergriffen. Wahrscheinlich hatte der Arzt Recht, musste sie sich eingestehen. Wenn es der Anfang einer Cholera wäre, müsste sie an Durchfall leiden. Aber auch das Krimfieber war schlimm genug. In ihrem Krankenhausbett kämpfte sie gegen die mörderische Hitze. Jedes Glied tat ihr weh. Man versuchte, sie ruhig zu stellen, doch Flo war wie in Trance. Sie wusste nicht, was sie tat. Sie stand einfach auf, obwohl ihr das verboten war. Sie saß an einem Tisch und kritzelte etwas aufs Papier. Sie lebte in dem Wahn, ein persischer Abenteurer käme und hielte einen Vertrag über 300 000 englische Pfund von Charles Bracebridge in Händen. Ihre Aufzeichnungen waren ein einziges Chaos. Eines Tages mussten ihr die Ärzte die Haare abschneiden, um die Hitzebildung zu verringern. Allmählich ließ die Hitze nach, und sie konnte wieder klare Gedanken fassen. Wie eine Schwester ihr mitteilte, hatte sie zwei lange Wochen in diesem Zustand verbracht. Aber Flo hatte jetzt noch immer keine Kraft zum Schreiben. Sie konnte noch nicht einmal vom Bett aufstehen und konnte nur im Flüsterton sprechen.

Am 24. Mai hörte sie, wie eine Schwester ganz aufgeregt sagte: „Natürlich ist dies das Zimmer von Fräulein Nightingale." Flo vernahm ein Scharren. Die Schwester sagte: „Aber Sie können das Zimmer nicht betreten!"

„Mein Name ist Raglan. Fräulein Nightingale kennt mich sehr gut."

Es war Lord Raglan, der Oberkommandierende der britischen Streitkräfte. Der alte Mann sah nicht besser aus als sie sich fühlte. Es war offensichtlich, dass er arbeitete, bis er umfiel. Er zeigte sich erfreut, dass es Flo besser ging. Er sprudelte nur so vor guten Nachrichten. Die Alliierten waren wieder auf dem Vormarsch und griffen in diesen Tagen die Straße von Kertsch an, durch die die russischen Nachschubschiffe fuhren. Er habe allen Grund zu der Annahme, dass der Angriff Erfolg haben werde.

Beim Abschied sagte er zu ihr: „Ich will Ihrer Majestät telegraphieren, dass Sie außer Gefahr sind. Sie erkundigt sich immer nach Ihnen." Er schaute sich im Zimmer um und merkte an: „Meine Güte, so viele Blumen habe ich noch nie gesehen."

„Die Soldaten sind so nett zu mir", antwortete Flo.

„Die Soldaten? Diese Kerle haben Ihnen die Blumen gebracht?"

Dann kam Sig, um bei Flos Pflege zu helfen. Man entschied, dass es besser wäre, wenn sie nach Scutari verlegt würde. Das medizinische Personal in Balaclava sorgte dafür, dass sie an Bord der *„Jura"* gebracht würde. Doch bevor das Schiff in See stach, entdeckte Chales Bracebridge, dass es das einzige Schiff der ganzen Flotte war, das nicht in Skutari anlegen würde. Sobald es unterwegs war, würde es seine Route ändern und nach England fahren. Schnell bestiegen Flo und ihre Helfer ein anderes Schiff. Flo war fest davon überzeugt, dass die Unterbringung auf der *„Jura"* kein Zufall war. Dr. Hall hatte diesen Plan angezettelt. Er hatte immer noch nicht begriffen, dass Flo direkte Verbindungen zu den Spitzen des Britischen Empire hatte.

In Scutari wurde sie in einem Haus untergebracht, in dem sie sich erholen sollte. Dr. Sutherland meinte: „Dieses Fieber hat Ihnen das Leben gerettet. Sie hätten sich sonst zu Tode gearbeitet." Im Juni erfuhr Flo zu ihrer Bestürzung, dass Lord Raglan gestorben war. Als offizielle Todesursache gab man Cholera an. Aber Flo dachte, dass er sich wohl überarbeitet hätte wie sie auch. Der neue Oberkommandierende, der an seine Stelle trat, nahm überhaupt keine Notiz von Flo. Ihr wurde praktisch jeder Einfluss auf dem medizinischen Bereich an diesem Kriegsschauplatz aus den Händen genommen. Offensichtlich schätzte der neue Kommandeur ihre hochrangigen Verbindungen genauso wenig wie Dr. Hall. Doch sie wusste, dass ihre Arbeit auf der Krim bei weitem noch nicht erledigt war. Ihre Vorschläge zur Verbesserung der Bedingungen in den Krankenhäusern in Balaclava waren noch nicht in die Tat umgesetzt worden.

Die nächsten Monate, in denen Flo immer wieder Balaclava besuchte, gestalteten sich äußerst schwierig. Die Bracebridges, von denen sie die stärkste moralische Unterstützung erfuhr, traten die Heimreise nach England an. Flo musste außerdem entdecken, dass die Frau, die sie an Stelle von Sig für die Verwaltung der Liebesgaben in Scutari in Dienst genommen hatte, eine Diebin war. Ihr Zimmer und die Zimmer ihrer Mitarbeiterinnen quollen vor gestohlenen Gütern über. Darunter war auch Kleidung aus Flos eigener Garderobe. Wenn sie die Frau entlassen würde, musste sie diese mühevolle Aufgabe zusätzlich selbst übernehmen. Als die Ärzte in Scutari und Balaclava erfuhren, dass Flo in Dr. Halls Augen nur ein Störenfried war, änderte sich ihre Einstellung ihr gegenüber. Da, wo sie früher mit ihr zusammengearbeitet hatten, wurden sie nun gleichgültig. Schließlich lehnten sie sie ganz ab. Aber sie blieb beharrlich.

Im September kam Tante Mai zu Besuch.

„Flo!“, stieß sie hervor und war sichtlich schockiert, als sie ihre Nichte sah.

Die langen dichten Locken waren ihr geraubt worden. Die ohnehin schlanke Flo sah aus wie ein wandelnder Leichnam. Tante Mai half ihr, so gut sie konnte. Im selben Monat eroberten die Engländer den russischen Stützpunkt Sewastopol. Der Krieg war gewonnen. Aber Flo war das Glück nicht beschieden wie der britischen Armee. Als die Frau, die Flo entlassen hatte, wieder in England war, verbreitete sie das Gerücht, Flo sei eine Diebin. Dann war Charles Bracebridge bei einer öffentlichen Versammlung im Oktober so ungeschickt, dass er die medizinische Versorgung der britischen Soldaten anprangerte und sich zugleich in Lobeshymnen über Flo erging. Die *Times* berichtete aber, dass seine Vorwürfe an den Haaren herbeigezogen waren und nicht der Realität entsprachen. Viele dachten, dass Flo dahinter stehe. Das medizinische Personal in Scutari und Balaclava stellte sich immer mehr gegen sie. Flo schrieb an Bracebridge und bat ihn, in Zukunft zurückhaltender zu sein.

„Seine Vorwürfe machen meine Situation nur schlimmer“, meinte Flo.

Trotz dieser Kontroversen wurde Flo im November in ihrem Heimatland gefeiert. Der Herzog von Cambridge, ein mächtiges Mitglied des Königshauses und Veteran des Krimkrieges, führte den Vorsitz. Richard Monckton Milnes, Sidney Herbert und andere gründeten eine Florence Nightingale Stiftung. Sie war dazu bestimmt, dass Flo nach dem Krieg eine Krankenpflegeschule gründen konnte. Parte und Mama schrieben Flo begeisterte Briefe, wie sehr sie in England gefeiert würde.

Dann kam in Scutari für Flo eine Brosche an, die die Königin geschickt hatte. Prinz Albert hatte sie selbst für sie entworfen.

Sie war mit drei großen Diamanten besetzt, um die jeweils fünf kleinere Diamanten sternförmig angeordnet waren. Am Rande trug sie die Inschrift: „Selig sind die Barmherzigen!" In der Mitte eines roten Kreuzes war eine Krone angebracht mit den Initialen V.R. (Victoria Regina). Unten an der Brosche war eine Fahne mit der Aufschrift „Krim". Auf der Rückseite war eingraviert: Für Fräulein Florence Nightingale als Würdigung und Dank für ihren hingebungsvollen Dienst an den tapferen Soldaten der Königin von Victoria R. 1855.

Diese Brosche ist viel zu prächtig, dachte Flo. Aber sie bot ihr eine wunderbare Möglichkeit, an die Königin und ihren Gemahl direkt zu schreiben. Zusammen mit dem Dank wollte sie auch für die einfachen Soldaten eintreten, um ihre Situation zu verbessern. Sie hatte schon ein System ausgearbeitet, wie der Sold der Soldaten an die Familien zu Hause überwiesen werden konnte. Das hatte sie ja den Verwundeten versprochen. Sie musste es selbst in die Hand nehmen. Die Armee hatte diesen Plan entschieden zurückgewiesen und hatte auch ihren Vorschlag nicht angenommen, dass man den Soldaten Lesen und Schreiben beibringen sollte. Nach ihrem eigenen System führte sie genau Buch über die Geldbeträge der Soldaten und schickte die gesamte Summe an Onkel Sam in England. Er hatte dann nach Flos Aufstellung das Geld jeweils an die einzelnen Soldatenfamilien ausgeteilt. Aber warum sollte die Armee nicht selbst diese Aufgabe in die Hand nehmen? Flo bat die Königin inständig, hier Abhilfe zu schaffen. Denn wenn ihr Geld nicht zu ihren Familien geschickt würde und sie keine Ausbildung im Lesen und Schreiben bekämen, würde das die Trunksucht fördern.

„Jeder Penny, den sie nach Hause schicken, ist ein Penny, den sie nicht in Alkohol umsetzen können", behauptete sie. „Und jede Minute, die sie im Unterricht zubringen, hält sie vom Trinken fern."

Lord Panmure hielt dies zunächst für unsinnig. Aber dann sah er seinen Irrtum ein. Und so wie er bereit gewesen war, Kommissionen zu bilden, die die Betreuung der Verwundeten zu überprüfen hatten, zeigte er sich jetzt auch willig, die vorgeschlagenen Veränderungen durchzuführen. In Zukunft sollten an geeigneten Orten Büros zur Verfügung stehen, die den Soldaten Überweisungsmöglichkeiten anboten. So konnte das Geld sicher in die Hände der Familien gelangen.

Flo besuchte eine Weihnachtsfeier in Konstantinopel. Sie trug auf ihrem schwarzen Kleid die Brosche von Königin Victoria. Doch nur wenige bemerkten das mit Edelsteinen besetzte wertvolle Stück, weil sie entsetzt waren, wie schlecht Flo aussah. Ihr Gesicht war sehr blass und abgemagert. Die Augen lagen tief in den Höhlen, und die Wangenknochen traten hervor. Ihre Haare waren noch nicht nachgewachsen, und es sah so aus, als trüge sie die Frisur eines Mannes. Sie war so schwach, dass sie den größten Teil des Abends nur auf einem Sofa saß. Sie war auch gar nicht mehr an eine fröhliche Stimmung gewöhnt, sodass sie bei jedem kleinen Scherz in ein unkontrolliertes Lachen verfiel.

Trotz ihrer vielen Triumphe empfand Flo einen großen Mangel. Die pausenlose Arbeit, die unter großen Belastungen geschah, zehrte an ihren Nerven. Cliquen bildeten sich, die übles Gerede verbreiteten und Intrigen gegen sie anzettelten. Sie erfuhr, dass die nach außen so freundliche Lady Stratford überall erzählt hatte, dass Flo sich an den Liebesgaben bereichert hätte. Sie hörte auch, dass Dr. Hall alle Berichte begünstigte, die Flo irgendein Vergehen anhängen wollten.

Obwohl der Krieg im Februar 1856 zu Ende war, mussten die Kriegsversehrten noch weiter behandelt werden. Flo blieb an ihrem Einsatzort, obwohl sie in ihrem Innern sehr litt. Im März schrieb sie im Blick auf die vielen Fehler, die die Armee begangen hatte: „Ich bin in einem Zustand dauernden Ärgers." Ihr Zorn über die Verachtung, die die Offiziere den einfachen Soldaten gegenüber zeigten, schwelte weiter. An Onkel Sam schrieb sie:

„Ich habe noch nie eine so lernwillige und eifrige Klasse gefunden wie hier bei den Soldaten. Wenn sie sofort und auch sicher ihr Geld nach Hause schicken können, nutzen sie das Lernangebot.

Wenn sie eine Schule mit einem guten Unterrichtsprogramm haben, besuchen sie sie auch gern. Wenn ihnen Bücher und gute Sportmöglichkeiten angeboten werden, hören sie mit dem Trinken auf. Wenn sie zu leiden haben, ertragen sie es. Wenn sie Arbeit haben, wird sie getan."

Im Januar 1856 verlasen John McNeill und Oberst Tulloch einen Bericht im Parlament. Er schlug wie eine Bombe ein. Er bestätigte all das, was Flo an ihre Freunde und Vorgesetzte geschrieben hatte. Damit waren Dr. Hall und seine Kollegen bloßgestellt. Aber im März erfolgte dann der entscheidende Schlag. Es schien so, dass Lord Panmure Oberst Lefroy auf die Krim geschickt hatte, um dort insgeheim die Situation zu erforschen. Er sollte nicht nur über das medizinische Personal, sondern auch über Flo Erkundigungen einziehen. Sein Bericht an Lord Panmure hatte zur Folge, dass eine allgemeine Order erlassen wurde, die in jeder Kaserne und in jeder Offiziersmesse der britischen Armee ausgehängt werden sollte.

„*Ich muss erkennen, dass die Sanitätsbehörden der Armee die Stellung von Fräulein Nightingale nicht in der Weise achten, wie von mir gewünscht. Ich möchte Ihnen deshalb mitteilen, was im Blick auf die Stellung dieser besonderen Frau zu sagen ist. Fräulein Nightingale ist von der Regierung Ihrer Majestät eingesetzt worden als Oberin für die Krankenschwestern in den Militärhospitälern. Keine Mitarbeiterin, keine Schwester oder Helferin darf von einem Krankenhaus in das andere versetzt oder in dem Krankenhaus angestellt werden, ohne mit der Oberin Rücksprache zu halten. Der leitende Sanitätsoffizier wird sich mit Fräulein Nightingale in allen Angelegenheiten der weiblichen Pflegekräfte beraten und wird seine Anweisungen durch sie weiterleiten.*"

Damit hatte Flo nun in ihrem Einsatz in der Krankenpflege auf der Krim offiziell und vollständig die Leitung und nötige Autorität.

14

Die britische Kriegsmaschinerie auf der Krim löste sich langsam auf. Zuletzt wurden die Kranken und Verwundeten zusammen mit den Schwestern in die Heimat verlegt. Einer Krankenschwester gegenüber, die im April 1856 die Krim verließ, offenbarte Flo, wie sie als Christ dachte: „Wenn wir unser Leben Gott zur Verfügung stellen, kommt es nicht darauf an, ob es schon wie bei unserm Herrn Jesus nach 33 Jahren zu Ende ist, oder ob wir sehr alt werden."

Flo hatte während des Krieges mehr als 100 Krankenschwestern unter ihrer Verantwortung gehabt. Sechs von ihnen waren gestorben. Die Zahl bei den Soldaten war schwankend. Fast 3000 waren im Kampf ums Leben gekommen, weitere 20 000 waren an ihren Verwundungen oder an Krankheiten gestorben. Aber wer kann sagen, wie viele der überlebenden Schwestern und Soldaten für den Rest ihres Lebens seelische Verwundungen davongetragen hatten? Erst am 16. Juli verließ der letzte Patient das Militärhospital in Scutari. Danach konnte auch Flo abreisen. In Briefen von zu Hause teilte man ihr mit, dass man in England brennend darauf warte, sie zu feiern. Doch danach hatte sie kein Verlangen. Auf dem Schiff reisten sie und Tante Mai inkognito. Von Paris aus fuhr Flo allein weiter. Als sie in London ankam, nahm sie den Zug in nördliche Richtung zum Sommerhaus ihrer Familie. An einem schönen Augustabend kam sie von der Eisenbahnstation nach Lea Hurst.

„Fräulein Florence!"

Der Hausverwalter stürzte aus dem Haus und lief ihr entgegen. Doch Flo wollte sich erst einmal zurückziehen. Sie weigerte sich nicht nur, in der Öffentlichkeit aufzutreten, sondern lehnte auch jeden feierlichen Empfang ab. Auch gab sie keine Erklärungen ab. Sie hielt es nicht für angebracht, wenn sie für ihr Tun gelobt wurde. Gott allein gebührte die Ehre. Die Nightingales respektierten ihren Wunsch. Und doch fand Flo in Lea Hurst keinen inneren Frieden. Ständig quälte sie die Erinnerung an die Tausende toter Soldaten. Sie musste etwas für die Soldaten tun, die jetzt und in Zukunft Militärdienst leisteten. Schließlich bemühte sie sich darum, ganz privat mit den Herren in der Regierung Kontakt aufzunehmen. Aber nach einem Krieg war niemand daran interessiert, über solche Probleme zu reden. Lord Panmure war nicht erreichbar. Sidney Herbert hatte zwar ein kurzes Treffen mit ihr vereinbart, gab ihr aber zu verstehen, dass ihm jetzt nicht daran gelegen sei, sich auf neue Auseinandersetzungen einzulassen. Es schien ihm auch gesundheitlich nicht gut zu gehen. Im September erhielt sie dann einen Brief.

„Sir James Clark lädt mich zu einem Besuch auf Birk Hall in Schottland ein", sagte sie zu Mama und Parte.

Mama rief: „Das ist nur 15 Minuten Fußweg von Schloss Balmoral und Königin Victoria entfernt."

Natürlich war das die heimliche Absicht dieser Einladung. Wenn sich Flo bei James Clark aufhielt, hatte sie die Möglichkeit, Königin Victoria und Prinz Albert einen inoffiziellen Besuch abzustatten. Sie wurde jetzt aktiv. Es gab noch viel zu tun, bevor sie nach Schottland fuhr. Sie traf sich mit John McNeill, Oberst Tulloch und Oberst Lefroy. Die Herren überschütteten sie mit Fakten über den Zustand der Armee. Flo stand jetzt viel Informationsmaterial zur Verfügung, das sie zahlenmäßig genau auflistete. Hier machte sich ihre Liebe zur Mathematik bemerkbar. Flo und ihre Verbündeten entwarfen einen anspruchsvollen Plan. Flo sollte die Königin dazu bewegen, eine königliche Kommission einzusetzen, die nicht nur die medizinische Versorgung der Armee überprüfen, sondern sich auch für die Weiterbildung der einfachen Soldaten einsetzten sollte. Königin Victoria hatte ja zum Ausdruck gebracht, dass ihr das Wohlergehen der Soldaten sehr am Herzen liege.

James Clark bereitete Flo auf ihre königliche Audienz vor. „Die Königin ist sehr nervös im Blick auf Ihren Besuch. Sie hat sogar Angst davor."

„Ich werde mir Mühe geben, sie zu beruhigen", versprach Flo.

Aber Flo war verwundert. Die Königin hatte mittlerweile 8 Kinder. Sie hatte schon fast zwanzig Jahre regiert und viele schwierige Situationen gemeistert. Vor Jahren hatte Flo auch davon gehört, wie geschickt die Königin bei öffentlichen Empfängen und bei gesellschaftlichen Anlässen auftrat. Und diese Königin Victoria sollte vor ihr Angst haben? War sie wirklich so eine Heldin geworden, die Angst verbreitete?

Am Nachmittag des 21. September brachte sie James Clark nach Schloss Balmoral. Sie konnte kaum glauben, dass sie das sagenumwobene und von Efeu umrankte Schloss betreten würde. Prinz Albert war sehr ruhig, aber in den großen, blauen Augen der Königin konnte Flo eine gewisse Angst wahrnehmen. Die Herrscherin errötete für einen Augenblick. Doch dann entspannte sie sich wieder. Flo besaß die Fähigkeit, andere Menschen zur Ruhe zu bringen. Flos zurückhaltendes, vornehmes Verhalten wirkte auf die Menschen wohltuend. Königin Victoria freute sich über alle Maßen, als sie ihre Kinder herbeirufen ließ, um Fräulein Nightingale zu begrüßen. Vicky war mit ihren 16 Jahren die Älteste. Kronprinz Edward, genannt Bertie, war ein Jahr jünger. Die Kinder waren gut erzogen. Nur die Jüngste schien etwas schelmisch, als sie fragte: „Soll diese schwache, blasse Frau die sagenhafte Florence Nightingale sein?“ Als die Kinder wieder gegangen waren, begann die Königin die Unterhaltung.

„Wie wohltuend ist Ihre Nähe. Sie stellen sich nicht in den Mittelpunkt und sind in Ihrem Wesen sehr bescheiden“, lobte sie die Königin. „Kein Wunder, wenn die Soldaten Sie so verehren.“ Flo sollte ihr Anliegen vortragen. Eine Stunde lang schilderte sie, wie sie sich eine Reform in der Armee vorstellte. Als Flo nachher wieder in Birk Hall war, erfuhr sie von James Clark, dass die Königin und Prinz Albert von ihr sehr beeindruckt waren. Sie hatten bewundernd zum Ausdruck gebracht, dass sie noch großartiger sei als ihr Ruf. Die Königin konnte es nicht verstehen, dass Flo ganz allein durchs Land reiste und dabei alle öffentlichen Auftritte ablehnte. Sie war auch erstaunt, dass sie ihren Gegnern nichts nachtrug.

„Aber ich bin doch gar keine bedeutende Persönlichkeit", protestierte Flo. „Was hat die Königin über die wichtigen Themen gesagt, über die wir sprachen?"

„Nur Geduld, liebes Fräulein Nightingale", meinte der alte Doktor beruhigend.

Während ihres Aufenthalts in Schottland begegnete Flo der königlichen Familie noch einige Male. Seit Jahren hatte sich Flo nicht mehr mit tief gehenden theologischen und philosophischen Fragen beschäftigt. Jetzt führte sie mit Prinz Albert über diese Themen Gespräche. Ihm lag wirklich sehr daran. Einmal begleitete sie auch die Königin und ihre Familie beim Kirchgang. Doch das überraschendste Ereignis fand statt, als Königin Victoria auf Anregung von Flo eines Tages allein in Birk Hall erschien.

„Welch eine geschichtliche Stunde ist dies für England", sagte die Königin bewegt. „Der berühmteste Mann auf der Welt ist David Livingstone, unser großer Missionar und Forscher. Ich kann es nicht abwarten, bis ich ihm nach seiner Rückkehr aus Afrika begegnen werde. Und zu der berühmtesten Frau spreche ich in diesem Augenblick."

Solchem Lob maß Flo keine Bedeutung bei. Es könnte höchstens dem Lobredner eine gewisse Befriedigung geben oder dazu dienen, dass Flo ihre Ziele leichter erreichte. In diesen Tagen sah sie ihre Aufgabe darin, den einfachen Soldaten durch die Einrichtung einer königlichen Kommission zu helfen. Doch ein Mann musste noch dafür gewonnen werden. Die Königin konnte keinen Erlass für eine solche Untersuchungskommission durchsetzen, solange Lord Panmure, der Kriegsminister, seine Zustimmung verweigerte.

Aus diesem Grunde setzte die Königin Flo davon in Kenntnis, dass Lord Panmure in der darauf folgenden Woche auf Schloss Balmoral wäre. Die Königin verlangte von Flo eine Aufstellung über die wichtigsten Anliegen. Diese wollte sie dann an Lord Panmure schicken, damit er sich schon vor dem Treffen damit beschäftigen könnte.

„Gott sei Dank, dass auch Lord Panmure mir nun nicht mehr

aus dem Weg gehen kann“, atmete Flo auf und beglückwünschte sich selbst zu diesem Erfolg.

Lord Panmure hatte den Spitznamen „Bison“. Bei ihrer ersten Begegnung in Balmoral am 5. Oktober 1856 fand sie heraus, warum man ihm diesen Namen gegeben hatte. Er hatte einen gewaltigen Kopf wie ein Stier mit einigen wirren Haarbüscheln. Beim Reden bewegte er seinen Kopf immer hin und her. Doch noch nie war Flo von einem Menschen so enttäuscht. Er äußerte sich abschätzig über die Kommissionen, die er auf die Krim geschickt hatte. Wenn ihre Ergebnisse nicht so alarmierend gewesen wären, hätte er sie am liebsten sofort zurückgeholt. Doch Flo tröstete sich damit, dass er dies schließlich doch nicht getan hatte.

„Wenn die Tatsachen eine so deutliche Sprache sprechen, wird dieser Mann auch schon etwas in die Wege leiten“, überlegte sie.

Nach dem Treffen erfuhr sie aus verschiedenen Quellen, dass Lord Panmure von ihr beeindruckt war. Es schien gewiss, dass eine königliche Kommission eingesetzt würde. Ihre Zuversicht verstärkte sich, als Lord Panmure sie persönlich in Birk Hall besuchen wollte. Flo wurde gebeten, einen vertraulichen Bericht über die Zusammenstellung der königlichen Kommission abzufassen und sogar Vorschläge für ihre acht Mitglieder einzubringen. Sie wählte James Clark, Dr. Sutherland und sechs andere. Unter keinen Umständen sollte Dr. Hall, ihr Erzfeind von der Krim, dazugehören.

Sie musste jetzt Tatsachen herbeibringen, um ihre Position zu untermauern. In großer Eile stellte sie einen Bericht mit einem Umfang von fast 1000 Seiten zusammen. Er enthielt auch ausgiebige Statistiken. Neben anderem brachte er eine erschütternde Tatsache ans Licht. Selbst in Friedenszeiten war die Sterblichkeitsrate junger Soldaten doppelt so hoch wie bei den normalen Bürgern. Das konnte doch nur daran liegen, dass man in der Armee ihrem Gesundheitszustand zu wenig Beachtung schenkte. In ihrem Bericht stand der herausfordernde Satz: „Unsere Soldaten melden sich, um in der Kaserne zu sterben.“ Wer noch ein bisschen Mitgefühl hatte und diesen Satz auf sich wirken ließ, konnte davon nicht unberührt bleiben.

Sie schickte ihren Bericht an Lord Panmure. Eigentlich müsste die königliche Kommission schnellstens benannt werden. Doch es vergingen Wochen, ohne dass etwas geschah. Zögerte Lord Panmure diese Sache bewusst hinaus? War er der Meinung, dass man ihm damit nur das Leben schwer machen wollte? Wohl um die Kommission zu beruhigen, schickte ihr Lord Panmure Aufzeichnungen über die erste rein militärische Einrichtung auf medizinischem Gebiet, das Netley Krankenhaus. Aber er hatte Flo unterschätzt. Sie studierte die Pläne, beriet sich mit Experten, stellte Statistiken aus England und anderen Ländern zusammen und schickte das Ganze an Lord Panmure zurück. Ihre Antwort lautete: Das Krankenhaus in Netley ist eine völlige Fehlplanung. Lord Panmure war entsetzt. Er rief seine Architekten zusammen. Das Gebäude war schon im Bau. Er teilte Flo mit, dass Änderungen jetzt ein Vermögen kosten würden.

„Vielleicht werde ich mich mit meinem alten Nachbarn darüber beraten“, grübelte Flo.

Während der Weihnachtszeit 1856 hatte Flo ein Essen mit ihrem alten Nachbarn, Lord Palmerston, in Broadlands. Er war so freundlich, sich ihre Klagen anzuhören. Er vertraute ihrem Urteil und schenkte ihren Argumenten Beachtung. Er sah ein, dass das Krankenhaus architektonisch bewundernswert, aber für Patienten völlig ungeeignet war. Weil Lord Palmerston auch Premierminister von England war, ärgerte er sich, dass ein so falsch geplantes Haus gebaut wurde. Am 17. Januar setzte er Lord Panmure davon in Kenntnis, dass der Bau des Krankenhauses erst einmal gestoppt werden müsste. Der Kriegsminister war entrüstet. Wie sollte er erklären, dass so eine große Investition umsonst war? Er beschloss, den Bau voranzutreiben. Wenn das Krankenhaus erst einmal fertig wäre, würde auch der Premierminister dies akzeptieren müssen. Vielleicht sogar Florence Nightingale. Mit einigem Widerstand nahm Flo das Netley Krankenhaus an. Aber sie war schwer enttäuscht. Sie setzte sich so sehr für die Soldaten ein und musste nun eine solche Niederlage einstecken. Sie hatte nicht nur ihr Ringen um das Krankenhaus verloren, sondern ihr Einsatz war auch sonst vergeblich. Würde sich Lord Panmure nun für ihre Einmischung rächen, in dem er die Sache mit der königlichen Kommission in die Länge zöge? Als sein Sekretär ihr versicherte, dass der Plan noch nicht aufgegeben sei, konnte sie dies auch nicht trösten. Sie vertraute diesem Herrn nicht mehr. Auf lange Sicht müsste sie aus dem Ansehen, das sie beim englischen Volk genoss, Kapital schlagen. Sie ließ Sidney Herbert wissen, dass sie an die Öffentlichkeit gehen wollte, wenn der Plan mit der königlichen Kommission nicht verwirklicht würde. Sie nahm an, dass Sidney Herbert Lord Panmure davon in Kenntnis setzen würde.

Am 27. April 1857 besuchte Lord Panmure Flo im Burlington Hotel in London. „Vielleicht sind Sie so nett und schauen sich den Plan für die königliche Kommission noch einmal an, bevor er Ihrer Königlichen Majestät vorgelegt wird", sagte er zu ihr.

So sehr Flo auch wünschte, dass die Kommission endlich zusammentreten sollte, konnte sie Panmures Pläne doch nicht billigen. Die acht Mitglieder, die er für die Kommission ausgesucht hatte, waren alles Leute, die auf der Seite der Armee standen. Damit konnte sie nicht einverstanden sein. Der Minister holte tief Luft und brachte eine neue Aufstellung. James Clark und Dr. Sutherland sollten nun auch daran teilnehmen. Nur einer von seinen Leuten blieb auf der Liste. Flo gab sich damit zufrieden. Die einzige Verbesserung hätte noch darin bestanden, dass sie selbst den Vorsitz übernahm. Doch für einen solch progressiven Schritt war England noch nicht bereit. Stattdessen sollte ihr guter Freund Sidney Herbert den Vorsitz führen.

„Endlich kommt die Reform in Gang", triumphierte sie.

Im Mai trat die Kommission zum ersten Mal zusammen. Flo war im Hintergrund unermüdlich tätig. Sie sprach mit Leuten, die die Situation vor Ort erlebt hatten, und sammelte noch mehr Material. Voller Respekt sagte Dr. Sutherland zu Tante Mai: „Sie ist eines der begabtesten Geschöpfe auf Gottes Erdboden." Flo wirkte den ganzen Sommer über für die Kommission und musste dabei den Ärger mit Parte und Mama in ihrer Suite im Burlington Hotel ertragen. Erregt meinte sie: „Zwei Menschen, die gesund sind, liegen den ganzen Tag auf dem Sofa und stehlen dem lieben Gott die Zeit."

Sir Harry Verney aus Buckinghamshire, ein reicher Witwer, kam öfter zu Besuch und machte keinen Hehl daraus, dass er an einer Heirat mit Flo interessiert sei. Obwohl er sich sehr für seine Mitmenschen einsetzte, konnte sich Flo nicht für ihn entscheiden. Mama sah hier eine günstige Gelegenheit, Parte unter die Haube zu bringen, die jetzt schon 38 Jahre alt war. So schmiedeten die beiden Pläne, wie man Sir Harrys Interesse auf Parte lenken konnte. Ärgerlich über diese Machenschaften ihrer Mutter und Schwester nahm sich Flo einen Diener und suchte sich eine Wohnung in Malvern, einem schönen Erholungsort in Mittelengland. Die Arbeit der königlichen Kommission war bald beendet, aber sie wies noch viele Mängel auf. Flo fing an, ein Buch über Krankenpflege zu schreiben. Sie wusste, dass nur sie dieses Werk verfassen konnte. Als Dr. Sutherland sie besuchte, sah er, dass sie kurz vor einem Nervenzusammenbruch stand. Er bat Tante Mai inständig, dass sie kommen und Flo unter ihre Fittiche nehmen sollte.

Im Oktober hatte sich Flo so weit erholt, dass sie wieder ins Burlington Hotel zurückkehren konnte. Sie arbeitete weiter an ihrem Buch. Als einige Monate ins Land gezogen waren, wurde sie darüber ärgerlich, dass es mit der königlichen Kommission so stockend voranging. Ihre Sorgen waren berechtigt. Im Februar 1858 wurde die Regierung von Lord Palmerston abgelöst. Würde die neue Regierung unter Lord Derby die Reform begrüßen? Dann starb ihr guter Freund Alexis Soyer, der Hilfe zugesagt hatte. Sir Sidney Herbert sah von Tag zu Tag schlechter aus. Und wenn sie es nicht zugeben wollte, musste sie doch erkennen, dass auch ihre eigene Gesundheit angeschlagen war.

„Wir dürfen nicht nachlassen, unsere Reform weiter zu verfolgen", sagte sie ihren Freunden.

Niemand glaubte mehr, dass die Reformen ohne Schwierigkeiten auf den Weg gebracht werden könnten. Unter der neuen Regierung von Derby versuchten die alten Anhänger des Kriegsministeriums, jede Reform zu Fall zu bringen. Es würde ein langes Ringen werden, mit Rückschlägen verbunden.

Flo hatte ein gutes Gefühl, als Parte Sir Harry Verney heiratete. Sein Landsitz Claydon befand sich 40 Meilen nördlich von London. Mit der Entfernung verbesserte sich auch Flos Haltung zu ihrer Schwester.

Der einzige Vorteil, dass Derby Premierminister war, bestand darin, dass sein Sohn, Lord Stanley, Staatssekretär für Indien war. Flo kannte Lord Stanley gut. Bald setzte sie sich für eine andere königliche Kommission ein, die diesmal die Lage der Armee in Indien verbessern sollte. Für den, der Indien nicht kannte, schien dies eine einfache Aufgabe zu sein. Doch die Armee in Indien war enorm groß. Sie verwaltete Englands Kronjuwel. Im Mai 1859 wurde die Kommission für Indien genehmigt, und Flo machte sich sofort an die Arbeit. Im Juni 1859 gab es einen Regierungswechsel. Lord Palmerston kam wieder an die Macht. Sein Kriegsminister war diesmal nicht Lord Panmure, sondern Sidney Herbert.

„Wenn Sidney Herbert gesundheitlich durchhält, haben wir den Kampf um die Reformen gewonnen", erklärte Flo.

Flo hatte im Jahr 1857 die Einrichtung einer medizinischen Ausbildungsstätte für das Militär vorgeschlagen. Im Jahre 1859 wurde sie offiziell eröffnet und konnte im kommenden Jahr die ersten Studenten aufnehmen. Inzwischen verschlechterte sich Flos Gesundheitszustand. Sie litt unter Atemnot. Wenn sie stand, konnte es ihr leicht übel werden. Auch das Essen bekam ihr nicht. Einige behaupteten, ihre Krankheiten seien nur vorgetäuscht, damit sie keine Besucher und auch ihre Familienangehörigen nicht zu empfangen brauchte. War das früher auch schon so gewesen, wenn sie sich zurückzog? Hing dies mit der Heirat von Parte zusammen? Unabhängig von der Meinung der Leute arbeitete sie weiter. Meistens lag sie dabei auf dem Sofa und hatte eine

Menge Bücher und Notizen um sich herum. Dr. Sutherland erledigte viele Wege für sie und half ihr, immer neue Daten zu sammeln. Flo hatte eine Wohnung in Hampsted, einer Vorstadt von London. Aber sie hielt ihre Adresse geheim. Nur die engsten Familienangehörigen und Freunde kannten sie.

Trotz ihrer Schwachheit arbeitete sie unablässig und beschäftigte sich mit einem Dutzend Aufgaben zugleich. Wenn sie bei einer Sache nicht weiter kam, griff sie zu einer andern. Kurz zuvor hatte sie ein Buch über Allgemeinkrankenhäuser veröffentlicht. Sie arbeitete Projekte aus, um die königliche Kommission zu unterstützen. Sie stellte statistisches Material für die Kommission in Indien zusammen. Sie beschäftigte sich mit der Frage, wie man die neu gegründete Ausbildungsstätte für Soldaten verbessern könnte. Mit Hilfe der Florence Nightingale Stiftung, die seit dem Ende des Krimkriegs ihre Arbeit aufgenommen hatte, plante sie eine Krankenpflegeschule. Sie rang mit theologischen und philosophischen Problemen und schrieb auf Hunderten von Seiten ihre Gedanken nieder. Sie konnte auch ihr Buch über Krankenpflege fertig stellen.

15

Ihr Buch war betitelt „*Gedankenanstöße zur Krankenpflege: Was sie leisten kann und was nicht.*" Im Vorwort schrieb sie: „Die folgenden Aufzeichnungen sollen weder Leitlinien zum Selbstunterricht noch zum Unterricht von Krankenpflegerinnen sein. Sie sind einfach als Gedankenanstöße für Frauen gedacht, die sich um die Gesundheit anderer Menschen sorgen."

Flo legte ihre Kenntnisse in diesem Buch nieder. Die Kapitel trugen z. B. die Überschrift: Lüftung und Wärme, tägliche Grundpflege, Ernährung der Kranken, Nahrungsaufnahme, Betten und Lagerung des Patienten, Helligkeitsverhältnisse, Sauberhaltung von Krankenzimmern, Hygiene der Krankenschwester, Gespräche am Krankenbett, Beobachtung des Kranken. Ihre Hunderte von kleinen Beispielen, Regeln und Anmerkungen wurden von ihren Kollegen als wertvolle Kostbarkeiten geschätzt.

Es ist schon oft gesagt und geschrieben worden, dass in jeder Frau eine gute Krankenpflegerin verborgen liegt. Auf der anderen Seite glaube ich aber, dass das Wesen der Krankenpflege weithin unbekannt ist.

Oft wirft man ein: „Wie erlange ich medizinische Kenntnisse? Ich bin doch kein Arzt. Das müsste man doch allein den Ärzten überlassen." Meine lieben Familienmütter! Wenn ihr das sagt, wisst ihr denn eigentlich, dass jedes siebte Kleinkind in diesem zivilisierten Land stirbt, bevor es ein Jahr alt ist?

Die Symptome der Krankheiten oder das, was man in der Regel bei Erkrankungen für unvermeidlich hält, sind oft gar keine Krankheitssymptome. Meistens liegt die Ursache ganz woanders. Es fehlt an frischer Luft, Licht, Wärme, Ruhe, Sauberkeit oder Pünktlichkeit und Sorgfalt bei der Ernährung. Eine oder mehrere dieser Ursachen liegen vor.

Fünf wesentliche Dinge sollte man beachten, die die Gesundheit in einem Haus fördern.

1. Reine Luft
2. Sauberes Wasser
3. Gute Abwasseranlagen
4. Reinlichkeit
5. Licht

Ohne diese Voraussetzungen kann kein Haus gesund sein. Sie beeinträchtigen die Gesundheit der Menschen in hohem Maße.

Die erste Bedingung für die Pflege, das Wichtigste für einen Patienten ist Folgendes: Die Luft, die der Kranke atmet, muss so rein sein, wie die Luft draußen, ohne dass er sich dabei erkältet.

An zweiter Stelle steht das Bedürfnis nach Licht. Man beobachtet immer wieder, dass die meisten Patienten mit dem Gesicht zum Licht liegen, so wie sich auch die Pflanzen immer zum Licht ausstrecken. Ein Patient klagt manchmal sogar darüber, dass er Schmerzen empfindet, wenn er auf der Schattenseite liegt. Wenn wir ihn fragen: „Warum drehen Sie sich auf diese Seite?", weiß er keine Antwort. Aber wir kennen sie.

Unnötiger Lärm, Geräusche oder Stimmen, die er nicht richtig versteht, sind für den Patienten schädlich. Meistens geht es nicht um die Lautstärke. Aber ein Kranker kann es nicht ertragen, wenn man redet, noch weniger wenn man flüstert, besonders wenn es ihm vertraute Stimmen sind, die sich vielleicht draußen vor der Tür unterhalten, und er den Eindruck gewinnt, dass über ihn gesprochen wird.

Auf Zehenspitzen gehen und dabei alle Verrichtungen ausführen, ist auch verletzend, und zwar aus den gleichen Gründen. Ein fester, leichter, schneller Schritt und sichere, flotte Handgriffe sind nötig. Es sollten nicht die langsamen, schleichenden Schritte und die ängstlichen, unsicheren Handbewegungen sein. Langsamkeit ist keine Höflichkeit.

Ich habe bei Fieberkranken und auch an mir selbst, wenn ich Fieber hatte, entdeckt, dass der Patient am meisten darunter leidet, dass er nicht aus dem Fenster schauen kann und höchstens die Astlöcher in den Brettern betrachten kann. Ich vergesse nie, wie überglücklich Fieberpatienten waren, wenn sie einen bunten Blu-

menstrauß sehen konnten. Man sollte dem Patienten nie Blumen oder eine Pflanze vorenthalten aus Angst, dies sei ungesund.
Für viele geschwächte Patienten ist es nicht möglich, vor 11 Uhr vormittags etwas zu sich zu nehmen. Meistens hatten sie in der Nacht Fieber und deshalb am Morgen einen trockenen Mund. Wenn sie mit trockenem Mund essen sollten, würde ihnen dies Qual bedeuten. Ein Löffel Fleischbrühe, gesunde Kräuter und Wein, ein gequirltes Ei stündlich verabreicht, ist für sie die beste Ernährung.
Mit Kissen sollte man den Rücken unterhalb der Lunge stützen und die Schultern zurückfallen lassen, dabei aber den Kopf so weit stützen, dass er nicht nach vorne fällt. Das Leiden sterbender Patienten wird wesentlich schlimmer, wenn man dies nicht beachtet. Mancher Kranke, der selbst sein Kissen nicht mehr aufschütteln kann, schiebt ein Buch oder etwas anderes, das er gerade zur Hand hat, unter seinen Rücken.
Staub soll man nur mit einem feuchten Tuch abwischen. Die Möbel sollten so sein, dass man sie feucht reinigen kann, ohne dass es Flecken gibt.
Das Schlimmste für die Wände ist, wenn man Tapeten anbringt. Schädlich ist es auch, wenn die Mauern nur roh verputzt sind. Es ist schon besser, wenn sie mit Leimfarbe angestrichen sind. Am besten ist natürlich Ölfarbe. Ein Krankenzimmer oder eine Station sollte am besten weiß angestrichen sein.
Wenn man die Kranken sorgfältig wäscht und wieder abtrocknet, kann man beobachten, dass sie das als eine große Erleichterung und Wohltat empfinden.
Jede Pflegerin sollte sich am Tag häufig ihre Hände gründlich waschen. Ebenso das Gesicht.
Man vergleiche einmal die Verschmutzung des Wassers, in dem man sich die Hände gewaschen hat, wenn es kaltes Wasser ohne Seife war, wenn es kaltes Wasser mit Seife war und wenn es warmes Wasser mit Seife war. Man wird entdecken, dass im ersten Fall kaum Schmutz entfernt wurde, im zweiten Fall etwas mehr, im dritten Fall wesentlich mehr.

Vor allen Dingen müssen Krankenpflegerinnen lernen, den Patienten zu beobachten. Was deutet auf Besserung oder Verschlechterung hin, welche Symptome sind wichtig und welche unwichtig, welche zeigen an, dass man etwas übersehen hat.
All das sind wichtige Themen in der Ausbildung von Krankenpflegerinnen.

Was fehlte noch bei ihren *„Gedankenanstößen zur Krankenpflege"*? Anscheinend gar nichts. Ihr Vorgehen war klar und eindeutig. Erstens forderte sie für den Patienten eine Unterbringung, die den hygienischen Ansprüchen genügt. Zweitens sollte man sich um das Befinden des Patienten kümmern. Drittens war die genaue Beobachtung des Patienten gefordert. Flos Buch wurde mit großer Zustimmung aufgenommen. Es war ein Meisterwerk. Kritiker sagten, sie sei viel zu bescheiden. Denn eine Frau konnte wirklich Krankenpflege erlernen, wenn sie dieses Buch durcharbeitete. Tausende von Exemplaren wurden verkauft.

Ihr Buch über Theologie und Metaphysik war viel komplizierter. Sie gab ihm den Titel *„Denkanstöße"*. Ihr ganzes Dilemma kam darin zum Ausdruck. Sie hatte nicht die Zeit, die einzelnen Themengebiete richtig aufeinander abzustimmen. Sie veröffentlichte fast tausend Seiten mit ihren eigenen Gedanken, die nur in einem begrenzten Freundeskreis verteilt werden sollten. Sie sprach über ihren Hintergrund als Unitarierin, ihre ausgedehnte Lektüre und ihre Gespräche mit Christian Bunsen, Thomas Carlyle, Harriet Martineau, George Eliot und vielen anderen fortschrittlichen Denkern. Sie fügte auch frühere Schriften von ihr wie *„Kassandra"* an, die sie nach 1846 geschrieben hatte. Nur halbherzig gab sie dieses Buch heraus. Im Gegensatz zu dem Werk über die Krankenpflege waren die *„Denkanstöße"* ein Werk, in dem sie sich oft wiederholte, Sachverhalte schleppend erklärte und auch manchmal widersprüchlich darstellte. Dennoch lasen es Intellektuelle wie John Stuart Mill und sprachen ihr ein Lob aus. Er entdeckte auf ihren Seiten Goldkörner origineller Weisheit. Doch Kritiker rieten ihr, das Buch nicht zu veröffentlichen.

Dazu hätte es noch einmal gründlich überarbeitet werden müssen.

Tante Mai fragte sich, ob Flo sich bei ihrer ganzen Denkarbeit nicht in eine Theologie hineinbegeben hatte, von der sie in Wirklichkeit gar nicht überzeugt war. In ihrer Abhandlung sagte sie nur so viel über Gott, dass er ein gütiger Gott sei und seine Gedanken in den unveränderlichen Naturgesetzen zum Ausdruck kämen. Damit war sie keine Christin, sondern eine Theistin. Tante Mai war der Überzeugung, dass Flo im Grunde viel mehr in Übereinstimmung mit dem Johannesevangelium stehe, wo klar zum Ausdruck kommt, dass Jesus Gottes Sohn ist. Und Johannes hatte eine innige Beziehung zu Jesus Christus, wie sie Flo auch anstrebte. Aber wie konnte ein Bewunderer des Johannesevangeliums die theologische Kritik der damaligen Zeit übernehmen? Flo litt selber unter diesem Zwiespalt.

„Es war meine Absicht, hierdurch für die Menschen meiner Zeit einen Weg zu Gott zu bahnen", teilte sie Tante Mai mit. „Aber vielleicht haben das schon andere auf viel bessere Weise getan."

Flo merkte, dass sie nie die Zeit finden würde, ihre Gedanken für eine Veröffentlichung zu überarbeiten. Ein anderes Projekt, das Flo startete, erwies sich als fruchtbarer. Sie hatte schon lange den Plan gehabt, eine Krankenpflegeschule zu eröffnen. Bei ihren vielen Besuchen in Krankenhäusern hatte Flo Frau Sarah Wardroper, die Hausmutter des St. Thomas Krankenhauses in London, kennen gelernt. Auch sie war ein schlichter und in keiner Hinsicht eingebildeter Mensch. Sie verbreitete einen wunderbaren Humor. Vor allen Dingen dachte sie sehr praktisch und gab auch offen zu, dass eine Krankenpflegeschule in einem Hospital bei vielen Ärzten auf Widerstand stoßen würde. Trotzdem erkannte Flo, dass sie in ihr die Frau gefunden hatte, die für ein solches Wagnis geeignet war. Im Mai 1859 begann sie mit der finanziellen Planung für eine solche Schule im St. Thomas Krankenhaus. Die Geldmittel der Florence Nightingale Stiftung sollten dafür genutzt werden.

Am 24. Juni 1864, kurz nach ihrem 40. Geburtstag, wurde die „Nightingale Krankenpflegeschule“ eröffnet. Fünfzehn Schülerinnen begannen mit dem Unterricht unter der Leitung von Frau Wardroper. Jede der jungen Frauen hatte ein eigenes Zimmer in einem neuen Flügel des St. Thomas Krankenhauses. Dazu erhielt sie Verpflegung und eine braune Tracht mit weißer Haube und Schürze. Zusätzlich zur praktischen Pflegeanleitung auf den Stationen gaben drei ältere Ärzte Unterricht in medizinischem Wissen nach dem neuesten Stand. Wenn die Schülerinnen das erste Ausbildungsjahr erfolgreich abgeschlossen hatten, erhielten sie ein Zeugnis und waren als Krankenschwestern anerkannt.

„Das Programm ist umwälzend“, mussten einige medizinische Fachleute zugeben.

Flo wachte über der Schule mit Adleraugen. Ihr umfassendes Bewertungssystem für jede Kandidatin hatte fünf mögliche Stufen für 20 verschiedene Eigenschaften. Jede moralische Verfehlung wie Trunkenheit oder übertriebene erotische Annäherungsversuche bedeutete sofortige Entlassung. Flo hatte schon viel Erfahrung gesammelt, wie man ein vorbildliches moralisches Verhalten durchsetzen konnte. Sie hatte einige Schwestern per Schiff von der Krim zurückgeschickt, weil ihre Lebensführung christlichen Maßstäben nicht entsprach. Unter den Fittichen von Flo und Frau Wardroper erreichten jedoch nur zwei von 15 Bewerberinnen am Ende des Jahres nicht ihr Ziel. Die 13 erfolgreichen Kandidatinnen wurden sofort von den örtlichen Krankenhäusern übernommen. Flo bat diese hoch qualifizierten jungen Schwestern, sich nicht nur von reichen Familien für die Privatpflege anstellen zu lassen. Sie sollten allen Menschen dienen, nicht nur den wohlhabenden.

Kurz nachdem ihre Schule die Arbeit aufgenommen hatte, wurde im September 1860 auch endlich eine medizinische Ausbildungsstätte für die Armee eröffnet. Trotz der Unterstützung durch Königin Victoria und Lord Palmerston konnte das Ringen mit den alten Armeeoffizieren nur gewonnen werden, weil Sidney

Herbert durch massives Durchgreifen sein Anliegen endlich zum Ziel geführt hatte. Selbst als die Professoren die ersten zehn Studenten unterrichteten, machten ihnen die alten Armeebürokraten noch Schwierigkeiten, wenn sie irgendwelche Forderungen stellten. Obwohl die Sache am Ende Erfolg zeigte, hatte Flo doch manchmal Bedenken gegenüber Sidney Herberts Verhalten. Sie schrieb ihm viele Briefe, in denen sie ihn zum Handeln antreiben musste. War er mit 50 Jahren so träge geworden wie ihr Papa? Am 5. Dezember 1860 besuchte er Flo in Hampstead. „Mein lieber Herr Herbert, Ihr Gesicht macht einen geschwollenen Eindruck und Sie sehen sehr müde aus", sagte sie zu ihm. Flo hatte einen Blick für diese Dinge.

„Ich fürchte, meine Nieren sind krank", meinte er.

„Diese Diagnose könnte stimmen."

„Vielleicht ist meine Krankheit unheilbar."

„Unsinn", erwiderte sie mit kompetenter Miene. „Organe können sich wieder erholen. Es gibt keine Anzeichen dafür, dass Ihre Nierenerkrankung unheilbar ist."

Aber im Juni 1861 ließ er sie wissen, dass die Reform in der Armee ihn zu sehr belaste. Er hätte nicht mehr die Kraft, die ständigen Querelen mit den alten Herren in der Militärverwaltung durchzustehen. Wie Flo verbrachte auch er oft ganze Tage auf dem Sofa. Flo wollte nicht, dass er die Arbeit niederlegte und drängte ihn weiterzumachen. Doch er lehnte dieses Ansinnen ab. Sollten sie nach vier Jahren harten Ringens den Kampf um die Reform in der Armee verlieren? „Haben wir nicht eine Verpflichtung dem einfachen Soldaten gegenüber?", schimpfte sie. Ärgerlich warf sie ihm vor, er gäbe das Spiel auf, wo er dem Sieg ganz nahe sei. Welch eine Demütigung für ihn! Er schlich sich wie ein geprügelter Hund davon.

Am 16. Juli informierte er Flo davon, dass er sein Rücktrittsgesuch an Lord Palmerston abgeschickt habe. Sein Nachfolger war George Lewis. Am 2. August starb Sidney Herbert auf seinem großen Landsitz in Wilton. Für Flo war sein Tod niederschmetternd. Sie hatte seine unheilbare Krankheit unterschätzt und ihn immer wieder neu angetrieben. Hatte ihr eigener Ehrgeiz sie geblendet? Von Schuldgefühlen niedergedrückt dachte sie darüber nach, was sie und Sidney Herbert erreicht hatten. Ja, sie hatten die medizinische Ausbildungsstätte für die Armee ins Leben gerufen. Man hatte die baufälligen Kasernen abgerissen und neue erstellt. Für die einfachen Soldaten gab es gute Küchen. Durch die Ausbildung von Köchen war nun eine gesunde Ernährung gewährleistet. An vielen Militärstandorten waren Leseräume eingerichtet worden. Es gab auch Räumlichkeiten, in denen Erfrischungen angeboten wurden. Wo solche Verbesserungen eingeführt wurden, war die Sterblichkeitsrate merklich gesunken. Doch dies war nicht überall der Fall. Und so blieb noch viel zu tun.

„Ich fürchte, mit Sidney Herberts Tod finden die Reformbestrebungen in der britischen Armee ihr Ende", stöhnte Flo. „Wir wollten doch nur, dass die Soldaten wie Menschen behandelt werden, und man sie nicht zu Tieren degradiert."

Obwohl Flo ihre Ziele nicht alle erreichen konnte, so hatte sie jetzt auch einige positive Dinge zu verzeichnen. Die Beziehungen zu ihrer Familie waren jetzt sehr gut. Zu Sir Harry Verney, dem Ehemann von Parte, hatte sie ein herzliches Verhältnis. Gegen Ende des Jahres 1861 half er ihr beim Umzug in eine seiner Wohnungen in London. Doch der Dezember 1861 brachte für Flo ein neues Hindernis auf dem Weg zu ihren Zielen. Prinz Albert war im Alter von nur 42 Jahren an Typhus gestorben. Königin Victoria war vom Schmerz wie gelähmt.

16

Flo war deprimiert. Tante Mai war nicht länger in ihrer Nähe. Hilary hatte ein Jahr bei ihr gewohnt, musste aber jetzt wieder zu ihrer Familie zurückkehren. Flo konnte keine Zeitung mehr lesen. Sie konnte es einfach nicht ertragen, wenn sie die Namen von Menschen las, die sie ein Stückweit des Lebens begleitet hatten und die nun verstorben waren. Aber sie schrieb immer noch Briefe. Am 7. März 1862 teilte sie Mama Folgendes mit:

„Ich muss viel Glauben aufbringen, um den Willen Gottes für mich anzunehmen. Auf der ganzen Welt haben mir keine Menschen so nahe gestanden wie die, die ich verloren habe. Während der letzten drei Monate, die ich in großer Schwachheit verbrachte, hat es mir am meisten Not bereitet, dass ich niemanden hatte, der mir ein ermutigendes Wort sagen oder mir irgendetwas Schönes berichten konnte. Ich bin immer froh, wenn ich einen Tag überstanden habe. Die arme Königin ist mehr denn je vom Leid gebeugt. Lord Palmerston sagt, sie sei nur noch halb so groß wie früher. Man behauptet zwar, dass Zeit Wunden heilt, doch das ist nicht wahr.“

Die Reform war zum Stillstand gekommen. Wenigstens hatte es den Anschein. Einige Jahre lang hatte Flo ein Dutzend Projekte zugleich in Angriff genommen. Ihre Krankenpflegeschule ging weiter. Doch seit dem Tod von Sidney Herbert hatte sie keinen einflussreichen Freund mehr im Kriegsministerium. Aber man wandte sich oft an Flo, wenn man bestimmte Informationen brauchte. Sie wusste über die verschiedenen Abteilungen im Kriegsministerium Bescheid und kannte sich bei vielen Geschäftsabläufen aus. Sie wusste, wo welche Dokumente zu finden waren. Sie hatte sogar Kopien einiger Akten, die dem Kriegsministerium verloren gegangen waren. Minister, Regierungsangestellte und Sekretäre traten ständig an sie heran und baten um Informationen.

„Ich kann mich nicht über Mangel an Arbeit beklagen“, sagte sie sich.

Die Reform in Indien ging sehr langsam voran. Flo erkannte, dass es ein langes Ringen werden würde, bei dem man nur in kleinen Schritten vorankam. Sie selber kämpfte gegen ihre schwache Gesundheit und wiederkehrende Depressionen an. In ihrem Verhalten wurde sie schwierig. Als die Königin von Holland sie besuchen wollte, lehnte sie dies ab. Nur Clarkey, die Verneys und die Nightingales konnten hoffen, von ihr empfangen zu werden. Im Sommer 1865 wollte sie auch Clarkey nicht mehr sehen.

„Es ist ganz, ganz, ganz unmöglich...“, schrieb sie auf einen Zettel für Clarkey, die unten im Foyer ihres Hauses saß und wartete.

Später merkte Flo dann, wie rücksichtslos sie ihrer alten Freundin gegenüber gewesen war. Würde sie jetzt verrückt werden? Freunde versuchten, sie auf brieflichem Weg zu beruhigen. Einigen schrieb sie zurück, dass es ihr körperlich sehr schlecht ginge, dass es aber um ihren seelischen Zustand noch schlimmer bestellt sei. Auf die Nachricht von Hilarys Krebserkrankung war sie in keiner Weise vorbereitet. Sie hatte sich mit Hilary entzweit, die nie den goldenen Käfig ihrer Familie verlassen hatte. Nach Hilarys Tod unterdrückte Flo ihre Schuldgefühle, in dem sie ärgerliche Briefe an Clarkey schrieb. Die Familie Carter sei schuld daran, dass alles so gekommen sei.

Am ehesten konnte ihr Dr. Sutherland helfen. Mit ihm hatte sie durch ihre Arbeit zu tun. Ab und zu kam es auch mit ihm zu kleinen Querelen, die aber in einer freundschaftlichen Art und Weise ausgetragen wurden. Er konnte immer schlechter hören und musste oft fragen: „Entschuldigen Sie, Fräulein Nightingale, was haben Sie gesagt?“ Das ließ sie aus der Haut fahren, so wütend war sie darüber. Sie redete dann nicht mehr mit ihm, sondern schrieb ihm alles auf kleine Zettel. Da stand beispielsweise:

„Mein Lieber, dafür ist es jetzt zu spät." Oder „Sie haben gesagt, Sie wollten dies dem Komitee vorlegen. Legen Sie es lieber mir vor." Sie konnte nicht begreifen, warum er sich ein Haus außerhalb von London zugelegt hatte. So konnte sie ihn nicht mehr schnell herbeizitieren.

Als Papa das Haus in South Street Nr. 10 für Flo kaufte, wurde es schnell ihr eigenes Heim. Es war sehr hell und hatte keine unnötigen Extras. Einige Wände jedoch stattete sie mit Drucken von Michelangelos Fresken in der Sixtinischen Kapelle aus. Zu ihrem Haushalt zählten die Hausdame, fünf Mädchen, ein Koch und ein Diener.

Flo las immer noch gerne und machte sich Notizen. Neben dem Lesen medizinischer Zeitschriften pflegte sie einen intensiven Schriftverkehr mit Ärzten. Die Neuerungen auf medizinischem Gebiet waren in diesen Tagen sehr aufregend. Der Chemiker Louis Pasteur aus Frankreich wies nach, dass kleine Organismen, so genannte Bakterien, Krankheiten verursachten. Joseph Lister, ein Mann aus Yorkshire, der eine Praxis in Schottland hatte, experimentierte mit Kohlensäure, die man dazu benutzte, Abwässerrohre zu reinigen. Er wandte diese Reinigungsmethode auf seine chirurgischen Instrumente an, bevor er operierte, und versuchte, auch die offenen Wunden nach der Operation damit zu desinfizieren. Flo hörte, dass seine ersten Ergebnisse sehr ermutigend seien. Sie las auch nachträgliche Berichte über den Krimkrieg. Viele dienten nur der eigenen Ehre und Verherrlichung. Einige waren Meisterwerke. Seltsamerweise stammte das Beste von einem russischen Artillerieoffizier namens Leo Tolstoi. Er kommandierte eine Batterie in der 4. Stellung, die die vorderste Position der Russen während des Falls von Sewastopol eingenommen hatte. Gegenüber seiner Darstellung über das tatsächliche Kampfgeschehen erschienen viele andere Berichte vom Krieg wie kindisches Geschreibsel.

Es fehlte Flo nicht an Korrespondenz und nicht an Menschen, die sie in vielen Dingen um Rat fragten. Sie behielt die Aufsicht über ihre Krankenpflegeschule und beriet andere Leute, die solche Schulen gründen wollten. Sie schrieb Hunderte von Briefen an das Lehrpersonal und an die Schwestern, die sie ausgebildet hatte. Sie lobte die großartigen Bemühungen von Agnes Jones um ein Krankenhaus für arme Menschen in Liverpool. Doch neue große Projekte konnte sie nicht mehr in Angriff nehmen. Sie wollte sich noch einmal gründlich mit ihren *„Denkanstößen"* beschäftigen, aber sie gab diesen Plan wieder auf. Die Botschaft des Johannesevangeliums hatte über den modernen Vernunftglauben gesiegt.

„Der verinnerlichte Glaube, wie ihn das Johannesevangelium zeigt, war und ist genug für mich, auch wenn ich nur unvollkommen danach gelebt habe", gab sie schließlich in einem Brief zu.

Für ihr Alter war sie schon sehr verbraucht. Ihre Familie und ihre Freunde starben einer nach dem anderen. Im Alter von 81 Jahren war Papa im Jahr 1874 gestorben. Dadurch wurde es nötig, Embley Park zu räumen, sodass Shore es erben konnte. Mama starb 1880 im Alter von 92 Jahren; Clarkey 1883 mit 86 Jahren; Richard Monckton Milnes 1885 mit 76 Jahren; Tante Mai 1889 mit 90 Jahren; Parthe 1890 mit 71 Jahren; Dr. Sutherland 1891 mit 83 Jahren; Tante Julia 1893 mit 84 Jahren; Sir Harry Verney 1894 mit 93 Jahren. Flos Patenkind Shore starb ebenfalls in diesem Jahr im Alter von 60 Jahren. So viele waren nun schon tot.

Flo erlebte das neue Jahrhundert, ebenso wie Königin Victoria, die bis dahin schon über 60 Jahre an der Regierung war. Unter dem Namen „Die Frau mit der Lampe" war Flo zu einer Legende geworden. Sogar der amerikanische Dichter Henry Wadsworth Longfellow erwähnte sie in seinem Gedicht „Santa Filomena":

Ach, in der Stunde voller tiefem Weh
die Frau mit einer Lampe ich hier seh.
Wo Dunkelheit mir nur entgegentritt,
da eilt sie vorwärts Schritt für Schritt.
Und leise unter dem geheimen Segen

beginnt ein Leidender sich stumm zu regen,
als wollt er dankbar ihre Schatten küssen,
eh huschend über Wände sie zerfließen.

Einige priesen Flo als eine der drei bedeutendsten Gestalten des Krankenhauswesens im England des 19. Jahrhunderts. Neben ihr wurden James Simpson und Joseph Lister genannt. Simpson hatte das Chloroform als Betäubungsmittel entdeckt. Lister hatte Kohlensäure zur Desinfektion erfunden. Der Beitrag dieser drei Menschen hatte die Sterblichkeitsrate bei Kranken drastisch gesenkt. Doch dieses Lob bedeutete für Flo nicht viel. Sie hatte immer neue Ideen. Wenn sie nur noch mehr hätte tun können. So vieles blieb unerledigt. Es war kein Wunder, wenn sie deshalb leicht reizbar war. Man konnte sich vorstellen, wie frustriert sie war, wenn eine Reform ins Stocken geriet.

„Man sollte *Kassandra* lesen", meinte sie, „und dann sollte man die Ereignisse über Scutari lesen."

Mit zunehmendem Alter nahm sie an Körpergewicht zu. Sie war nun nicht mehr die schlanke Johanna von Orleans, sondern eine gestandene, kräftige Frau. Aber immer noch sah man in Ehrfurcht zu ihr auf. Was man über sie sagte, erfuhr sie in einem der vielen Briefe, die sie empfing. Im Jahre 1883 hatte sie einer feierlichen Zeremonie beigewohnt, die Königin Victoria veranstaltet hatte. Später soll die Königin gesagt haben: „Man stelle sich vor, sogar Florence Nightingale war zugegen!" Doch im Jahre 1906 starb auch die Königin, und es lebte nun niemand mehr, der Flo um Rat fragte. Mit 86 Jahren nahm ihre Gesundheit sehr ab. Besucher wurden nicht mehr zu ihr gelassen, bevor nicht der Hausdiener sie genau über die Person und Absicht des Besuches informiert hatte. Flo hatte genau festgelegt, was nach ihrem Tode geschehen sollte. Sie wollte kein Ehrenbegräbnis an einem besonderen Ort, wie etwa in der Westminster Abtei. Nichts könnte eine größere Ehre für sie bedeuten, als wenn einfache Soldaten ihren Sarg zum Grab trügen, wo sie neben Mama und Papa auf dem Friedhof bei der St. Margaret Kirche in Wellow beerdigt sein wollte. Sie gab genaue Anweisungen, was auf ihrem Grabstein stehen sollte. Als sie das alles geregelt hatte, wollte sie in Frieden auf ihr Ende warten.

Am 13. August 1910 starb sie im hohen Alter von 90 Jahren. Florence Nightingale entschlief im Frieden und ging in Gottes neue Welt ein. Das kleine Kreuz über ihrem Grab trug die schlichte Inschrift:

F. N.
Geboren 1820
Gestorben 1910

In unserer Reihe „Biograhien“ liegen außerdem vor:

Sam Wellman
Billy Graham – Licht in der Dunkelheit der Welt
Bestell-Nr. 330 532
ISBN 3-86122-532-8
208 Seiten, Paperback

Das Leben des populärsten Evangelisten aller Zeiten, packend nacherzählt von einem Meister des zeitgeschichtlichen Romans.

Wer hätte das gedacht – der Bauernbub mit dem Ruf eines Früchtchens wird zum „Ausnahme-Prediger“, der Frucht bringt für das Reich Gottes. Sein Ackergerät: die ganze Bandbreite der Massenmedien. Mit ihrer Hilfe bringt er Ernten heim wie kein anderer Prediger zuvor. Was mit einem dahingestotterten Lebenszeugnis vor Knastbrüdern beginnt, endet im Lichtkegel der internationalen Öffentlichkeit: Als eine führende Persönlichkeit in der christlichen Gemeinde des 20. Jahrhunderts wird er respektiert, und sein Rat ist gefragt – in Washington wie in Warschau.

Staunen, Schmunzeln, Weinen und Mitfiebern – alles ist drin bei der Geschichte des Farmersohns aus North-Carolina, der furchtlos die Gräben zwischen den Rassen und Ideologien dieser Welt überspringt, weil er ein Ziel hat: ausgerechnet die Menschen mit dem Glauben anzustecken, die immun zu sein scheinen.

Jean Watson
Corrie – Die Tochter des Uhrmachers
Bestell-Nr. 330 486
ISBN 3-86122-486-0
162 Seiten, gebunden

Eine wahre Geschichte um Mut, Glauben und die Kraft der Vergebung, die keiner vergessen kann, der sie einmal gehört hat. Für Corrie ten Boom ist es selbstverständlich, anderen zu helfen. Nicht erst unter der deutschen Besetzung Hollands während des Zweiten Weltkrieges. Ihr kleines Haus in Amsterdam dient als Zufluchtsstätte für viele Verfolgte. Als man sie in ein Konzentrationslager verschleppt, wird ihr eigenes Leben in seinen Grundfesten erschüttert. Wie alle anderen leidet sie unsäglich unter den Misshandlungen und der täglichen Bedrohung. Dennoch erlebt sie bewusst Gottes Liebe und Hilfe in schier unerträglichen Situationen.

Als das verhasste Deutschland niedergeworfen ist, fordert alle Welt Vergeltung. Corrie aber geht einen ganz anderen Weg ...

FRANCKE
Verlag der Francke-Buchhandlung GmbH

Lotte Bormuth
Dichter, Denker, Christ
Das Leben des F. Dostojewski
Bestell-Nr. 330 455
ISBN 3-86122-455-0
216 Seiten, Taschenbuch

„Wer den Menschen in seiner Zwiespältigkeit von Gut und Böse kennen lernen will, der muss zu Dostojewski greifen. Der Ekel vor der Erbärmlichkeit könnte ihn töten. Aber Dostojewski setzt der Niedertracht und Verwerflichkeit des Menschen die Macht Jesu Christi entgegen. Niemand hat den großen russischen Schriftsteller so fasziniert wie die Person Jesu Christi. Noch in seiner letzten großen Rede bezeugte er: ‚Mag unser Land arm sein, aber dieses arme Land durchwandert Christus in Bettlergestalt.'"

Lebensnah und bewegend erzählt uns die Autorin hier von den Höhen und Tiefen im Leben des großen russischen Schriftstellers. Ein ergreifendes Lebensbild und ein bewegendes Beispiel des Glaubens.

FRANCKE
Verlag der Francke-Buchhandlung GmbH

Lotte Bormuth
Geprägt von Liebe
Das Leben des Fritz von Bodelschwingh
Bestell-Nr. 330 507
ISBN 3-86122-507-7
104 Seiten, Taschenbuch

„Wie gerne hat Bodelschwingh die Kinder gehabt. Sie waren seine Lieblinge. Oft hat er gerade bei den Schwächsten Kindergottesdienst gehalten und ihnen die Geschichten von Jesus erzählt. Diese kleinen Jungen und Mädchen hingen ihm am Munde in großer Stille und mit herzhaftem Lachen. Der Pastor verstand es, ihnen Jesus vor die Augen zu malen."

Euthanasie – eine der Geißeln des Dritten Reiches. Mit der Genforschung unserer Tage kommt dieses Thema wieder auf die Tagesordnung: Was darf an einem Fötus nicht fehlen, wenn er überleben soll? Was sagt Gott zu einem Auswahlverfahren dieser Art? Bodelschwingh, der Leiter der gleichnamigen Anstalten in Bethel, hat diese Fragen unter Einsatz seines Lebens beantwortet: Keiner seiner geliebten Schützlinge wurde im Dritten Reich in die Gaskammern abgeholt. Lotte Bormuths erschütterndes Lebensbild rückt Maßstäbe zurecht.

FRANCKE
Verlag der Francke-Buchhandlung GmbH

Lotte Bormuth
Und doch lacht mir die Sonne
Bestell-Nr. 330 917
ISBN 3-86122-917-X
136 Seiten, Taschenbuch

In diesem Buch spannt sich der Bogen von Bessarabien, dem heutigen Moldavien, wo die Autorin aufwuchs, über die dramatische Flucht bis hin zu einem Neuanfang und schließlich ihrer Eheschließung.

Und wie immer schafft es Lotte Bormuth, dass der Leser Anteil nimmt an dem Geschehen in schwerer Zeit, an den abenteuerlichen und heiteren Begebenheiten und an den Menschenschicksalen, die ihr auf den Stationen ihres reichen Lebens begegneten.

FRANCKE
Verlag der Francke-Buchhandlung GmbH